T0279944

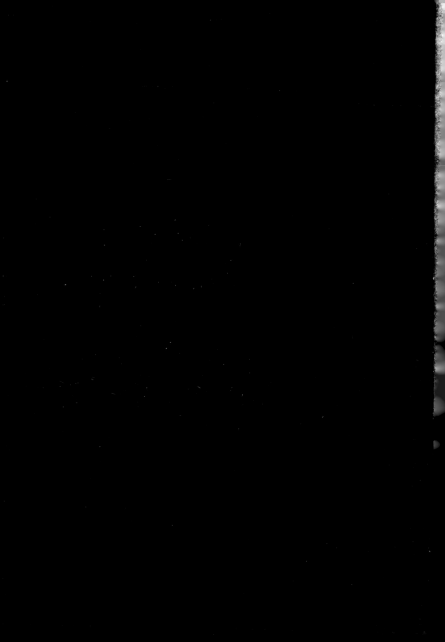

Dos damas muy serias

Jane Bowles

Dos damas muy serias

Textos de Truman Capote,
Francine du Plessix Gray y Juan Tallón

Traducción de Lali Gubern

EDITORIAL ANAGRAMA
BARCELONA

Título de la edición original:
Two Serious Ladies
Alfred A. Knopf
Nueva York, 1943

Diseño e ilustración: © lookatcia

Primera edición en «Panorama de narrativas»: mayo 1981
Primera edición en «Compactos»: mayo 1990
Primera edición fuera de colección: octubre 2024

© EDITORIAL ANAGRAMA, S. A. U., 1981
   Pau Claris, 172
   08037 Barcelona

ISBN: 978-84-339-2854-2
Depósito legal: B 11485-2024

Printed in Spain

Liberdúplex, S. L. U., ctra. BV 2249, km 7,4 - Polígono Torrentfondo
08791 Sant Llorenç d'Hortons

PRÓLOGO*

Debe de hacer siete u ocho años desde que vi por última vez a esa leyenda moderna llamada Jane Bowles, y tampoco he sabido nada de ella, al menos directamente. Pero estoy seguro de que no ha cambiado; de hecho, algunos viajeros que han estado recientemente en el norte de África, y que la han visto o se han sentado con ella en algún sombrío café de la kasba me han dicho, y estoy seguro, que Jane, con su cabeza como una dalia, con su corto pelo rizado, su nariz respingona y sus ojos de un brillo malicioso, y algo alocados, con esa voz suya tan original (un áspero soprano), sus ropas de muchacho, su figura de colegiala y su leve cojera, es más

* Este prólogo encabezaba la edición de las *Collected Works* de Jane Bowles, publicada por Peter Owen, que incluía su única novela, *Dos damas muy serias,* además de siete relatos y la obra de teatro *En el cenador. (N. del E.)*

7

o menos la misma que era cuando yo la conocí hace más de veinte años: ya entonces evocaba al golfillo eterno, tan atractivo como el más atractivo de los no adultos, y sin embargo con una sustancia más fría que la sangre corriendo por sus venas, y con un ingenio y una sabiduría excéntrica que ningún niño, ni siquiera el más extraño *wunderkind,* haya poseído jamás.

Cuando conocí a la señora Bowles (¿1944? ¿1945?), ya era, dentro de ciertos círculos, una celebridad: aunque solo tenía veintitantos años, había publicado una novela muy original y comentada, *Dos damas muy serias,* se había casado con Paul Bowles, compositor y escritor de talento, y ambos habitaban en una elegante pensión que había abierto en Brooklyn Heights el ahora difunto George Davis. Entre los compañeros de pensión de los Bowles figuraban Richard y Ellen Wright, W. H. Auden, Benjamin Britten, Oliver Smith, Carson McCullers, Gypsy Rose Lee y (según creo recordar) un domador de chimpancés que vivía allí con una de sus «estrellas». En fin, una casa más bien movida. Pero aun en medio de una comunidad tan vigorosa, la señora Bowles, por su talento y por las extrañas visiones que este alberga, y por la sorprendente mescolanza de candor de perrillo juguetón y de dosificación felina de su personalidad, seguía siendo una presencia dominante y de primera línea.

Jane Bowles es una autoridad lingüística. Habla con la mayor precisión francés, español y árabe..., y puede que ese sea el motivo de que los diálogos de sus relatos parezcan, o me parezcan a mí, como una traducción al inglés de alguna deliciosa combinación de otros idiomas. Además, dichos idiomas los aprendió sola, como consecuencia de su carácter nómada: de Nueva York se fue a vagar por Europa, y se alejó de allí y de una guerra ya inminente viajando a Centroamérica y México; descansó luego una temporada en esa histórica comunidad de Brooklyn Heights, y a partir de 1947 ha residido casi siempre en el extranjero; en París o en Ceilán, pero, sobre todo, en Tánger; de hecho, Jane y Paul Bowles pueden ser ya considerados sin vacilación como tangerinos permanentes, tanto se han adherido a ese empinado puerto de mar de blancos y sombras. Tánger se compone de dos partes mal emparejadas: una, gris y moderna, atestada de edificios comerciales y de casas de pisos altas y lúgubres, y la otra, una kasba que baja por un laberinto medieval de callejas, arcadas y plazas que huelen a kif y a menta, hacia el puerto bullicioso de pescadores y con las sirenas de los barcos atronando. Los Bowles se han instalado en los dos barrios; tienen en el más nuevo, un apartamento esterilizado *tout confort* y también un oculto refugio en el más sombrío vecindario árabe: una casa nativa que debe de ser una de las moradas más diminutas de la ciudad, los techos son tan bajos que tienes que pasar prácticamente a gatas de una habitación a otra; pero las habitaciones en sí son como una encantadora serie de Vuillards tamaño postal, con almohadones moriscos desparramados sobre alfombras con diseños también moriscos, todo acogedor como una tarta de frambuesa y todo iluminado por intrincadas lámparas y ventanas que dan acceso a la luz de los cielos marinos y ofrecen una panorámica que combina minaretes y barcos y los tejados enjalbegados de azul claro de las casas nativas, que retroceden como una escalinata fantasmagórica hasta el bullicioso muelle. O así es el recuerdo de mi única visita una tarde, a la hora del crepúsculo, oh sí, hace ya quince años.

Un verso de Edith Sitwell: «Jane, Jane, la luz de la mañana ya vuelve a crepitar...» Es un poema que siempre me ha gustado, sin que, como me pasa a menudo con esta particular autora, lo entienda en absoluto. A menos que, «luz de la mañana» sea una imagen que signifique el recuerdo (?). Entre mis propios recuerdos de Jane Bowles, los más satisfactorios giran en torno a un mes que pasamos en habitaciones contiguas en un hotel agradablemente descuidado de la rue du Bac durante un gélido invierno parisino: enero de 1951. Cuántas transcurrieron de frío pasamos en la acogedora habitación de Jane (llena de libros y papeles y alimentos y un vivaz cachorrillo de pequinés blanco comprado a un marinero español); largas veladas oyendo el fonógrafo y bebiendo tibio aguardiente de manzana mientras Jane preparaba chapuceros y maravillosos guisos en un hornillo eléctrico: es buena cocinera, sí señor, y también un poco glotona, como sospechará quien lea sus relatos, que abundan en descripciones de comidas y de sus ingredientes. Cocinar es solo uno de sus muchos dones extraordinarios:

10

también es una imitadora inquietantemente exacta y puede reproducir con nostálgica admiración las voces de ciertos cantantes, la de Helen Morgan, por ejemplo, y la de su íntima amiga Libby Holman. Años después, yo escribí un relato titulado *Entre las sendas del Edén,* en el que, sin darme cuenta, atribuí a la heroína varias características de Jane Bowles: la envarada cojera, las gafas, sus brillantes e inteligentes habilidades mímicas («Aguardó, como si esperase que la música le diese la señal; luego: "¡Ahora que estás aquí, no me abandones nunca! ¡Este es el lugar al que perteneces! ¡Todo parece perfecto cuando estás cerca! Cuando te vas, nada está en orden". Y el señor Belli se quedó perplejo, pues lo que estaba oyendo era exactamente la voz de Helen Morgan, y dicha voz, con su dulzura vulnerable, su refinamiento, su tierno temblor al alcanzar las notas agudas, no parecía prestada, sino la de la propia Mary O'Meaghan, una expresión natural de alguna identidad recóndita»). Yo no pensaba en la señora Bowles cuando inventé a Mary O'Meaghan, personaje al que nada se le parece en lo esencial; pero el que surgiera así un fragmento de ella dará una idea de la poderosa impresión que siempre me ha causado ella.

Aquel invierno ella estaba escribiendo *En el cenador,* la obra que tan delicadamente presentarían luego en Nueva York. No soy muy aficionado al teatro: casi nunca aguanto una obra más de dos veces; pero esta la vi en tres ocasiones, y no por lealtad a la autora, sino porque tenía un ingenio espinoso, el aroma de una bebida nueva, de acritud refrescante..., las mismas cualidades que me atrajeron desde el principio a la novela *Dos damas muy serias* de la señora Bowles.

Mi única queja contra la señora Bowles no es la calidad de su obra sino simplemente la cantidad. Este volumen constituye toda su estantería, por así decirlo. Y aunque estamos agradecidos por tenerlo, querríamos que hubiera más. Una vez, hablando de un colega de pluma, alguien con más facilidad que nosotros dos, Jane dijo: «Es que a él le resulta tan fácil... No tiene más que mover la mano. Solo eso». En realidad, escribir nunca es fácil; por si alguien no lo sabe, es el trabajo más duro que hay; y para Jane creo que es difícil hasta el punto de resultar auténticamente doloroso. ¿Por qué no, cuando tanto lenguaje como tema se persiguen a lo largo de sendas tortuosas y pedregosas canteras: las relaciones nunca materializadas de sus personajes, las incomodidades físicas y mentales con las que les rodea y satura, cada habitación una atrocidad, cada paisaje urbano una creación con estridencias de neón? Y sin embargo, aun cuando el sentimiento trágico es algo central en su visión, Jane Bowles es una escritora muy divertida, una especie de humorista, aunque desde luego no de la Escuela Negra. El humor negro, tal como lo etiquetan quienes lo perpetran, es, cuando triunfa, solo un artificio encantador falto totalmente de compasión. «Camp Cataract» (en mi opinión el más completo de todos los relatos de la señora Bowles, y uno de los más representativos de su obra) es una muestra irresistible de compasión controlada: el relato cómico de un destino calamitoso que tiene en su corazón, y como corazón, una sutilísima comprensión de la excentricidad y del aislamiento humano. Solo este relato exigiría ya que otorgásemos muy alta estima a Jane Bowles.

TRUMAN CAPOTE,
julio de 1966

INTRODUCCIÓN*

«No puedo vivir sin ella ni un momento», dice una heroína de *Dos damas muy serias,* de Jane Bowles, refiriéndose a la puta adolescente que ha tomado por compañera. «¡Eso me destrozaría por completo!»

A lo que una de sus serias amigas contesta: «¡Pero si ya está destrozada! ¿O acaso me equivoco?»

«Tiene razón», dice la señora Copperfield. «¡Estoy destrozada, cosa que llevaba años deseando! [...] Pero tengo mi felicidad y la defiendo como una loba, y ahora poseo autoridad y cierta audacia, cualidades de las que, como usted recordará, jamás he disfrutado antes.»

El derecho de las mujeres a la «autodeterminación a

* Este texto encabezaba la edición de *Dos damas muy serias* en la colección de «Clásicos modernos» de la editorial Virago. *(N. del E.)*

15

toda costa» (aun a costa de hundirse) ha sido tema dominante de la literatura feminista desde que los críticos varones atacaron a la pulcra *Jane Eyre* de Charlotte Brontë por
«fomentar el cartismo y la rebelión en el hogar», y yo ad-
vierto que la mayoría de los lectores varones se siguen
oponiendo a la visión de las mujeres verdaderamente independientes de los hombres: mujeres espirituales, nómadas, asexuales. Una de las ironías del actual «chic» porno
es que refuerza acogedoramente el antiguo y cómodo mito
masculino de que no somos más que un puñado de bom-
boncitos dependientes. Cuánto más amenazadora es para
la psique masculina la libertad célibe de Jean Rhys cuando
exclama, en *Después de dejar al señor Mackenzie,* «deseaba
irme con la misma sensación del muchacho que anhela
huir al mar».

De las novelistas del siglo XX que han escrito con más
agudeza (Colette, Doris Lessing, Kate Chopin, Jean Rhys
y Jane Bowles me vienen inmediatamente a la memoria),
las tres últimas son artistas consumadas que se han pasado
varias décadas sepultadas en el olvido. Aunque radicalmen-
te vacía de sensualidad, *El despertar* (1899) de Kate Chopin, en la que una artista da la espalda al matrimonio y a la
maternidad porque no satisfacen su búsqueda de la felicidad, fue desterrada de las bibliotecas públicas durante muchos años por su explícita afirmación de la autonomía de
la mujer. Las dos mejores novelas de Jean Rhys, que tratan
de mujeres atrapadas en la soledad de la pobreza urbana, no

fueron resucitadas hasta 1966, tras pasar treinta años en la oscuridad. En cuanto a la obra de Jane Bowles, que aborda también una redefinición de la libertad de la mujer, ha sido acogida con notorio silencio desde la representación de su obra de teatro *En el cenador* hace ya veinte años, pese a su éxito de crítica. (Alan Sillitoe dijo que era «un hito de la literatura contemporánea»; y Tennessee Williams, quizá un poco efusivamente, la describe como «la escritora de prosa narrativa más importante de la literatura norteamericana moderna».) Como está a punto de aparecer la primera biografía de esta escritora maravillosa y extraña, y acaba de publicarse la antología más completa de sus obras, parece que la señora Bowles va a recibir el tardío reconocimiento que se concedió no hace mucho a la señorita Chopin y a la señorita Rhys. Y hemos de agradecer profundamente al movimiento feminista que cree el clima psicológico propicio para que estas tres importantes escritoras se reeditaran.

Si existe un denominador común en la obra de la señora Bowles, sin duda es la persecución implacable de la autonomía del propio conocimiento por parte de las mujeres, el afán de liberarse de todas las estructuras convencionales. Y en manos de la señora Bowles, esta persecución se convierte en algo febril y demoníaco. En «Camp Cataract», uno de sus mejores relatos, una solterona que vive con sus dos hermanas decide refugiarse en la locura en vez de seguir en el asfixiante cobijo doméstico. Escondida en un campamento de verano en compañía de una camarera gorda cuya mayor ambición es tener un garaje, alcanza un nivel de libertad nuevo y dudoso cuando, al negarse a corresponder al profundo afecto de su hermana mayor, empuja a esta al suicidio. El desenlace de *En el cenador* aborda brutalmente a una mujer entregada a una tarea igualmente implacable de autodefinición. La alcohólica señora Constable queda privada de su hija, cuya independencia había intentado destruir por sus propios fines egoístas.

Dos damas muy serias, la única novela terminada de Jane Bowles, documenta con extraordinario talento la caída en el libertinaje de dos mujeres muy distintas pero igualmente serias. La señorita Goering es una rica solterona a la que su fealdad y sus severas inclinaciones místicas de infancia han convertido en una solitaria; la señora Copperfield, por su parte, está atrapada en un matrimonio de lo más próspero y respetable. La señorita Goering acaba vendiendo sus posesiones mundanas para ensayar «su modesto concepto de la salvación»; se traslada a una desagradable casita de State Island y desde allí va y viene a tierra firme para llevar una nueva vida de merodeo por los bares en la que acaba de *call girl* elegante. La señora Copperfield, a quien la señorita Goering conoce casualmente, acompaña a su inquieto y mezquino marido a Panamá y le deja para unirse a un grupo de mujeres equívocas a las que ha conocido en Colón. Acaba volviendo a Nueva York con una prostituta adolescente mestiza llamada Pacífica, admitiendo, a la vez, que está «destrozada» pero ha encontrado un tipo nuevo de independencia y felicidad que defiende «como una loba».

El tema de la independencia de las mujeres, y sus frecuentes coeficientes de soledad y destrucción potencial, han sido tratados en general con una seriedad lessingniana en un marco sociorrealista. Con lo que la obra de la señora Bowles resulta mucho más original, por su hilaridad gran guiñol, sus constantes sorpresas y una mezcla de lo realista y lo grotesco que a veces nos recuerda a Ronald Firbank. Hay una tensión extraordinaria entre el mundo físico, firme y supernormal que describe la autora y los movimientos gloriosamente impredecibles y fantásticos de los excéntricos personajes que lo habitan. Estas mujeres maduras y superformales desmoronándose en sus vestidos de fiesta, abandonando su casa para combatir sus inhibiciones en paisajes de literalidad fotográfica, hablan, se mueven y aceptan el libertinaje como el sueño en libertad de un cuadro de Delvaux. Toda lógica «normal» de conducta social se dispersa. Personas que acaban de conocerse deciden vivir juntas tras tomar la primera taza de té. Hay revisores de tren que prohíben a los pasajeros hablar entre sí, bajo la amenaza de llamar a la policía. Las hermanas de «Camp Cataract» son tan torpes respecto a los primores domésticos que apenas pueden salir del comedor sin arrastrarse debajo de las mesas. El diálogo ágil y febril de la señora Bowles posee una mezcla de integridad infantil, candor surrealista y ágil precisión, digna a menudo de Lewis Carroll.

«No me gustan los deportes», dice esa señorita Goering, proclive a la salvación. «Me producen una terrible sensación de pecar.» «... No tiene ningún sentido trasladarse físicamente de un sitio a otro», comenta un amigo de la señorita Goering. «Todos los sitios son más o menos iguales.» «Te llamas artista», reprende un padre a su hijo, «y ni siquiera sabes huir de tus responsabilidades.»

Después de leer las críticas entusiastas de *Dos damas muy serias* en 1943, me asombró que algunos críticos la compararan con *El pozo de la soledad,* quizá la única novela en lengua inglesa que ha tratado anteriormente el tema del lesbianismo. El acerbo genio de la señora Bowles para lo *outré* no deja base alguna para una comparación con el relato sentimental de Radcliffe Hall. Ni las caídas vertiginosas de sus heroínas se deben a preferencias por el lesbianismo, pues parecen tan asexuadas como independientes y nómadas, recurriendo a la carne como símbolo de independencia sin parecer gozar ni un momento de ella. Sus caricias gloriosamente desinhibidas, su voluptuosa liberación de toda disciplina masculina («Pero os va a dar una indigestión [...] ¡Dios mío!», dice continuamente el señor Copperfield) se relacionan más con una vuelta a la androginia sexual permisiva de raíz juvenil que a cualquier preferencia sexual. Es esta misma juguetona despreocupación infantil la que proporciona a la obra de la señora Bowles su extraño poder y su luminosa originalidad, y que puede desconcertar a lectores aficionados a heroínas predeciblemente «femeninas» y «maduras».

Lo poco que sabemos de Jane Bowles sugiere que su vida fue tan febril y singular como la de sus heroínas. Coja desde la adolescencia a raíz de un accidente que tuvo montando a caballo, se casó a los veinte años con el escritor y compositor Paul Bowles. Terminó *Dos damas muy serias* a los veinticuatro y se instaló en Tánger en 1947. A los cuarenta, sufrió una hemorragia cerebral que le impidió volver a leer y a escribir. Murió en un hospital de monjas de Málaga en 1973. En una entrevista reciente de *Rolling Stone,* Paul Bowles reveló algunos datos más sobre las últimas décadas de la vida de Jane Bowles. Bebía demasiado y tenía una relación apasionadamente dependiente con una sirvienta marroquí, la cual, según Paul Bowles, se sospecha que estuvo envenenándole la comida durante años con peligrosas drogas. La biografía de Millicent Dillon, cuya publicación tiene prevista para este año Harper & Row, iluminará más sin duda las relaciones entre la vida singular de Jane Bowles, la magia de su arte y su visión tragicómica de la liberación humana.

«Ninguno de mis amigos habla ya del carácter...», dice la señora Copperfield en *Dos damas muy serias.* «Y sin embargo no hay duda de que lo que más nos interesa es descubrir *cómo* somos.» En la obra de la señora Bowles, la tradicional lucha novelística entre temperamentos débiles y fuertes termina inevitablemente en tablas. El único objetivo heroico es la persecución rigurosa de la autonomía y la pesarosa aceptación de sus consecuencias a menudo trágicas. Pues hasta los más fuertes quedan deshechos por no saber apreciar «la fuerza terrible de los débiles», y seguir un sendero hacia abajo, igualmente beodo, hasta la sabiduría. Se evita rigurosamente toda moralización. Queda al lector individual determinar si las heroínas de la señora Bowles estaban mejor en el refugio de sus matrimonios represivos y sus solterías inhibidas que en la anarquía de su libertinaje. Cito el párrafo final de *Dos damas muy serias,* en que la señorita Goering reflexiona sobre su reciente libertad tras dejar una de sus relaciones de una noche en los bordes del submundo:

> «Ciertamente estoy más cerca de la santidad [...] ¿pero es posible que alguna parte de mí misma, oculta a mis sentidos, esté acumulando pecado tras pecado tan deprisa como la señora Copperfield?»

Esta última posibilidad le pareció de un interés considerable a la señorita Goering, pero no de gran importancia.

FRANCINE DU PLESSIX GRAY,
Cornwall Bridge, Connecticut, 1978

Dos damas muy serias

Primera parte

El padre de Christina Goering era un industrial nortea-
mericano de origen alemán y su madre una dama neoyor-
quina de familia muy distinguida. Christina pasó la primera mitad de su vida en una hermosa mansión (a menos de
una hora de la ciudad), que había heredado de su madre. Fue
en esta casa donde se educó junto con su hermana Sophie.

De niña, Christina fue muy despreciada por los demás
niños. Jamás sufrió particularmente por ello, pues siempre
tuvo, ya desde edad muy temprana, una activa vida interior
que mutilaba su capacidad de observación de lo que sucedía
a su alrededor, hasta tal extremo que nunca adoptó las ten-
dencias entonces en boga, y a los diez años la tachaban de
anticuada otras niñas de su edad. Ya entonces, hacía pensar
en esos fanáticos que se creen líderes sin haberse ganado ni
una sola vez el respeto de un ser humano.

Christina se vio torturada en extremo por ideas que jamás se les habrían ocurrido a sus compañeros, pero al mismo tiempo se consideraba con derecho a una posición social que cualquier otro niño hubiera considerado insoportable. De vez en cuando, algún compañero de clase se apiadaba de ella y procuraba hacerle compañía, pero, en lugar de agradecerlo, Christina hacía lo posible por convertir a su nuevo amigo al culto en que ella creyera en aquel momento.

Por el contrario, en el colegio todos admiraban a su hermana Sophie. Mostraba un singular talento para la poesía y se pasaba el tiempo con una amiga muy callada llamada Mary, dos años menor que ella.

A los trece, Christina tenía el pelo muy rojo (y siguió conservando bastante este color conforme creció), sus mejillas eran flácidas y sonrosadas y su nariz revelaba trazos de nobleza.

Todo aquel año, Sophie invitó a Mary a almorzar en su casa casi a diario. Al finalizar la comida, iban de paseo al bosque las dos provistas de un cesto que llenaban de flores. Sophie no permitía que Christina se uniera a sus paseos.

–Piensa en algo que puedas hacer tú sola –le decía.

Pero a Christina le resultaba difícil imaginar un pasatiempo solitario que le procurara alguna diversión. Dada su tendencia a sumirse en batallas mentales –generalmente de naturaleza religiosa– prefería estar acompañada y organizar juegos. Juegos que, en general, contenían mucha moralina y guardaban relación con Dios. Pero a nadie le divertían, y se veía obligada a pasar sola la mayor parte del día. Una o dos veces, intentó ir al bosque por su cuenta y recoger flores, como hacían Mary y Sophie, pero cada vez, temiendo no volver con flores suficientes para formar un hermoso ramillete, acarreaba tantas cestas que el paseo acababa convertido en penosa obligación más que en placer.

Christina soñaba con disfrutar ella sola, toda una tarde, de la compañía de Mary. Un día muy soleado, después del almuerzo, Sophie tuvo que meterse en casa para su lección de piano, mientras Mary se quedaba sentada en el césped. Christina, que las había observado desde no muy lejos, corrió hacia la casa con el corazón latiéndole frenéticamente. Se quitó los zapatos y los calcetines y se quedó en una corta combinación blanca. No resultaba un espectáculo agradable, porque Christina era por aquel entonces muy gruesa y de piernas bastante rollizas. (Imposible prever que con el tiempo se convertiría en una dama espigada y distinguida.) Corrió hasta el prado y le dijo a Mary que observara su danza.

–No apartes tus ojos de mí –exigió–. Voy a bailar una danza de adoración al sol. Luego te explicaré por qué prefiero una vida con Dios y sin sol a una vida con sol y sin Dios. ¿Me has comprendido?

–Sí –contestó Mary–. ¿Vas a hacerlo ahora?

–Sí. Voy a hacerlo aquí y ahora.

Se puso a bailar bruscamente. Era una danza torpe y todos sus gestos eran indecisos. Cuando Sophie salió de la casa, Christina corría hacia delante y hacia atrás, con las manos juntas, como si rezara.

–¿Qué está haciendo? –preguntó Sophie a Mary.

–Una danza en honor al sol, creo. Me dijo que me sentara y la mirase.

Sophie se acercó a Christina, que en ese momento giraba sobre sí misma, agitando las manos débilmente.

–¡Comedianta! –le gritó, dándole un empujón que la hizo caer sobre el césped.

Después de aquello, Christina evitó durante mucho tiempo la compañía de Sophie y en consecuencia también la de Mary. Tuvo otra ocasión, sin embargo, de quedarse a solas con ella, cierta mañana en que Sophie tuvo un terrible dolor de muelas y su institutriz tuvo que llevarla inmediatamente al dentista. Mary, que no sabía nada, apareció por la tarde, esperando encontrar a Sophie en casa. Christina se hallaba en la torre donde los niños solían reunirse, y la vio subir por el sendero.

–¡Mary! –gritó–. ¡Sube aquí!

Al llegar Mary a la torre, Christina le preguntó si no le gustaría jugar a un juego muy especial.

–Se llama «Yo te perdono por todos tus pecados». Tendrás que quitarte el vestido.

–¿Es divertido? –preguntó Mary.

–No vamos a jugar para divertirnos, sino porque es necesario hacerlo.

—Está bien, jugaré contigo –aceptó Mary.

Se quitó el vestido y Christina le cubrió la cabeza con un saco viejo de arpillera. Hizo dos agujeros en la tela para que pudiera ver y luego le anudó una cuerda a la cintura.

—Ven –ordenó Christina–, y serás absuelta de todos tus pecados. Repite mentalmente: «Que el Señor me perdone por mis pecados».

Bajó corriendo las escaleras, seguida de Mary, y atravesaron el prado en dirección al bosque. Christina no estaba muy segura de lo que iba a hacer, pero se sentía muy agitada. Llegaron al arroyo que bordeaba el bosque. La orilla era blanda y cenagosa.

—Acércate al agua –indicó Christina–, creo que así limpiaremos tus pecados. Tendrás que ponerte en el barro.

—¿Cerca del barro?

—*En* el barro. ¿Sientes el sabor amargo de tus pecados en la boca? ¡Tienes que sentirlo!

—Sí –balbuceó Mary.

—Entonces quieres ser limpia y pura como una flor, ¿no es cierto?

Mary no contestó.

—Si no te echas en el suelo y dejas que te cubra de barro y luego te lave en el arroyo, quedarás condenada por los siglos de los siglos. ¿Quieres condenarte por los siglos de los siglos? Ha llegado el momento de decidirte.

Mary, oculta bajo el negro capuchón, no dijo palabra.

Christina la echó en el suelo y se puso a cubrir el saco con lodo.

—El barro está frío —se quejó Mary.

—El fuego del infierno quema. Si me dejas terminar, no irás al infierno.

—No tardes mucho —dijo Mary.

Christina estaba muy nerviosa. Sus ojos brillaban. Amontonó una gran cantidad de barro sobre el cuerpo de Mary y por fin le dijo:

—Ahora ya estás a punto para ser purificada en el arroyo.

—¡Oh, no, por favor! ¡En el agua no! No me gusta meterme en el agua; el agua me da miedo.

—Olvida que tienes miedo. Ahora Dios te está mirando y todavía no se ha apiadado de ti.

Alzó a Mary del suelo y se metió con ella en el arroyo. Se le había olvidado quitarse los zapatos y los calcetines. Tenía el vestido completamente manchado de barro. Al sumergir el cuerpo de Mary en el agua, esta la miraba por los agujeros de la arpillera. Ni siquiera se le ocurrió ofrecer resistencia.

—Tres minutos serán suficientes —declaró Christina—. Voy a rezar una pequeña oración por ti.

—¡Oh, no lo hagas! —suplicó Mary.

—Ya lo creo que lo haré —afirmó Christina. Y alzando los ojos al cielo entonó—: Querido Dios, haz que esta niña, Mary, se vuelva tan pura como Tu Hijo Jesús. Lava sus pecados como el agua lava el barro que la cubre. Con este saco negro te demuestra que sabe que es una pecadora.

–¡Oh, cállate ya! –susurró Mary–. Él te oirá igual aunque reces en voz baja. Estás gritando como una loca.

–Me parece que ya han pasado los tres minutos. Ven, querida, ya puedes levantarte.

–Volvamos a casa –dijo Mary–. Me muero de frío.

Corrieron hasta la casa y subieron las escaleras que conducían a la torre. Hacía calor en la habitación, ya que todas las ventanas estaban cerradas. Christina se encontró de pronto muy enferma.

–Vete –le dijo a Mary–, ve al baño y lávate. Yo voy a dibujar.

Se sentía profundamente turbada.

«Ya ha terminado –se dijo–. El juego ha terminado. Le diré a Mary que se vaya a su casa en cuanto se haya lavado, y le daré unos lápices de colores para que se los lleve.»

Mary volvió del baño envuelta en una toalla. Todavía temblaba. Sus cabellos estaban húmedos y lacios. Su cara parecía más pequeña que de costumbre. Christina apartó la vista.

–El juego ha terminado –dijo–. Solo duró un par de minutos, ya deberías estar seca. Yo me voy.

Salió de la habitación, dejando sola a Mary, quien apretó con más fuerza la toalla sobre sus hombros.

Ya mujer, la señorita Goering no despertaba mayores afectos que siendo niña. Ahora vivía en su casa, en las afueras de Nueva York, con su compañera, la señorita Gamelon.

Tres meses antes, la señorita Goering estaba sentada en la sala, mirando los desnudos árboles del exterior, cuando su doncella le anunció una visita.

–¿Es un caballero o una dama? –preguntó la señorita Goering.

–Una dama.

–Hágala pasar inmediatamente.

La doncella volvió seguida de la visita. La señorita Goering se levantó de su asiento.

–¿Cómo está usted? No creo haberla visto antes, pero, por favor, siéntese.

La mujer que la visitaba era pequeña y maciza, y aparentaba entre treinta y cuarenta años. Llevaba un vestido oscuro pasado de moda, y de no ser por sus grandes ojos grises, su cara hubiera pasado completamente desapercibida.

–Soy la prima de su institutriz –explicó–. Mi prima estuvo con usted muchos años. ¿La recuerda?

–Sí, la recuerdo –admitió la señorita Goering.

–Bien, me llamo Lucie Gamelon. Mi prima siempre me hablaba de usted y de su hermana Sophie. Hace mucho que deseaba venir a visitarla, pero cada vez surgía algo que lo impedía. Al final todo ocurre a su debido tiempo.

La señorita Gamelon se sonrojó. Aún no se había quitado el sombrero ni el abrigo.

–Tiene una hermosa casa –comentó–. Supongo que usted lo sabe y la tiene en gran estima.

34

Para entonces, la señorita Goering empezaba a observar con curiosidad a la señorita Gamelon.

–¿A qué se dedica usted? –le preguntó.

–Me temo que a muy poco. He estado pasando a máquina manuscritos de escritores famosos durante toda mi vida, pero aquí ya no hay tanta demanda de autores o han decidido mecanografiarse ellos mismos sus obras.

La señorita Goering, sumida en sus reflexiones, no dijo nada.

La señorita Gamelon miró a su alrededor, indecisa.

–¿Pasa aquí la mayor parte del tiempo, o suele viajar? –le preguntó inesperadamente a la señorita Goering.

–Jamás se me ha ocurrido viajar. No lo necesito.

–Procediendo de la familia que procede, imagino que nació usted llena de conocimientos sobre todas las cosas, y no le hace falta viajar –sentenció la señorita Gamelon–. Yo tuve un par o tres de oportunidades de viajar con mis escritores. Se ofrecieron a pagarme todos los gastos, y además el sueldo íntegro, pero lo hice solo una vez, y fui a Canadá.

–¿No le gusta viajar? –quiso saber la señorita Goering, mirándola a los ojos.

–No me sienta bien. Lo intenté aquella vez. Mi estómago se trastornó y padecí jaquecas nerviosas todo el viaje. Tuve bastante. Capté la advertencia.

–La entiendo perfectamente.

–Siempre he creído –prosiguió la señorita Gamelon– que

las advertencias son provechosas. Hay personas que no les prestan atención. Entonces surgen los conflictos. Creo que si algo te produce extrañeza o nerviosismo debes quedarte al margen.

–Continúe –sugirió la señorita Goering.

–Bueno, yo sé, por ejemplo, que no estoy hecha para ser aviador. Siempre he soñado que me estrellaba. Hay bastantes cosas que no haré jamás, aunque me crean testaruda como una mula. No cruzaré una gran extensión de agua, por ejemplo. Yo podría conseguir cuanto quisiera solo con atravesar el océano e irme a Inglaterra, pero no lo haré jamás.

–Bien, vamos a tomar un poco de té y unos emparedados –decidió la señorita Goering.

La señorita Gamelon comió vorazmente y alabó a la señorita Goering por lo bueno que estaba todo.

–Me gustan las cosas buenas. Pero de momento el comer bien se acabó para mí. Cuando trabajaba para mis escritores era otra cosa.

Cuando terminaron de tomar el té, la señorita Gamelon se despidió de su anfitriona.

–He pasado un rato muy agradable. Me gustaría quedarme un poco más, pero he prometido a mi sobrina que esta noche cuidaría de sus niños. Va a un baile.

–Debe sentirse muy deprimida ante la perspectiva –observó la señorita Goering.

–Sí, desde luego.

—Vuelva pronto —le animó la señorita Goering.

A la tarde siguiente, la doncella anunció a la señorita Goering que tenía una visita.

—Es la misma señora que vino ayer —explicó.

«Bien, bien —pensó la señorita Goering—, eso está bien.»

—¿Cómo se encuentra hoy? —preguntó la señorita Gamelon al entrar en el salón. Hablaba con naturalidad, sin parecer incómoda por haber vuelto tan pronto desde su primera visita—. Estuve pensando en usted toda la noche. Es curioso. Siempre pensé que acabaría por conocerla. Mi prima solía decirme que era usted bastante rara. Pero creo que con la gente rara es más fácil hacer amistad enseguida. Y cuando no es así, la amistad ya se hace imposible; o una cosa o la otra. La mayoría de mis escritores eran muy raros. Por eso he tenido mayores ventajas para relacionarme que mucha gente. Me conozco muy bien a los maníacos de tomo y lomo, como yo los llamo.

La señorita Goering invitó a la señorita Gamelon a cenar. Le parecía relajante y simpática su compañía. A la señorita Gamelon le impresionó mucho que la señorita Goering estuviese tan nerviosa. Cuando iban a sentarse a la mesa confesó que no se sentía con fuerzas para cenar en el comedor, y ordenó a la doncella que pusiera la mesa en la sala. Invirtió una buena cantidad de tiempo en apagar y encender las luces.

—Comprendo cómo se siente —la consoló la señorita Gamelon.

—No es que me divierta particularmente, pero espero recobrar mi dominio en el futuro —confesó la señorita Goering.

Durante la cena, mientras saboreaban una copa de vino, la señorita Gamelon le confió a la señorita Goering que su comportamiento no la sorprendía.

—¿Qué esperaba, querida, viniendo de una familia como la suya? Tienen todos ustedes los nervios a flor de piel. Pero pueden permitirse cosas a las que otras personas no tienen derecho.

La señorita Goering comenzó a sentirse un poco achispada. Miró soñadora a la señorita Gamelon, que se servía una segunda ración de pollo al vino. Tenía una pequeña mancha de grasa en la comisura de la boca.

—Me gusta beber —declaró la señorita Gamelon—. Pero no es aconsejable cuando hay que trabajar, es mucho más agradable cuando no tienes nada que hacer. Yo dispongo ahora de mucho tiempo libre.

—¿Tiene algún ángel de la guarda? —preguntó la señorita Goering.

—Bueno, tengo una tía que murió, si es eso lo que quiere decir, es posible que ella vele por mí.

—No, no me refería a eso... Me refería a algo muy diferente.

—Ah, claro... —vaciló la señorita Gamelon.

—Nuestro ángel de la guarda aparece cuando somos muy jóvenes y nos concede una dispensa especial.

—¿De qué?

—Del mundo. La suya tal vez sea la suerte; la mía es el dinero. Muchas personas tienen un ángel de la guarda. Por eso viven tan tranquilas.

—Es una manera muy original de ver el ángel de la guarda. Supongo que el mío me obliga a atender a las advertencias, como ya le dije ayer. Y pienso que tal vez podría aconsejarme acerca de nosotras dos. Así podría yo evitarle muchas preocupaciones. Con su consentimiento, naturalmente... —añadió, un poco confundida.

La señorita Goering tuvo en aquel momento la meridiana sensación de que la señorita Gamelon no era en absoluto una mujer agradable, pero rehusó aceptar tal hecho, porque le producía un gran placer sentirse cuidada y mimada. Por un tiempo eso no la perjudicaría, se dijo.

—Señorita Gamelon, considero una excelente idea que acepte esta casa como su hogar..., al menos por una temporada. No me parece que ningún asunto urgente la obligue a permanecer en otra parte, ¿no es cierto?

—No, nada tengo pendiente... No veo por qué no podría quedarme aquí... Pero tendría que ir a casa de mi hermana para recoger mis cosas. Aparte de eso, no se me ocurre nada más.

—¿Qué cosas? —preguntó la señorita Goering, impaciente—. No hace falta que vaya. Podemos comprar cuanto necesite en unos almacenes.

Se levantó y anduvo nerviosamente de un extremo a otro de la pieza.

–Creo que debería recoger mis cosas –dijo la señorita Gamelon.

–Pero no esta noche, mañana, mañana. Cogeremos el coche.

–Cogeremos el coche –repitió la señorita Gamelon como un eco.

La señorita Goering dispuso lo necesario para que la señorita Gamelon se instalara en una habitación próxima a la suya, a la cual la condujo poco después de cenar.

–Esta habitación tiene una de las mejores vistas de toda la casa –explicó la señorita Goering, descorriendo las cortinas–. Esta noche, señorita Gamelon, tendrá luna y estrellas y verá qué bonita es la silueta de los árboles recortados en el cielo.

La señorita Gamelon permanecía de pie en la penumbra, junto al tocador. Jugueteaba con el broche que llevaba prendido de la blusa. Estaba deseando quedarse sola para reflexionar sobre la casa y sobre la oferta de la señorita Goering.

De pronto se oyó un ruido entre los arbustos que crecían bajo la ventana. La señorita Goering se sobresaltó.

–¿Qué es eso? –Se llevó la mano a la frente, la cara blanca como el papel–. Me duele tanto el corazón cuando me asusto. No se me pasa –añadió con una voz casi inaudible.

—Creo que ya va siendo hora de que me acueste —dijo la señorita Gamelon. De pronto sentía los efectos del vino. La señorita Goering se despidió a regañadientes. Hubiera querido quedarse charlando hasta la madrugada.

A la mañana siguiente, la señorita Gamelon fue a casa de su hermana para recoger sus cosas y darle su nueva dirección.

Tres meses más tarde, la señorita Goering no sabía mucho más sobre las ideas de la señorita Gamelon de lo que pudo enterarse la primera noche que cenaron juntas. En cambio, había averiguado mucho, mediante una cuidadosa observación, sobre las características personales de la señorita Gamelon. En su primera visita, la señorita Gamelon se extendió sobre su amor por el lujo y por los objetos bellos, pero la señorita Goering, quien desde entonces había ido de compras con ella innumerables veces, nunca la había visto interesada en otras cosas que no fueran las de simple necesidad.

Era tranquila, hasta un poco taciturna, pero parecía bastante satisfecha de su suerte. Lo que más le gustaba era comer fuera de casa, en restaurantes caros, sobre todo si la comida estaba amenizada con música. Parecía no gustarle el teatro. Con mucha frecuencia la señorita Goering compraba entradas para una representación y en el último momento la señorita Gamelon prefería no ir.

—Tengo tanta pereza que la cama me parece lo más bonito del mundo en este momento —pretextaba.

Cuando iba al teatro se aburría con facilidad. Cada vez que el ritmo de la obra languidecía, la señorita Goering la sorprendía contemplándose el regazo y jugando con los dedos.

Su interés por las actividades de la señorita Goering parecía más apasionado que por las suyas propias, aunque ahora no escuchaba las explicaciones personales de su anfitriona con tanta comprensión como al principio.

Un miércoles por la tarde, la señorita Gamelon y la señorita Goering estaban sentadas debajo de unos árboles, frente a la casa. La señorita Goering bebía un whisky y la señorita Gamelon leía. La doncella anunció a la señorita Goering que la llamaban por teléfono.

Una vieja amiga de la señorita Goering, Anna, la invitó a una fiesta, la noche siguiente. La señorita Goering volvió al jardín muy agitada.

—Mañana por la noche voy a ir a una fiesta —anunció—. No sé cómo podré esperar hasta entonces. Me encantan las fiestas, pero me invitan tan poco que casi no sé cómo debo comportarme cuando voy. ¿Qué haremos para matar el tiempo hasta mañana?

Tomó las manos de la señorita Gamelon entre las suyas. Empezaba a refrescar. La señorita Goering tuvo un escalofrío y sonrió.

—¿Disfruta de nuestra humilde existencia? —preguntó a la señorita Gamelon.

—Yo siempre estoy contenta porque sé lo que debo tomar

y lo que debo dejar. Usted, en cambio, se halla siempre a merced de las circunstancias.

La señorita Goering llegó a casa de Anna con las mejillas encendidas y un poco demasiado elegante. Llevaba un vestido de terciopelo y la señorita Gamelon le había prendido unas flores en el cabello.

Los hombres eran, en su mayoría, de mediana edad y permanecían en una de las esquinas del salón fumando y escuchándose unos a otros con suma atención. Las mujeres, recién empolvadas, estaban sentadas alrededor de la pieza sin hablar apenas. Anna parecía un poco tensa, pero no dejaba de sonreír. Lucía una túnica de noche inspirada en los atavíos campesinos de la Europa central.

—Dentro de un momento se servirán las bebidas —anunció a sus invitados. Al percatarse de la presencia de la señorita Goering, fue hacia ella y sin mediar palabra la condujo a un asiento junto a la señora Copperfield.

Esta tenía una carita angulosa y el cabello muy oscuro. Era inusitadamente pequeña y flaca. Cuando la señorita Goering se sentó a su lado, se frotaba nerviosamente los brazos desnudos y miraba en todas direcciones. A lo largo de los años se habían encontrado en numerosas ocasiones en las fiestas de Anna, y a veces tomaban el té juntas.

—¡Oh, si es Christina Goering! —exclamó la señora Copperfield al descubrir de pronto a su amiga sentada a su lado–. ¡Me marcho!

–¿Quiere decir que se va ya de la fiesta? –preguntó la señorita Goering.

–No, me marcho de viaje. Espere a que se lo cuente. ¡Es terrible!

La señorita Goering notó que los ojos de la señora Copperfield brillaban más que de costumbre.

–¿Todo bien, querida señora Copperfield? –preguntó, al tiempo que se levantaba y miraba a su alrededor con una radiante sonrisa.

–Oh, creo que no le gustará oírlo. Es posible que no sienta ningún respeto por mí, pero no importa, porque yo siento un gran respeto por usted. Le oí decir una vez a mi marido que tenía usted una naturaleza muy religiosa, y por poco no tuvimos una desagradable pelea. Solo un loco puede decir tal cosa. Porque es usted gloriosamente impredecible y no le teme a nadie más que a sí misma. Detesto la religión en las otras personas.

A la señorita Goering se le olvidó contestar a la señora Copperfield, porque desde hacía un par de segundos tenía la vista clavada en un hombre corpulento, de cabello oscuro, que cruzaba lentamente la pieza en dirección a ella. Cuando se le acercó, pudo comprobar que tenía un rostro agradable, con una imponente papada que sobresalía a ambos lados de su rostro, pero que no le colgaba, como suele ocurrir con la gente obesa. Iba vestido con un traje clásico de color azul.

–¿Puedo sentarme con ustedes? –preguntó, dándole la mano a la señora Copperfield–. Ya tuve el gusto de conocer a esta joven, pero me temo que todavía no he sido presentado a su amiga.

Se volvió con una inclinación hacia la señorita Goering.

La señora Copperfield se sentía tan molesta por la interrupción que olvidó presentar a la señorita Goering al caballero. Imperturbable, este puso una silla junto a la señorita Goering y la observó.

–Acabo de llegar de la más maravillosa de las cenas, precio moderado pero servida con mucho esmero y cocinada a la perfección –dijo–. Si le interesa, puedo indicarle el nombre del pequeño restaurante.

Buscó en el bolsillo del chaleco y sacó una cartera de piel. Solo encontró un trozo de papel en blanco que no estuviera cubierto de direcciones.

–Se lo anotaré en este papel. Sin duda seguirá usted viendo a la señora Copperfield, así que podrá trasladarle la información, o tal vez ella misma se la pida por teléfono.

La señorita Goering tomó el trozo de papel y leyó cuidadosamente el texto.

No había escrito el nombre de ningún restaurante. Le preguntaba, en cambio, si aceptaría ir luego a su apartamento. Este cumplido la llenó de satisfacción, ya que le parecía delicioso permanecer fuera de casa hasta muy tarde una vez decidida a salir.

Dirigió una mirada al hombre, cuyo rostro en aquel momento era inescrutable. Sorbía con calma su bebida y observaba el salón como quien ha dado finalmente por concluida una conversación de negocios. Sin embargo, algunas gotas de sudor asomaban en su frente.

La señora Copperfield lo miraba con desagrado, pero el semblante de la señorita Goering se iluminó de pronto.

–Permítanme explicarles una extraña experiencia que he tenido esta mañana –propuso–. No se mueva, mi querida señora Copperfield, y escúcheme.

La señora Copperfield la miró, tomando las manos de su amiga entre las suyas.

–Anoche me quedé en la ciudad, en casa de mi hermana Sophie –explicó la señorita Goering–. Esta mañana estaba sentada ante la ventana tomando una taza de café. Están tirando abajo la casa contigua a la de mi hermana. Según creo, tienen intención de construir un edificio de apartamentos. El día había amanecido muy ventoso y, por si fuera poco, llovía de manera intermitente. Desde mi ventana podía ver el interior de las habitaciones de esa casa, ya que habían derribado la pared de enfrente. Había muebles todavía en las habitaciones y me quedé mirando cómo la lluvia salpicaba el papel de las paredes. Era floreado, y estaba ya lleno de manchas oscuras, que se iban haciendo cada vez más grandes.

–¡Qué divertido! –exclamó la señora Copperfield–. ¿O era deprimente tal vez?

–Al final me puse triste viendo el espectáculo, y ya estaba a punto de retirarme cuando apareció un hombre en una de las habitaciones. Se fue derecho a la cama, cogió una colcha, la plegó y se la puso bajo el brazo. Sin duda se la había olvidado y volvía para recuperarla. Deambuló por la habitación un rato y finalmente se detuvo en el extremo del cuarto, asomado al vacío, mirando con los brazos en jarras hacia el patio que se extendía a sus pies. Pude entonces verlo mucho mejor, y yo diría que se trataba de un artista. Mientras permanecía allí, me sentí invadida por el horror, como si estuviera viendo la escena en una pesadilla.

Al llegar a este punto, la señorita Goering se levantó súbitamente.

–¿Se tiró, señorita Goering? –preguntó estremecida la señora Copperfield.

–No, se quedó allí un rato, con la mirada clavada en el patio, y una expresión de complacida curiosidad en el rostro.

–Asombroso, señorita Goering –exclamó la señora Copperfield–. Una historia muy interesante de veras, pero me ha puesto muy nerviosa, y no me gustaría oír otra parecida.

Apenas había acabado la frase, cuando oyó decir a su marido:

–Iremos a Panamá y estaremos allí unos días, antes de adentrarnos en el país.

La señora Copperfield apretó la mano de la señorita Goering.

–No creo que pueda soportarlo. Es la pura verdad, señorita Goering, me da mucho miedo ir.

–Yo iría de todos modos –dijo la señorita Goering.

La señora Copperfield saltó del brazo del sillón y se marchó a toda prisa a la biblioteca. Cerró la puerta cuidadosamente y se dejó caer en el diván hecha un ovillo. Cuando cesó de llorar, se empolvó la nariz y se sentó en el alféizar de la ventana, contemplando el jardín sombrío que se extendía debajo de ella.

Un par de horas más tarde, Arnold, el hombre corpulento vestido de azul, hablaba aún con la señorita Goering. Le sugirió abandonar la fiesta e ir a su casa.

–Creo que pasaremos un rato mucho más agradable en mi casa. Hay menos ruido y podremos hablar con mayor libertad.

La señorita Goering no sentía todavía deseos de irse, ya que le agradaba mucho estar rodeada de gente. Pero no supo qué hacer para esquivar la invitación.

–No faltaba más –dijo–. Vámonos.

Se levantaron y salieron en silencio del salón.

–No le diga nada a Anna de nuestra huida –rogó Arnold–. No serviría más que para provocar alboroto. Le prometo que mañana le enviaré unos bombones o unas flores.

Apretó la mano de la señorita Goering con una sonrisa. Ella consideró que aquel gesto tal vez pecase de exceso de familiaridad.

Tras abandonar la fiesta de Anna, caminaron un rato y luego tomaron un taxi. La ruta en dirección a casa de Arnold pasaba por muchas calles oscuras y desiertas. La señorita Goering se puso tan nerviosa e histérica que su acompañante se alarmó.

–Siempre he creído –dijo la señorita Goering– que el conductor espera a que los pasajeros estén distraídos en una conversación para lanzarse hacia una calle solitaria, o un lugar inaccesible y abandonado, donde pueda torturarlos o asesinarlos. Estoy segura de que mucha gente piensa lo mismo que yo, pero el buen gusto les impide confesarlo.

–Ya que vive usted tan lejos de la ciudad –dijo Arnold–, ¿por qué no pasa la noche en mi casa? Tenemos una habitación disponible.

–Probablemente así lo haré, por mucho que vaya en contra de mi código personal. La verdad es que jamás he tenido ocasión de seguirlo, aunque lo juzgue todo a través de él.

La señorita Goering ensombreció el talante tras esta declaración y quedó en silencio todo el resto del trayecto hasta que llegaron a su destino.

El apartamento de Arnold estaba en el segundo piso. Abrió la puerta y entraron en una pieza revestida hasta el techo de anaqueles llenos de libros. La cama turca estaba preparada, con las zapatillas de Arnold dispuestas a un lado, sobre la alfombra. El mobiliario era ostentoso, con varias alfombras orientales repartidas por toda la habitación.

–Yo duermo aquí, y mi padre y mi madre ocupan el dormitorio. Tenemos una cocina pequeña, pero generalmente preferimos comer fuera de casa. Hay otra habitación pequeña que se hizo pensando en el servicio, pero yo duermo mucho mejor aquí, donde mis ojos puedan contemplar los libros; los libros constituyen un gran solaz para mí. –Suspiró y puso las manos sobre los hombros de la señorita Goering–. Ya ve, mi querida amiga, no hago exactamente lo que me gustaría hacer... Me dedico a la compraventa de fincas.

–¿Y qué le gustaría hacer? –preguntó la señorita Goering con expresión fatigada e indiferente.

–Como es natural, algo que estuviese relacionado con los libros o con la pintura –explicó Arnold.

–¿Y no puede?

–No, mi familia no lo considera una ocupación seria y como he de ganarme la vida y pagar mi parte del apartamento, me he visto obligado a aceptar un empleo en la oficina de mi tío, donde, debo decir, me he convertido en su mejor vendedor. Por las noches, sin embargo, dispongo de tiempo sobrado para relacionarme con personas que nada tienen que ver con las inmobiliarias. Personas que, de hecho, dan muy poca importancia al dinero. Eso no excluye que no quieran tener lo necesario para comer, naturalmente. En cuanto a mí, aunque tengo treinta y nueve años, albergo todavía serias esperanzas de independizarme definitivamente de mi familia. No veo la vida con su misma perspectiva. Y noto, cada vez más, que mi vida aquí se hace insoportable, aun teniendo libertad para recibir a quien me place, ya que pago la parte que me corresponde para mantener el apartamento.

Se sentó en la cama turca y se frotó los ojos con las manos.

—Tendrá que perdonarme, señorita Goering, pero de golpe me ha entrado mucho sueño. Estoy convencido de que se me pasará...

A la señorita Goering se le había pasado el efecto de las bebidas y pensó que ya era hora de volver con la señorita Gamelon, pero no tenía el valor para emprender sola el camino hasta su casa.

—Bien, supongo que estará muy decepcionada, pero debo decirle que me he enamorado de usted —confesó Arnold—. Quería traerla aquí y contarle toda mi vida, pero ahora no me apetece hablar de nada.

—Ya me hablará de su vida otro día —dijo la señorita Goering, empezando a caminar de un lado para otro muy deprisa. Se detuvo y se volvió hacia Arnold—. ¿Qué me aconseja: irme a mi casa o quedarme aquí?

Arnold consultó el reloj.

—Quédese, se lo ruego, no faltaba más.

En aquel preciso instante entró el padre de Arnold en bata y con una taza de café en la mano. Era muy flaco y llevaba una barbita puntiaguda. Su porte era mucho más distinguido que el de Arnold.

—Buenas noches, Arnold. ¿Podrías presentarme a esta joven, por favor?

Arnold hizo las presentaciones y su padre le preguntó a la señorita Goering por qué no se quitaba la capa.

—Estando levantada a estas horas y lejos del confort y de la seguridad de su propia cama, por lo menos póngase cómoda. Mi hijo Arnold nunca se fija en estos detalles.

Tomó la capa de la señorita Goering, al tiempo que alababa su encantador vestido.

—Y ahora contadme, ¿dónde habéis estado y qué habéis hecho? Yo apenas hago vida social, me contento con la compañía de mi mujer y de mi hijo.

Arnold se encogió de hombros, fingiendo contemplar la habitación con aire ausente. Pero cualquiera, por poco observador que fuese, hubiera notado una decidida hostilidad en su rostro.

—Y ahora, explicadme cómo fue la fiesta —pidió el padre de Arnold, ajustándose el pañuelo que llevaba al cuello—. Explíquemelo usted —añadió, mirando a la señorita Goering, que empezaba a sentirse de mejor humor. Había preferido al padre desde el primer momento.

—Te lo explicaré yo —intervino Arnold—. Había mucha gente, la mayoría artistas, unos famosos y ricos, otros simplemente ricos porque heredaron de algún familiar, y otros con apenas lo suficiente para comer. Ninguno de ellos, con todo, parecía interesado en el dinero como objetivo, les bastaba con poder comer.

—¡Igual que animales salvajes! —exclamó el padre, poniéndose de pie—. ¡Igual que lobos! La única diferencia entre el hombre y el lobo es que el hombre busca ganar dinero.

La señorita Goering se rió hasta que las lágrimas le bañaron el rostro. Arnold tomó unas revistas de la mesa y empezó a hojearlas con gran rapidez.

En aquel momento, la madre de Arnold hizo su entrada en la habitación; sostenía en una mano un plato lleno de pasteles y en la otra una taza de café.

Era una mujer desaliñada e inexpresiva, con una constitución muy parecida a la de Arnold. Vestía una bata de color rosa.

—Bienvenida —saludó la señorita Goering a la madre de Arnold—. ¿Podría probar sus pasteles?

La madre de Arnold, mujer de poco mundo, no atendió la petición de la señorita Goering; al contrario, acercó más el plato hacia sí.

—¿Hace mucho que conoce a Arnold? —inquirió.

—No, lo he conocido esta noche en la fiesta.

—Bien —dijo la madre, dejando el plato para sentarse—. No es mucho tiempo, ¿no le parece?

El padre de Arnold estaba enojado con su mujer y su rostro lo expresaba visiblemente.

—Odio esa bata rosa.

—¿Por qué lo dices ahora, cuando tenemos visita?

—Porque las visitas no me hacen ver la bata de otra forma. —Guiñó un ojo ostensiblemente a la señorita Goering y luego estalló en carcajadas. La señorita Goering volvió a reírse de buena gana con la ocurrencia. Arnold estaba aún más sombrío que antes.

–La señorita Goering tenía miedo de irse sola a su casa y le ofrecí pasar la noche en la habitación libre. Aunque la cama no es muy cómoda, pensé que nadie la molestaría –explicó Arnold.

–¿Y *por qué* tiene miedo la señorita Goering de ir sola a su casa? –quiso saber el padre de Arnold.

–Bueno, no es muy seguro para una dama vagar por las calles o ir en un taxi sin compañía a estas horas de la noche. Sobre todo viviendo lejos. Naturalmente si no viviera tan lejos, yo mismo la acompañaría.

–Pareces un gallina hablando así –dijo su padre–. Yo pensaba que a ti y a tus amigos no os asustaban esas cosas. Creía que erais unos salvajes y que la violación no era para vosotros más que un juego de niños.

–¡Oh, no digas eso! –exclamó la madre de Arnold, con expresión horrorizada–. ¿Por qué le hablas de ese modo?

–Desearía que te fueras a la cama –cortó el padre–. De hecho, te ordeno que te vayas. Vas a pillar un resfriado.

–¿No es terrible? –exclamó la madre de Arnold, sonriendo a la señorita Goering–. Ni siquiera cuando hay visitas en casa puede reprimir su carácter de león. Es fiero como un león y se pasa el día rugiendo por el apartamento, ¡le incomodan tanto Arnold y sus amigos!

El padre de Arnold salió precipitadamente de la habitación y todos pudieron oír el portazo en el pasillo.

—Perdóneme —rogó la madre de Arnold a la señorita Goering—. No quería estropearles la fiesta.

La señorita Goering se sentía muy molesta, porque el viejo le había parecido muy divertido y Arnold le deprimía cada vez más.

—Le enseñaré su dormitorio —suspiró Arnold, levantándose y dejando caer al suelo algunas de las revistas que tenía sobre las rodillas—. Bien. Venga por aquí. Estoy casi dormido y muy disgustado por todo este asunto.

La señorita Goering le siguió de mala gana hasta el vestíbulo.

—¡Dios mío! —gimió—. Debo confesar que no tengo sueño. Nada hay peor que el insomnio, ¿no cree?

—Sí, es espantoso. Yo, por mi parte, me tumbaría en la alfombra y dormiría hasta bien entrada la mañana. Estoy completamente exhausto.

La señorita Goering consideró muy poco hospitalaria tal observación y empezó a sentir un poco de miedo. Arnold fue a buscar la llave del cuarto y la señorita Goering tuvo que esperar a solas, frente a la puerta, durante un buen rato.

«Domínate», se susurró a sí misma, pues su corazón empezaba a latir precipitadamente. Se preguntó cómo se le había ocurrido ir tan lejos de su casa y de la señorita Gamelon. Arnold volvió finalmente con la llave y abrió la puerta del dormitorio.

Era una habitación muy pequeña y mucho más fría que la sala de donde venían. La señorita Goering pensó que Arnold iba a sentirse muy avergonzado, pero aunque tiritó y se frotó las manos, no dijo nada. No había cortinas en las ventanas, solo un pequeño estor de color amarillo que estaba bajado. La señorita Goering se dejó caer sobre la cama.

–Bien, querida, buenas noches. Me voy a la cama. Mañana podemos ir a una exposición de pintura, o si quiere, la acompañaré a su casa.

Le rodeó el cuello con sus brazos y, tras besarla suavemente en los labios, salió de la habitación.

La señorita Goering estaba tan furiosa que sus ojos se llenaron de lágrimas. Arnold permaneció junto a la puerta durante un rato, y al cabo de unos minutos se retiró.

La señorita Goering fue hasta la cómoda y apoyó la cabeza entre las manos. Permaneció en esta posición durante un buen rato, pese a estar temblando de frío. Luego, oyó un ligero golpe en la puerta. Dejó de llorar en el acto y corrió a abrir. En la penumbra vio al padre de Arnold, de pie en el vestíbulo. Llevaba un pijama rosa de rayas y se cuadró a modo de saludo. Después se quedó inmóvil, esperando en apariencia a que la señorita Goering lo invitara a pasar.

–Entre, entre, estoy encantada de verle. ¡Cielos, me he sentido tan abandonada!

El padre de Arnold se metió en la habitación y, tras sentarse a los pies de la cama de la señorita Goering, se puso a balancear las piernas. Encendió la pipa de un modo afectado, mientras miraba a las paredes.

–Y bien, mi querida señorita. ¿También es usted artista?

—No, cuando era joven, quería ser líder religioso, pero ahora me limito a vivir en mi casa y procuro no sentirme demasiado desdichada. Tengo una amiga que vive conmigo, lo cual facilita las cosas.

—¿Qué piensa de mi hijo? —le preguntó con un guiño.

—Acabo de conocerlo —dijo la señorita Goering.

—No tardará en descubrir que es una persona muy mediocre. No tiene la menor idea de lo que significa luchar. No creo que a una mujer eso le guste demasiado. De hecho, no creo que Arnold haya tenido muchas mujeres en su vida. Me perdonará que le haga estas confidencias. Yo estoy acostumbrado a la lucha. He luchado toda mi vida contra el prójimo, en vez de sentarme con él a tomar el té, como hace Arnold. Y el prójimo también ha sabido luchar como un tigre. Eso no es lo que le va a Arnold. La ambición de mi vida ha sido siempre estar en una rama del árbol más alta que mis semejantes y nunca he tenido inconveniente en confesar mi derrota cuando he acabado en una rama inferior. Llevo un montón de años sin salir de casa. Nadie viene a visitarme y yo no hago visitas a nadie. Ahora bien, con Arnold y sus amigos nada hay realmente que empiece o termine. En lo que a mí se refiere, son como peces nadando en agua sucia. Si están a disgusto en un sitio porque le caen mal a la gente, se largan con la música a otra parte. Quieren estar a buenas con todo el mundo, por eso es tan fácil darles un buen porrazo por la espalda, porque nunca en la vida han sentido de veras odio.

—¡Qué extraña doctrina!

—No es una doctrina. Son ideas personales, inspiradas en mi experiencia personal. Creo mucho en las experiencias personales, ¿usted no?

—¡Oh, sí!, y creo que tiene razón respecto a Arnold. —Criticarlo le producía un extraño deleite.

—Ahora bien —continuó el padre, más animado a medida que hablaba—, Arnold jamás podría soportar que lo sorprendieran en la rama más baja. Todo el mundo sabe lo grande que es tu casa, y los hombres que están dispuestos a edificar su felicidad con esta idea en mente son hombres de hierro.

—De todas maneras, Arnold no es un artista —interrumpió la señorita Goering.

—¡No! ¡Ahí está! —exclamó el padre de Arnold cada vez más agitado—. ¡Ahí está! No tiene ni la fuerza, ni el temple, ni la perseverancia para ser artista. Un buen artista debe tener fuerza, valor y carácter. Arnold es como mi mujer —continuó—. Me casé cuando ella tenía veinte años, fue un matrimonio de interés. Cada vez que se lo recuerdo, se echa a llorar. Es otra tonta. No me quiere en lo más mínimo, pero le duele pensarlo, entonces llora. Además es una celosa de cuidado y se enrosca alrededor de su familia y su casa como una pitón, aunque sea infeliz aquí. De hecho, debo admitir que su vida es un verdadero infierno. Arnold se avergüenza de ella y yo la avasallo todo el día. Pero, pese a ser una mujer tímida, es perfectamente capaz de mostrar cierta dosis de violencia y valor. Supongo que ella, lo mismo que yo, es fiel a un ideal.

En aquel preciso momento se oyó un fuerte golpe en la puerta. El padre de Arnold no dijo palabra, pero la señorita Goering preguntó elevando la voz:

–¿Quién es?

–Soy yo, la madre de Arnold –fue la respuesta–. Haga el favor de dejarme entrar inmediatamente.

–Un momento, por favor –dijo la señorita Goering–, enseguida le abro.

–No –rogó el padre de Arnold–. No abra la puerta. Ella no es quién para ordenar a nadie que abra la puerta.

–Será mejor que me abra –exigió su mujer–. De lo contrario llamaré a la policía, y lo digo muy en serio, créame. Jamás, hasta ahora, he amenazado con avisarles.

–Sí, lo hiciste una vez –masculló el padre de Arnold, visiblemente preocupado.

–Me siento tan asqueada con la vida que llevo –gimió la madre de Arnold– que no me importaría abrir las puertas de mi casa y dejar entrar a todo el mundo, para que fueran testigos de mi desgracia.

–Esto es lo último que haría –se burló el padre de Arnold–. Cuando está furiosa, no dice más que tonterías.

–Voy a dejarla entrar –dijo la señorita Goering, yendo hacia la puerta.

No estaba alarmada, porque la madre de Arnold, a juzgar por su tono de voz, parecía más apenada que furiosa.

Pero cuando abrió la puerta, la señorita Goering se sorprendió al ver que, por el contrario, su cara estaba blanca de ira, y sus ojos parecían unas pequeñas y estrechas rendijas.

–¿Por qué presumes de dormir tan bien? –dijo el padre de Arnold con ironía. Era la única observación de que fue capaz, si bien comprendió lo inadecuada que debió de parecerle a su mujer.

–Es usted una ramera –dijo esta a la señorita Goering.

Ella se sintió profundamente herida por esta palabra, y fue toda una sorpresa, ya que siempre había creído que tales insultos no la afectaban en lo más mínimo.

–Me temo que va mal encaminada –replicó–, y creo que algún día seremos grandes amigas.

–Le agradecería que me dejara elegir a mis amistades. La verdad es que ya tengo mis amigos y no espero añadir ninguno más a mi lista, y a usted menos que a nadie.

–Todavía es pronto para decirlo –dijo la señorita Goering, sin gran convicción, retrocediendo un poco, mientras intentaba apoyarse en la cómoda como quien no quiere la cosa.

Desgraciadamente, la madre de Arnold, al tachar de ramera a la señorita Goering, había sugerido a su esposo la actitud que tomar para defenderse.

–¡Cómo te atreves! ¿Cómo te atreves a llamar ramera a una persona que está en tu casa? Estás violando las leyes de la hospitalidad en grado superlativo y no voy a consentirlo.

60

—No fanfarronees. O ella se va ahora mismo, o voy a organizar un escándalo que lamentarás.

—Escuche, querida —dijo el padre de Arnold a la señorita Goering—. Tal vez sea mejor que se vaya, por su propio bien. Está amaneciendo, así que ya no hay motivo para tener miedo.

El padre de Arnold miró a su alrededor nerviosamente y luego salió corriendo de la habitación, para cruzar el pasillo seguido de su esposa. La señorita Goering oyó un portazo e imaginó que continuarían la discusión en privado.

La señorita Goering salió también corriendo por el pasillo y abandonó la casa. Encontró un taxi tras haber caminado un trecho y apenas habrían transcurrido cinco minutos de viaje cuando se quedó dormida.

Al día siguiente, brillaba el sol y la señorita Gamelon y la señorita Goering discutían en el prado. La señorita Goering estaba tumbada en el césped. La señorita Gamelon parecía la más descontenta de las dos. Tenía el ceño fruncido y miraba por encima del hombro hacia la casa, a su espalda. La señorita Goering tenía los ojos cerrados y una lánguida sonrisa en el rostro.

—Bien, no se da usted cuenta de que es un verdadero crimen contra la sociedad el poseer propiedades —dijo la señorita Gamelon, volviéndose—. La propiedad ha de estar en manos de quien la desee.

—Creo que yo disfruto mis propiedades más que la mayoría de la gente —repuso la señorita Goering—. Me producen una confortadora sensación de seguridad, como ya le he dicho docenas de veces. Sin embargo, de acuerdo con mi modesto concepto de la salvación, creo que realmente necesito vivir en un lugar más místico, y sobre todo en un lugar donde yo no haya nacido.

—En mi opinión, podría usted perfectamente cuidarse de su salvación a ciertas horas del día, sin necesidad de trastocarlo todo.

—No, eso contravendría el espíritu de la época —protestó la señorita Goering.

La señorita Gamelon se revolvió en su silla.

—El espíritu de la época —dijo—, sea lo que fuere, estoy segura de que puede arreglárselas maravillosamente sin usted..., probablemente lo preferiría.

La señorita Goering sonrió, sacudiendo la cabeza:

—La idea consiste en cambiar, por nuestra propia voluntad y según nuestros impulsos interiores, antes de que estos nos impongan cambios completamente arbitrarios.

—Yo no siento semejantes impulsos, y pienso que tiene usted una colosal desfachatez al identificarse con otras personas. En realidad, creo que si deja usted esta casa, la consideraré una lunática sin remedio. Después de todo, yo no estoy interesada en vivir con una lunática, ni creo que nadie lo esté.

—Cuando renuncie a su amistad —dijo la señorita Goering incorporándose y echando la cabeza hacia atrás de manera exaltada–, cuando renuncie a su compañía, renunciaré a algo más que a mi casa, Lucy.

–Esta es una de sus groserías. Me entran por un oído y me salen por el otro.

La señorita Goering, encogiéndose de hombros, se metió en la casa.

Permaneció un rato en la sala arreglando unas flores en un jarro, y cuando estaba a punto de irse a su habitación para dormir un poco, apareció Arnold.

–Hola –saludó Arnold–. Tenía intención de venir antes a verla, pero no pude. Una de esas interminables comidas familiares. Creo que las flores quedan muy hermosas en este cuarto.

–¿Cómo está su padre? –le preguntó la señorita Goering.

–Oh, supongo que bien. En realidad, no tenemos mucho que ver el uno con el otro.

La señorita Goering observó que Arnold estaba sudando otra vez. Evidentemente, debía de sentirse terriblemente nervioso por hallarse en su casa, porque se le había olvidado quitarse el sombrero de paja.

–Su casa es muy hermosa –elogió–. Posee un aire de pasado esplendor que me fascina. Debe de odiar la sola idea de abandonarla. Bien, mi padre parece fascinado con usted. No le dé motivos para ser tan engreído. Cree que todas las muchachas están locas por él.

–Yo lo respeto mucho.

—Bueno, espero que este respeto que le profesa no se interponga en nuestra amistad, porque he decidido verla a menudo, siempre, claro está, que a usted le resulte agradable.

—Desde luego –dijo la señorita Goering–, siempre que usted quiera.

—Creo que me gustaría mucho quedarme aquí, en su casa, y no hay razón para que se sienta incómoda. Me basta con tener un sitio donde pensar tranquilo, porque, como bien sabe, no estoy satisfecho con mi vida y necesito darle un giro. Como ya puede imaginarse, ni siquiera puedo invitar a cenar a mis amigos, porque mi padre y mi madre no salen jamás de casa, a menos que yo lo haga.

Arnold se sentó en una silla cerca de una ventana mirador y estiró las piernas.

—¡Venga aquí! –dijo a la señorita Goering–. Observe cómo el viento hace ondular las copas de los árboles. No hay nada más hermoso en el mundo. –La miró gravemente durante un rato y después preguntó–: ¿No tendría leche y un poco de pan y mermelada? Espero que no tengamos que andarnos con cumplidos.

La señorita Goering, sorprendida de que Arnold pidiera algo para comer tan pronto después del almuerzo, decidió que este era indudablemente el motivo de que estuviese tan gordo.

—Naturalmente que sí –dijo con dulzura, y salió a dar las oportunas órdenes a la doncella.

Mientras tanto, la señorita Gamelon había decidido volver a la casa y, si era posible, reanudar su discusión con la señorita Goering. Al verla, comprendió Arnold que se trataba de la compañera de la que la señorita Goering le había hablado la noche anterior. Se puso en pie inmediatamente, convencido de que era muy importante para él hacerse amigo de la señorita Gamelon.

Esta se alegró de verle, puesto que rara vez recibían visitas y casi le agradaba más hablar con cualquier otra persona que con la señorita Goering.

Se presentaron y Arnold acercó una silla y la colocó junto a la suya.

—Usted es la compañera de la señorita Goering. Me parece estupendo.

—¿Le parece estupendo? —repitió la señorita Gamelon—. Esto sí que es interesante.

Arnold sonrió feliz ante tal observación y volvió a sentarse. Permaneció silencioso durante unos instantes.

—Esta casa es de un gusto exquisito —declaró por fin—, y un remanso de paz y tranquilidad.

—Depende de cómo se mire —repuso con viveza la señorita Gamelon, sacudiendo la cabeza mientras miraba por la ventana—. Hay gente que ahuyenta la paz de su casa como si fuese un dragón que echara fuego por la nariz y hay gente también que no puede dejar a Dios en paz.

Arnold se inclinó hacia ella, intentando parecer respetuoso e interesado, todo a un tiempo.

—Creo comprender —comentó gravemente— lo que quiere usted decir.

Luego, al mirar los dos afuera, vieron a la señorita Goering en la distancia, con un chal sobre los hombros, que hablaba con un joven a quien apenas podían distinguir porque se hallaba a contraluz.

—Es el agente —informó la señorita Gamelon—. Supongo que a partir de ahora ya no hay esperanza.

—¿Qué agente? —preguntó Arnold.

—El que va a encargarse de vender la casa. ¿No le parecen terribles estas palabras?

—¡Oh, lo siento! Me parece una tontería por parte de la señorita Goering, pero supongo que no es asunto mío.

—Vamos a vivir en una casa de madera de cuatro habitaciones y tendremos que cocinar —añadió la señorita Gamelon—. Está en el campo, rodeada de bosques.

—Suena más bien deprimente, ¿no cree? Pero ¿cómo ha tomado la señorita Goering una decisión semejante?

—Dice que se trata solo del principio de un plan tremendo.

Arnold parecía apesadumbrado. Durante un rato no le dijo nada más a la señorita Gamelon y se limitó a fruncir los labios y mirar al techo.

—Supongo que lo más importante del mundo es la comprensión y la amistad —declaró por fin.

Dirigió una mirada interrogante a la señorita Gamelon. Parecía haber renunciado a algo.

—Bien, señorita Gamelon —insistió—. ¿No está de acuerdo conmigo en que la amistad y la comprensión son las cosas más importantes de este mundo?

–Sí, y no perder la cabeza también lo es.

La señorita Goering apareció en aquel momento con un fajo de papeles bajo el brazo.

–Estos son los contratos. ¡Dios me valga, son interminables!... Pero me parece que el agente es un hombre muy simpático. Me dijo que la casa le parecía preciosa.

Alargó los contratos, primero a Arnold y luego a la señorita Gamelon.

–Yo diría que debería usted tener miedo de mirarse en un espejo por temor a ver a una excéntrica desquiciada –dijo la señorita Gamelon–. No quiero leer estos contratos. Por favor, quítelos de mi vista inmediatamente. ¡Dios mío todopoderoso!

La señorita Goering, de hecho, sí parecía un poco desquiciada, y la señorita Gamelon, con una astuta mirada, advirtió que le temblaba la mano con la que sostenía los contratos.

–¿Dónde está situada su casita, señorita Goering? –preguntó Arnold, en un intento de dar a la conversación un tono más relajado

–Está en una isla, no lejos de la ciudad en ferry. Recuerdo haberla visitado de niña y siempre me desagradó, porque te llegaba el hedor de las fábricas de cola que hay en la otra orilla, incluso cuando sales a dar un paseo por el bosque o por los campos. Una parte de la isla está muy poblada, aunque en las tiendas solo se pueden comprar artículos de baja calidad. Hacia el interior la isla es más primitiva y anticuada.

No obstante, hay un pequeño tren que suele enlazar con el ferry y te lleva hasta el otro extremo. Allí desembarcas en un pueblo medio perdido que parece muy agreste. En mi opinión es muy inquietante ver que las tierras que se ven al otro lado del cabo son tan pobres como la isla misma y no ofrecen ninguna seguridad.

–Da la impresión de que ha estudiado usted la situación muy detenidamente y desde todos los ángulos –comentó la señorita Gamelon–. ¡Mi enhorabuena!

Le hizo un gesto con la mano desde su asiento, pero era obvio que no tenía el menor deseo de bromear.

Arnold cambió de posición en su silla, muy inquieto, y tosió. Luego, con mucha amabilidad, se dirigió a la señorita Goering.

–Estoy seguro de que la isla tiene también sus ventajas, que sin duda conoce usted, pero tal vez prefiera sorprendernos con ellas antes que arriesgarse a decepcionarnos.

–Por el momento no conozco ninguna. ¿Por qué? ¿Es que piensa venir con nosotras?

–Creo que me gustaría pasar una temporada allí en su compañía. Si me invita usted, naturalmente.

Arnold estaba triste e inquieto, pero creyó que debía permanecer al lado de la señorita Goering a toda costa, en cualquier lugar que ella eligiese para vivir.

–Si me invita usted –repitió–, me hará feliz acompañarlas al menos una pequeña temporada, y ya veremos qué tal resulta. Puedo seguir pagando la parte que me corresponde del apartamento que comparto con mis padres, sin verme obligado a pasar todo mi tiempo allí. Pero no le aconsejo que venda su hermosa casa, mejor alquílela o ciérrela, mientras esté ausente. Podría cambiar de idea y desear volver.

La señorita Gamelon enrojeció de placer.

–Sería demasiado humano para ella considerar tal posibilidad –dijo, pero su expresión era más esperanzada.

La señorita Goering parecía estar soñando y no escuchar lo que le decían.

–Bien, ¿va usted a contestarnos? –preguntó la señorita Gamelon–. Arnold le ha dicho que la cierre o la alquile para que pueda volver si cambia de idea.

–¡Oh, no! –protestó la señorita Goering–. Muchas gracias, pero no puedo hacer eso. No tendría mucho sentido.

Arnold tosió para ocultar su turbación por haber sugerido algo tan obviamente molesto para la señorita Goering.

«No debo –se dijo–, ponerme demasiado de parte de la señorita Gamelon, porque la señorita Goering empezará a pensar que soy de la misma calaña.»

–Después de todo, quizá sea mejor venderla –dijo levantando la voz.

Segunda parte

El señor y la señora Copperfield se hallaban en la cubierta de proa cuando el barco arribaba a Colón, el puerto de Panamá. La señora Copperfield estaba muy contenta de ver finalmente tierra firme.

–Confesarás ahora que la tierra es más agradable que el mar –le dijo al señor Copperfield.

Le aterraba la idea de ahogarse.

–Y no es que me dé miedo el mar –continuó–. Es que además resulta monótono. Siempre es igual. Los colores son muy hermosos, no lo niego.

El señor Copperfield estudiaba la línea de la costa.

–Si no te mueves y miras con atención, verás pasar por entre los muelles unos trenes verdes cargados de plátanos. Por lo visto, hay uno cada cuarto de hora.

La mujer no se dignó contestar y se puso en la cabeza un salacot que llevaba en la mano.

–¿No empiezas a notar calor? Yo sí –declaró finalmente.

Al no recibir respuesta, se fue a otro lugar de la barandilla y clavó la mirada en el agua.

Poco después, una mujer corpulenta que había conocido en el barco se acercó a hablar con ella. El rostro de la señora Copperfield se animó.

–¡Se ha ondulado el cabello! –exclamó la señora Copperfield.

La mujer sonrió.

–No lo olvide –dijo a la señora Copperfield–. Tan pronto llegue al hotel, túmbese y descanse. No permita que la arrastren a la calle, por mucho que le prometan que se divertirá de lo lindo. Además, por la calle no hay más que monos. No hay ni una sola persona bien parecida en toda la ciudad que no tenga que ver con el ejército americano, y los americanos tienden a no moverse de su barrio. El barrio americano se llama Cristóbal. Está separado de Colón. En Colón solo hay mestizos y monos. El barrio de Cristóbal es muy bonito. Todos los que viven en Cristóbal tienen en sus casas un porche rodeado de tela metálica. A los monos de Colón ni se les ocurriría pensar en protegerse. Ni se enteran cuando un mosquito les pica, y aunque se enteraran, no moverían un dedo para ahuyentarlo. Coma mucha fruta y vaya con cuidado en las tiendas. Los propietarios de muchas de ellas son hindúes.

Igual que los judíos, ¿sabe? La embaucan a una a diestro y siniestro.

–No me interesa comprar nada, pero ¿podré visitarla mientras esté aquí?

–Es usted adorable, querida, pero cuando vengo, le dedico a mi chico hasta el último minuto.

–Está bien –suspiró la señora Copperfield.

–Claro que está bien. Tiene usted a ese guapo marido suyo.

–De poco me sirve eso –dijo la señora Copperfield, pero tan pronto lo hubo dicho, se sintió horrorizada.

–Vamos, vamos, ¿han tenido alguna pelea?

–No.

–En tal caso creo que es usted una mujercita tremenda por hablar así de su marido –dijo mientras se alejaba.

La señora Copperfield bajó la cabeza y volvió con su marido.

–¿Por qué hablas con esas imbéciles?

Ella no contestó.

–¡Bueno, por el amor de Dios! –exclamó su marido–. Mira el paisaje de una vez, ¿quieres?

Tomaron un taxi y el señor Copperfield insistió en ir directamente a un hotel del centro de la ciudad. Normalmente, todos los turistas, por poco dinero que tuvieran, se hospedaban en el Hotel Washington, con vistas sobre el mar, a pocos kilómetros de Colón.

–No soy partidario de despilfarrar dinero en lujos que

solamente podré disfrutar una semana como mucho. Me parece más divertido adquirir objetos que conservaré quizá toda la vida. Estoy seguro de que encontraremos un hotel cómodo en la ciudad. Así podremos gastar nuestro dinero en cosas más excitantes.

–¡La habitación donde duermo es lo más importante para mí! –saltó la señora Copperfield, a punto de gimotear.

–Querida, una habitación no es más que para dormir y vestirse. Mientras sea tranquila y la cama cómoda, no hace falta nada más. ¿No estás de acuerdo?

–Sabes muy bien que no.

–Si eso te hace tan desgraciada, iremos al Hotel Washington –dijo el señor Copperfield. De pronto perdió la compostura. Los ojos se le nublaron y un temblor se hizo perceptible en sus labios–. Pero allí lo voy a pasar muy mal. ¡Será tan mortalmente aburrido!

Era igual que un niño y la señora Copperfield se sintió obligada a consolarlo. Con sus malas artes la hacía sentirse culpable.

«Después de todo, la mayor parte del dinero es mío –se dijo–. Soy yo la que se hace cargo de casi todos los gastos de este viaje.» Pero tal pensamiento no le proporcionaba ninguna sensación de poder. Estaba completamente dominada por el señor Copperfield, como lo estaba por casi todas las personas que conocía. Aun así, ciertos amigos muy allegados afirmaban que, de improviso, era capaz de comportarse de un modo muy radical e independiente, sin que nadie la apoyara.

La señora Copperfield atisbó por la ventanilla del taxi y reparó en que había una tremenda animación en la calle. La gente, en su mayoría negros y hombres uniformados de las flotas de todos los países, iban y venían con tal bullicio que se preguntó si no sería alguna festividad.

—Es como una ciudad saqueada sin cesar —comentó su marido.

Las casas estaban pintadas de brillantes colores y tenían amplios porches en los pisos superiores, sostenidos con vigas de madera, con lo que formaban una especie de galería cubierta que protegía del sol a los viandantes.

—Esta arquitectura es ingeniosa —puntualizó el señor Copperfield—. Estas calles sería insoportables si uno tuviera que caminar bajo el sol.

—No lo aguantaría, señor —dijo el taxista—. No podría ir por ahí sin nada en la cabeza.

—Ya está bien —cortó la señora Copperfield—, elijamos cuanto antes un hotel y entremos.

Encontraron uno justo en pleno corazón del barrio de peor nota, y aceptaron echar un vistazo a varias habitaciones del quinto piso. El director del hotel les dijo que eran sin duda las menos ruidosas. La señora Copperfield, a quien asustaban los ascensores, decidió subir por las escaleras y esperar a que su marido llegase con el equipaje. Al llegar al quinto piso, le sorprendió observar que en el vestíbulo principal había unas cien sillas de comedor de respaldo recto, y nada más. A medida que miraba a su alrededor, crecía su ira y a duras penas pudo esperar a que el señor Copperfield llegara en el ascensor para cantarle las cuarenta. «He de ir al Hotel Washington», se dijo.

Por fin apareció el señor Copperfield, caminando junto a un mozo que acarreaba las maletas. La señora Copperfield corrió a su encuentro.

–¡Es la cosa más horrible que he visto jamás! –gritó.

–Aguarda un instante, por favor, y déjame contar las maletas. Quiero estar seguro de que no falta ninguna.

–Por lo que a mí respecta, pueden estar todas en el fondo del mar.

–¿Dónde está mi máquina de escribir? –preguntó el señor Copperfield.

–¡Escúchame un minuto! –chilló su mujer fuera de sí.

–¿Quieres tener un cuarto de baño propio o no? –preguntó el señor Copperfield.

–No, no, eso me tiene sin cuidado. No es una cuestión de comodidad. Es mucho más que eso.

El señor Copperfield sonrió entre dientes.

–¡Estás tan loca! –comentó con indulgencia.

Estaba encantado de hallarse finalmente en los trópicos y tanto más satisfecho consigo mismo por cuanto había disuadido a su mujer de hospedarse en un hotel ridículamente caro y atestado de turistas. Comprendía que aquel hotel era siniestro, pero por eso precisamente le gustaba.

Siguieron al mozo hasta la habitación, y apenas llegaron la señora Copperfield se puso a empujar la puerta hacia delante y hacia atrás. Se abría en ambos sentidos y únicamente podía cerrarse con un ganchito.

–Aquí puede entrar cualquiera –advirtió la señora Copperfield.

–Me atrevería a decir que sí, pero no creo muy probable que lo hagan. ¿No te parece?

El señor Copperfield tenía como norma no tranquilizar jamás a su mujer. No concedía a sus temores más consideración de la que merecían. Aun así, no insistió y decidieron trasladarse a otra habitación, provista de una puerta más sólida.

La señora Copperfield estaba asombrada de la vivacidad de su marido. En un abrir y cerrar de ojos se había lavado y había salido a comprar una papaya.

Se tumbó sobre la cama para reflexionar.

«Cuando la gente creía en Dios –pensó–,o llevaban consigo de un lugar a otro. A través de la jungla y hasta el círculo polar ártico. Dios velaba por el mundo entero y todos los hombres eran hermanos. Pero ahora no hay nada que una pueda llevarse de un sitio a otro, y por mí como si estas gentes fueran canguros. De todas formas alguien habrá aquí que me permita recordar mi vida... He de hallar un refugio en este país estrafalario.»

El único objetivo en la vida de la señora Copperfield era ser feliz, si bien la gente que había observado su comportamiento durante años se hubiera sorprendido al descubrir que eso era todo.

Se levantó de la cama y sacó del maletín un estuche de manicura, regalo de la señorita Goering.

–Un recuerdo –murmuró–, un recuerdo de las cosas que he amado desde que era niña. Mi marido es un hombre sin recuerdos.

Sintió un dolor intenso al pensar en aquel hombre al que amaba por encima de todos los demás, aquel hombre para quien cada cosa desconocida era motivo de deleite. Para ella, todo cuanto no fuese ya un viejo sueño significaba un insulto. Se volvió en la cama y se quedó profundamente dormida.

Al despertar, el señor Copperfield estaba al pie de la cama comiendo una papaya.

–Deberías probarla. Proporciona muchas energías y además está deliciosa. ¿Quieres probar un poco?

La miró tímidamente.

–¿Dónde has estado?

–Oh, paseando por la calle. La verdad es que he andado kilómetros. Deberías salir, de veras. Es una casa de locos. Las calles están repletas de soldados, marineros y prostitutas. Las mujeres llevan vestidos largos..., increíblemente baratos. Todos te hablan. ¡Vamos! ¡Salgamos un rato!

Pasearon por la calle cogidos del brazo. A la señora Copperfield le ardía la frente, pero sus manos estaban heladas. Sentía un temblor en la boca del estómago. Cuando miraba delante de ella, el final de la calle parecía curvarse y luego enderezarse nuevamente. Se lo hizo notar al señor Copperfield, quien le explicó que era consecuencia de haber desembarcado recientemente. Sobre sus cabezas, los niños saltaban por los porches de madera, haciendo temblar las casas. Alguien chocó con el hombro de la señora Copperfield y estuvo a punto de derribarla. Al mismo tiempo la invadió un intenso y fragante olor a perfume de rosas. La persona que había tropezado con ella era una negra ataviada con un vestido de noche de seda rosa.

—No saben cuánto lo siento. No sé qué decirles... —se excusó la negra. Luego, miró a su alrededor vagamente, y se puso a canturrear.

—Ya te dije que esto era una casa de locos —repitió el señor Copperfield a su mujer.

—Escuchen —prosiguió la negra—. Vayan hasta la próxima calle, les gustará mucho más. Yo tengo que encontrarme allá con mi novio, en ese bar. —Les señaló el lugar—. Es un local estupendo. Todo el mundo va. —Se les aproximó más, dirigiéndose únicamente a la señora Copperfield—. Ven conmigo, mi amor, y te divertirás como nunca. Nos divertiremos de lo lindo tú y yo. Yo seré tu compañera. Vamos.

Tomó las manos de la señora Copperfield y tiró de ella

para alejarla del señor Copperfield. Era más corpulenta que cualquiera de los dos.

—No creo que desee ir al bar ahora —dijo el señor Copperfield—. Nos apetece explorar primero la ciudad un poco.

La negra acarició el rostro de la señora Copperfield con la palma de su mano.

—¿Es eso lo que tú quieres, mi amor, o lo que tú quieres es venir conmigo?

Un policía se detuvo a unos pasos de distancia. La negra, soltando la mano de la señora Copperfield, cruzó rauda la calle entre risas.

—¿No es la cosa más extraña que has visto en tu vida? —dijo la señora Copperfield, sobresaltada.

—Mejor será que se ocupen de sus asuntos —les advirtió el policía—. ¿Por qué no van a mirar escaparates? Todo el mundo pasea por la calle de las tiendas. Compren algo para su tío o su primo.

—No, no es eso lo que me apetece hacer —replicó la señora Copperfield.

—Entonces, métanse en un cine —aconsejó el policía, alejándose.

El señor Copperfield se partía de risa y se tapaba la boca con un pañuelo.

—Justamente esas cosas son las que me divierten —consiguió decir.

Siguieron su paseo y doblaron por otra calle. El sol se estaba poniendo y soplaba un aire cálido y fuerte. En aquella calle, las casas no tenían porches y eran pequeñas y de un solo piso. Frente a cada puerta, había sentada al menos una mujer. La señora Copperfield se acercó a la ventana de una de las casas para curiosear en el interior. La habitación estaba casi enteramente acaparada por una cama doble con un colchón lleno de bultos cubierto con una colcha de encaje. Una bombilla eléctrica acoplada a una pantalla de gasa color azul lavanda arrojaba una luz chillona sobre la cama, y encima de la almohada había un abanico abierto en el que se leía «Panamá City».

La mujer sentada ante esa casa tan singular era bastante vieja. Ocupaba un taburete, con los codos apoyados en las rodillas, y a la señora Copperfield le pareció, al volverse para mirarla, que sería probablemente una antillana. Tenía el pecho plano y era huesuda, con brazos y hombros muy musculosos. El rostro afilado, de expresión enfurruñada, y parte del cuello aparecían cuidadosamente cubiertos con una capa de polvos de color claro, pero el pecho y los brazos conservaban su color natural. La señora Copperfield encontró divertido su atuendo de gasa barata azul lavanda. Tenía en el cabello un atractivo mechón de canas.

La negra se dio la vuelta, y al ver que el señor y la señora Copperfield la estaban mirando, se levantó, alisándose los pliegues del vestido. Era casi gigantesca.

—Los dos por un dólar —dijo.

—Un dólar —repitió la señora Copperfield como un eco.

El señor Copperfield, que había permanecido junto al bordillo de la acera, se acercó.

—Frieda, vamos a recorrer más calles.

—Oh, por favor, espera un momento —rogó la señora Copperfield.

—Un dólar es el mejor precio que puedo hacerles.

—Si quieres, quédate aquí —sugirió el señor Copperfield—. Yo pasearé un poco más y vendré a buscarte dentro de un rato. Será mejor que cojas algo de dinero. Aquí tienes un dólar y treinta y cinco centavos, por si acaso...

—Quiero hablar con ella —insistió la señora Copperfield, mirando al vacío.

—Te veo dentro de unos minutos, entonces —se despidió el señor Copperfield, alejándose—. Tengo que moverme.

—Me gusta ser libre —explicó la señora Copperfield a la mujer, en cuanto su marido se fue—. ¿Entramos en su habitación? La he estado contemplando desde la ventana...

Antes de acabar la frase, la mujer la empujaba hacia la puerta con ambas manos. Entraron en la habitación. No había estera en el suelo y las paredes estaban desnudas. Los únicos adornos visibles eran los que ya había visto desde la calle. Se sentaron en la cama.

—En aquel rincón tenía un gramófono pequeño —explicó la mujer—. Alguien que llegó en un barco me lo prestó, pero luego apareció un amigo y se lo llevó. Tataratá-titirará —canturreó, llevando el compás con los pies durante unos segundos. Cogió las manos de la señora Copperfield y la hizo levantar de la cama–. Ahora ven, corazón –le dijo, mientras la abrazaba–. Eres muy muy pequeña y suave. Eres muy dulce y tal vez te sientas sola.

La señora Copperfield apoyó la mejilla en el pecho de la mujer. El olor de la gasa le recordó su primera representación teatral en el colegio. Sonrió a la negra, con su sonrisa más dulce y más tierna.

–¿Qué hace por las tardes? –le preguntó a la mujer.

–Juego a cartas, voy al cine...

La señora Copperfield se apartó. Las mejillas le ardían. Escucharon las dos a la gente que pasaba. Oían ahora todo cuanto se decía en el exterior. La negra frunció el ceño. Parecía muy preocupada.

–El tiempo es oro, corazón –le dijo a la señora Copperfield–, pero quizá eres demasiado joven para comprenderlo.

La señora Copperfield sacudió la cabeza. Mirando a la negra, se sintió triste.

–Tengo sed –dijo.

De pronto oyeron una voz de hombre que decía:

–No esperabas verme tan pronto, ¿verdad, Podie?

Entonces varias muchachas se echaron a reír a carcajadas. La mirada de la negra recuperó su viveza.

–¡Dame un dólar, dame un dólar! –le gritó con agitación a la señora Copperfield–. Ya has estado aquí el tiempo convenido, de todas maneras.

La señora Copperfield se apresuró a darle un dólar y la negra corrió a la calle. La señora Copperfield fue tras ella.

Frente a la casa, varias muchachas se agarraban a un hombre corpulento que vestía un arrugado traje de lino. Cuando este vio a la negra de la señora Copperfield con su vestido color lavanda, se apartó con violencia de las chicas, para estrecharla entre sus brazos. Con los ojos girando en sus órbitas de gozo, la negra lo condujo hasta su casa, sin despedirse siquiera de la señora Copperfield. Enseguida, las muchachas echaron a correr calle abajo y la señora Copperfield se quedó sola. La gente pasaba por su lado, pero nadie despertó su atención. En cambio, ella despertaba la atención de todos, en particular la de las mujeres sentadas a la puerta de sus casas. No tardó en acercársele una muchacha de cabellos crespos.

—Cómprame algo, mamacita —rogó la muchacha.

Al ver que la señora Copperfield tan solo le respondía con una larga y triste mirada, la muchacha insistió:

—Mamacita, puedes escogerlo tú misma. Puedes comprarme una pluma, si quieres. No me importa.

—¿Qué quieres decir con una pluma? ¿Qué quieres decir?

La muchacha se retorció de placer.

—¡Oh, mamacita! —chilló con una voz que se le quebraba en la garganta—. ¡Oh, mamacita, qué graciosa eres! Eres tan graciosa. Yo no sé lo que es una pluma, pero puede ser cualquier cosa que desees con todo tu corazón, ¿sabes?

Fueron calle abajo hasta una tienda, de la que salieron con una minúscula polvera. La muchacha le dijo adiós y desapareció por una esquina con unos amigos. La señora Copperfield se quedó sola otra vez. Pasaban carruajes repletos de turistas.

La señora Copperfield había escrito en su diario: «Los turistas, por lo general, son seres tan convencidos de la importancia e inmutabilidad de su forma de vivir, que son capaces de desplazarse a los lugares más fantásticos, sin experimentar nada más que una reacción visual. Los turistas más encallecidos suelen confundir un lugar con otro».

El señor Copperfield volvió junto a ella poco después.

—¿Te has divertido? —preguntó.

Ella sacudió la cabeza, mirándole. De pronto, se sintió tan cansada que estalló en lágrimas.

—¡Llorona! —la reconvino el señor Copperfield.

Alguien se les acercó por detrás y en voz baja dijo:

—¿Se había perdido? —Al volverse, vieron a una muchacha de expresión inteligente, facciones angulosas y pelo rizado. Añadió—: Yo, en su lugar, no la dejaría ir sola por estas calles.

—No se ha perdido, solo está un poco deprimida —aclaró el señor Copperfield.

—¿Me creerán una descarada si les pido ir a un bonito restaurante donde podamos cenar los tres? —preguntó la muchacha.

Era realmente bonita.

—Vamos —decidió la señora Copperfield—. No faltaba más.

Volvía a sentirse muy agitada. Tenía el presentimiento de que esa muchacha no la defraudaría. Como la mayoría de la gente, creía que después de una gran desgracia no podía suceder otra.

El restaurante no era lo que se dice agradable. Era muy oscuro y alargado, y estaba desierto.

–¿No sería mejor ir a otro sitio? –preguntó la señora Copperfield a la muchacha.

–¡Oh, no! A otro sitio nunca. Si no se enfada se lo explicaré: cuando traigo a alguien a comer aquí, puedo ganar un poco de dinero.

–Bien, yo te doy el dinero y nos vamos a otro restaurante. Te daré lo que te den aquí –ofreció la señora Copperfield.

–Eso es una tontería –replicó la chica–. Una gran tontería.

–Me han dicho que hay un sitio en esta ciudad donde la langosta es maravillosa. ¿Podemos ir? –preguntó la señora Copperfield a la muchacha con tono suplicante.

–No, qué tontería.

Llamó al camarero que acababa de llegar con varios periódicos bajo el brazo.

–Adalberto, tráenos carne y un poco de vino. La carne primero –ordenó en español.

–¡Qué bien hablas el inglés! –alabó el señor Copperfield.

–Siempre que puedo, me gusta estar con americanos.

–¿Son generosos? –preguntó el señor Copperfield.

–¡Oh, ya lo creo! ¡Claro que son generosos! –exclamó la

chica–. Lo son cuando tienen dinero. Y más todavía cuando van con la familia. Una vez conocí a un hombre. Un americano. Un americano de veras que estaba alojado en el Hotel Washington. ¿Saben que es el hotel más bonito del mundo? Por las tardes, su mujer tenía la costumbre de dormir la siesta. Venía entonces a toda prisa en taxi a Colón y estaba tan nervioso y asustado de no regresar a tiempo junto a su esposa, que nunca me llevó a una habitación, de modo que me acompañaba a las tiendas y me decía: «Vamos, vamos, escoge algo, lo que quieras, pero date prisa».

–¡Qué horror! –comentó la señora Copperfield.

–Era terrible. Me ponía tan nerviosa que una vez perdí los estribos y le dije: «Muy bien, compraré esta pipa para mi tío». Mi tío no me gusta nada, pero se la tuve que regalar.

El señor Copperfield se rió a carcajadas.

–Es gracioso, ¿verdad? Les diré que no pienso comprarle otra pipa a mi tío si ese hombre vuelve y me lleva de tiendas. No es nada fea.

–¿Quién? –preguntó el señor Copperfield.

–Su esposa.

–Estoy horrible esta noche –gimió la señora Copperfield.

–De todos modos, eso no tiene importancia, porque ya está usted casada. Ya no tiene que preocuparse.

–Se pondrá furiosa contigo si le dices esas cosas –advirtió el señor Copperfield.

–¿Por qué se pondrá furiosa? Nada hay tan bello en el mundo como no tener que preocuparse por nada.

–La belleza no consiste en esto –interrumpió la señora Copperfield–. ¿Qué tiene que ver la ausencia de preocupaciones con la belleza?

–Tiene que ver con todo lo que en el mundo es bello. Cuando te despiertas por la mañana, mientras abres los ojos y no sabes quién eres ni en qué día vives..., eso es bello. Luego, cuando ya sabes quién eres y qué día es, pero aún te parece estar flotando en el aire como un pájaro feliz..., eso es bello. En fin, cuando no se tienen preocupaciones. No me dirá que le gusta tener preocupaciones.

El señor Copperfield sonrió como un bobo. Después de cenar se sintió de repente muy cansado y propuso volver al hotel, pero la señora Copperfield estaba muy nerviosa y preguntó a la muchacha panameña si no le importaría quedarse un rato más con ella. Esta aceptó con la condición de que la señora Copperfield la acompañara al hotel donde vivía.

Tras despedirse del señor Copperfield, se pusieron en camino.

Las paredes del Hotel de las Palmas eran de madera pintada de un verde brillante. Los pasillos se hallaban repletos de jaulas para pájaros. Colgaban de los techos o se habían colocado sobre peanas. Algunas estaban vacías. El cuarto de la muchacha se encontraba en el segundo piso y las paredes de madera lucían el mismo color brillante que los pasillos.

–Estos pájaros cantan todo el día –dijo la muchacha, indicando a la señora Copperfield que se sentara a su lado en la cama–. A veces me digo: «Estúpidos, ¿por qué os pasáis cantando todo el santo día encerrados en una jaula?». Y luego pienso: «Pacífica, tú eres mucho más estúpida que ellos. También tú estás encerrada en una jaula, porque no tienes dinero». La otra noche te pasaste tres horas riéndote con un alemán porque te había invitado a unas copas. Y eso que te parecía un cretino. Yo me río en mi jaula y ellos cantan en la suya.

–Oh, bueno, en realidad no existe ninguna relación entre nosotros y los pájaros –exclamó la señora Copperfield.

–¿Usted cree que no? –le preguntó Pacífica con convicción–. Pues yo le digo que sí.

Se quitó el vestido por la cabeza, quedándose de pie, en combinación, ante la señora Copperfield.

–Dígame, ¿qué le parecen esos preciosos quimonos de seda que venden los hindúes en sus tiendas? Si yo tuviera un marido tan rico como el suyo, le pediría que me comprase uno. No sabe usted la suerte que tiene. Yo en su lugar iría de tiendas para que me comprase cosas bonitas, en vez de andar por ahí llorando como una niña pequeña. A los hombres no les gusta ver llorar a las mujeres. ¿Cree que les gusta verlas llorar?

La señora Copperfield se encogió de hombros.

–Tal vez no... –dijo.

–Tiene razón, a los hombres les gusta vernos reír. Las mujeres debemos reír durante toda la noche. Si observa alguna vez a una muchacha bonita verá que cuando ríe se pone diez años. Eso pasa de tanto reírse. Cuando una se ríe, se pone diez años más.

—Cierto —aseveró la señora Copperfield.

—No se sienta incómoda. Las mujeres me gustan mucho. A veces me gustan más que los hombres. Me gusta mi abuela, y mi madre, y mis hermanas. Siempre nos hemos divertido mucho juntas, las mujeres de mi casa. Yo era la mejor, era siempre la más lista, y la que más trabajaba. Ahora querría volver a mi bonita casa y estaría contenta. Pero aún quiero muchas cosas, ¿sabe? Soy perezosa pero también tengo muy mal carácter. Los hombres que voy conociendo me gustan mucho. A veces me cuentan lo que piensan hacer más adelante, en cuanto dejen de navegar. Siempre les deseo que esto les ocurra pronto. ¡Malditos barcos! Cuando me dicen que quieren pasarse toda la vida en un barco, dando vueltas alrededor del mundo, yo les digo: «No sabes lo que te estás perdiendo. He terminado contigo, muchacho». Pero ahora estoy enamorada de un hombre encantador que está aquí por negocios. Muchas veces me paga el alquiler, aunque no cada semana. Él es feliz de tenerme. Muchos hombres son felices de poder tenerme. Pero yo no presumo de ello. Es a Dios a quien se lo debo.

Pacífica se santiguó.

—Una vez estuve enamorada de una mujer mayor —dijo la señora Copperfield con vehemencia—. Ya no era hermosa, pero descubrí en su rostro unos fragmentos de belleza que eran mucho más excitantes que cualquier otra belleza que haya conocido en todo su esplendor. ¿Pero quién no ha amado a una mujer mayor? ¡Dios mío!

—A usted le gustan cosas que no le gustan a otra gente, ¿no es verdad? Me gustaría tener esta experiencia de amar a una mujer mayor. Pienso que debe de ser muy dulce, pero la verdad es que yo siempre ando enamorada de algún hombre atractivo. Pienso que es una suerte para mí. Hay chicas que no son capaces de enamorarse jamás. Solo piensan en el dinero, el dinero, el dinero. A usted el dinero no le importa demasiado, ¿verdad?

—No, no me importa.

—Ahora descansaremos un poco, ¿eh?

La muchacha se tendió en la cama, indicando a la señora Copperfield que se acostara a su lado. Bostezó, estrechó las manos de la señora Copperfield y se quedó dormida casi al instante. La señora Copperfield decidió que también ella debía dormir un poco. En aquel momento se sentía llena de paz.

Las despertó un golpe terrible en la puerta. La señora Copperfield abrió los ojos y se sintió presa del pánico. Miró a Pacífica y la cara de su amiga no mostraba un aspecto más tranquilo que el suyo.

—*¡Cállate!* —susurró a la señora Copperfield retornando a su lengua nativa.

—¿Qué pasa? ¿Qué pasa? —preguntó la señora Copperfield—. No entiendo español.

—No digas ni una palabra —repitió Pacífica en inglés.

—No puedo estar acostada aquí sin decir palabra. Sé que no puedo. ¿Qué significa todo esto?

—Es un borracho que está enamorado de mí. Lo conozco bien. Me hace mucho daño cuando duermo con él. Su barco ha llegado otra vez.

Los golpes en la puerta eran cada vez más insistentes y oyeron una voz de hombre que gritaba:

—¡Sé que estás aquí, Pacífica! ¡Abre la maldita puerta!

—¡Oh! ¡Abre, Pacífica! —suplicó la señora Copperfield saltando de la cama—. No hay nada peor que esta incertidumbre. No seas tonta, a lo mejor está tan borracho que se larga.

La señora Copperfield tenía los ojos vidriosos. Estaba poniéndose histérica.

—No, no... —continuó—, siempre me he dicho que si alguien intentase forzar mi puerta le abriría. Porque así no sería un enemigo tan peligroso. Cuanto más tiempo se pase ese hombre aquí fuera, más furioso se pondrá. La primera cosa que le diré al abrir la puerta será: «Somos amigas tuyas». A lo mejor así se le pasa un poco el enfado.

—Si me vuelves más loca de lo que ya estoy, no sé qué haré —replicó Pacífica—. Vamos a esperar a ver si se marcha. Tenemos que poner la cómoda contra la puerta. ¿Quieres ayudarme a moverla?

—¡No puedo arrastrar nada!

La señora Copperfield se sentía tan débil que arrastró la espalda por la pared hasta quedar sentada en el suelo.

—¿Tendré que derribar esta maldita puerta para entrar? —rugió el hombre.

La señora Copperfield se levantó, fue tambaleándose hasta la puerta y finalmente la abrió.

El hombre que entró tenía un rostro de facciones enjutas y era muy alto. Saltaba a la vista que había bebido mucho.

—Hola, Meyer —le saludó Pacífica—. ¿Es que no puedes dejarme dormir un poco? —Dudó un instante, y como él no contestaba, repitió—: Intentaba dormir un poco.

—Yo estaba profundamente dormida —añadió la señora Copperfield con una voz más aguda que de costumbre y gesto alegre—. Siento que no le hayamos oído antes. Le habremos hecho esperar.

—¡A mí nadie me hace esperar! —tronó Meyer con el rostro encendido.

Los ojos de Pacífica eran dos estrechas rendijas. Estaba empezando a perder la paciencia.

—¡Fuera de mi habitación! —ordenó a Meyer.

Por toda respuesta Meyer cayó en diagonal sobre la cama, y el impacto de su cuerpo fue tan fuerte que a punto estuvo de romper las lamas del somier.

—¡Salgamos de aquí, deprisa! —rogó la señora Copperfield a Pacífica.

Se sentía ya incapaz de dominarse. Por un momento había confiado en que el enemigo se desharía en lágrimas, como ocurre a veces en los sueños, pero ahora estaba convencida de que esto no sucedería. Pacífica cada vez estaba más furiosa.

—Escucha, Meyer —dijo—. Te vas a ir a la calle inmediatamente, porque yo no voy a hacer absolutamente nada contigo, como no sea romperte la nariz si no te largas. Si no fueses tan violento, podríamos sentarnos todos abajo, y beber unos vasos de ron. Yo tengo cientos de amigos que se contentan con hablarme, hasta que caen redondos debajo de la mesa. Pero tú estás siempre fastidiándome. Eres igual que un gorila. ¡Déjame en paz!

—¡A quién demonios le importa tu casa! —aulló Meyer—. Yo pondría todas tus casas juntas en fila y les pegaría un tiro como si fueran patos. ¡Un barco es mejor que una casa! ¡Todos los días! ¡A todas horas! ¡Llueva o haga sol! ¡Aunque llegue el fin del mundo!

—Nadie ha dicho nada de casas como no seas tú —cortó Pacífica, golpeando el suelo con el pie—, y yo no quiero seguir escuchando tus majaderías.

—¿Por qué entonces cierras la puerta con llave, si no vives en esta casa? Parecéis duquesas tomando el té y rogando que ninguno de nosotros baje a tierra. Tenías miedo de que te estropease los muebles o derramara algo por el suelo. Mi madre tenía una casa, pero yo siempre dormí en la casa del vecino. ¡Para que veas lo que me importan las casas!

—Se confunde usted —terció la señora Copperfield con voz temblorosa.

Quería recordarle, con amabilidad, que aquello no era

una casa, sino la habitación de un hotel. Sin embargo, no solo sintió miedo sino también vergüenza de formular semejante observación.

—¡Jesús bendito, estoy asqueada! —se quejó Pacífica a la señora Copperfield, sin molestarse siquiera en bajar la voz.

Meyer no pareció oírla ya que asomó la cabeza sobre el borde de la cama con una sonrisa y extendió un brazo hacia Pacífica. Consiguió agarrar el borde de la combinación y la atrajo hacia sí.

—¡No mientras viva! —chilló Pacífica.

Pero Meyer, de rodillas en la cama, ya le había rodeado la cintura con los brazos y tiraba de ella.

—¡Amita de casa! —dijo riendo—. Apuesto a que si te llevase conmigo al mar vomitarías. Me pondrías el barco perdido. Ahora túmbate aquí y cierra la boca.

Pacífica miró un momento a la señora Copperfield con expresión sombría.

—Está bien, pero dame primero el dinero, porque no me fío de ti. Solo me acostaré contigo si me pagas el alquiler.

De un golpe tremendo en la boca, Meyer le partió un labio. La sangre comenzó a gotear por su barbilla.

La señora Copperfield salió precipitadamente de la habitación.

—¡Voy a pedir ayuda! —gritó a Pacífica por encima del hombro.

La señora Copperfield corrió por el pasillo y bajó a toda

prisa las escaleras con la esperanza de hallar a alguien a quien informar sobre la crítica situación por la que pasaba Pacífica, pero era consciente de que no tendría el valor de abordar a ningún hombre. En la planta baja alcanzó a ver a una mujer de mediana edad, tricotando en su habitación con la puerta entreabierta. La señora Copperfield corrió hacia ella.

–¿Conoce a Pacífica?

–¡Claro que conozco a Pacífica! –asintió la mujer. Su acento era el de una inglesa que ha vivido muchos años entre americanos–. Conozco a todos los que pasan más de dos noches aquí. Soy la propietaria de este hotel.

–Bien, entonces, haga algo, deprisa. El señor Meyer está ahí arriba y muy borracho.

–Jamás me meto con Meyer cuando está borracho. –La mujer permaneció en silencio durante un momento. La idea de meterse con Meyer debió de parecerle muy cómica, pues se echó a reír mientras decía–: Se imagina la escena –dijo–. «Señor Meyer, ¿sería tan amable de salir de la habitación de Pacífica? Pacífica está harta de usted. ¡Ja, ja, ja! Pacífica está harta de usted.» Siéntese, señora, y cálmese. Tengo un poco de ginebra en ese decantador de cristal tallado, junto a los aguacates. ¿Le apetece?

–Sabe, no estoy acostumbrada a la violencia –suspiró la señora Copperfield.

Se sirvió un poco de ginebra, repitiendo que no estaba acostumbrada a la violencia.

–Dudo mucho que pueda olvidar jamás lo ocurrido esta noche. ¡La obstinación de ese hombre! Parecía loco.

–Meyer no está loco. Hay otros mucho peores. Me dijo que sentía un gran afecto por Pacífica. Siempre he sido muy razonable con él, y él nunca me ha creado ningún problema.

Oyeron gritos que procedían del piso de arriba. La señora Copperfield reconoció la voz de Pacífica.

–¡Oh, por favor! Llamemos a la policía –suplicó.

–¿Está usted loca? Pacífica no desea verse mezclada con la policía. Preferiría que le cortaran las piernas. Puedo asegurárselo.

–Entonces, subamos –propuso la señora Copperfield–. Estoy dispuesta a todo.

–Siga sentada, señora..., ¿cómo se llama? Yo soy la señora Quill.

–Y yo la señora Copperfield.

–Bien, pues verá usted, señora Copperfield. Pacífica sabe cuidar de sí misma, mejor de lo que podríamos cuidarla nosotras. Cuantas menos personas intervengan en un asunto, mejor para todos. Es una de las leyes que rigen en este hotel.

–Muy bien, pero mientras tanto Pacífica puede ser asesinada.

–Los clientes no matan tan fácilmente. Dan muchas palizas, eso sí, pero no se cometen demasiados asesinatos. Aquí he tenido algunos, pero no muchos, y he descubierto que en la mayoría de los casos todo se resuelve bien. Naturalmente a veces hay un mal final...

—Desearía contemplar la situación con su serenidad. No comprendo cómo puede estar aquí sentada, tan tranquila, y me pregunto cómo Pacífica puede ir por el mundo de esa manera sin acabar en un manicomio.

—Bueno, tiene mucha experiencia con esa clase de hombres. No creo que tenga ningún miedo. Su piel es más dura que la nuestra. Lo que sucede es que está molesta. Lo que a ella le gusta es tener una habitación propia y hacer lo que le venga en gana. En mi opinión, las mujeres a veces no saben lo que quieren. ¿No cree que quizá Pacífica sienta cierta debilidad por Meyer?

—¿Cómo es posible? No entiendo lo que quiere decir.

—Verá usted, ese hombre del que dice estar enamorada... Pues bien, yo no creo que le quiera realmente. Ha tenido montones como él, uno tras otro, como si nada. Todos unos pasmarotes. Besan el suelo por donde pisa. En mi opinión, cuando Meyer no está, Pacífica se vuelve tan celosa y nerviosa que intenta convencerse de que le gustan todos esos otros fulanos. Cuando Meyer regresa, se convence de que está furiosa con él por meter las narices en sus asuntos. Bien, puede que yo esté en lo cierto o que esté equivocada, pero pienso que la cosa debe de funcionar así, más o menos.

—A mí me parece imposible. ¿Por qué iba a dejar que le pegara si luego piensa acostarse con él?

–Tiene todo el sentido del mundo. Aunque tampoco es que yo sepa mucho de esas cosas. Eso sí, Pacífica es una buena chica. Y de buena familia.

La señora Copperfield bebió su gin con deleite.

–Pronto bajará para charlar con nosotras –dijo la señora Quill–. Aquí la atmósfera es balsámica y las chicas la disfrutan mucho. Hablan, beben y hacen el amor; van de pícnic, van al cine y a veces bailan durante toda la noche... Yo no estoy sola nunca, a menos que quiera estarlo... Puedo ir con ellas a bailar, si me apetece. Tengo a un tipo que me lleva a bailar cuando yo quiero y siempre puedo unirme a las chicas. Me gusta estar aquí. No volvería a mi casa ni por todo el oro del mundo. A veces hace calor, pero el clima casi siempre es suave y nadie tiene prisa. El sexo no me interesa y duermo como un bebé. Nunca tengo pesadillas, excepto si como algo que no me siente bien. Hay que pagar el precio cuando una se permite un capricho. Verá, tengo una debilidad terrible por la langosta a la Newburg, y sé muy bien lo que hago cuando la pido. Voy al restaurante de Bill Grey, más o menos una vez al mes, con el tipo que le he mencionado antes.

–Continúe –le instó la señora Copperfield, que empezaba a divertirse.

–Bien, pedimos la langosta a la Newburg. Ya le he dicho que es la cosa más deliciosa del mundo...

–¿Le gustan las ancas de rana? –le preguntó la señora Copperfield.

—Para mí, la langosta a la Newburg.

—Parece usted tan feliz que tengo la impresión de que voy a refugiarme aquí, en su hotel. ¿Qué le parece?

—Cada uno hace con su vida lo que quiere. Ese es mi lema. ¿Cuánto tiempo piensa quedarse?

—Oh, no lo sé. ¿Cree que me divertiré aquí?

—Claro, aquí no se acaba nunca la diversión. Bailar, beber..., todas las cosas agradables de este mundo. No le hará falta mucho dinero, ¿sabe? Los hombres desembarcan con los bolsillos llenos. Ya le he dicho que esta ciudad es el paraíso..., o tal vez el infierno –corrigió, riéndose con ganas–. Aquí nunca se acaba la diversión –repitió.

Se levantó de su asiento con cierta dificultad y fue hasta un gramófono que había en un rincón. Después de darle cuerda, puso una ranchera.

—Siempre que quiera, puede poner música –dijo a la señora Copperfield–, cada vez que le apetezca. Hay agujas y discos y no tiene más que darle a la manivela. Puede sentarse en esa mecedora a escuchar música cuando yo no esté en el hotel. Tengo discos de muchos cantantes famosos como Sophie Tucker y Al Jolson, de Estados Unidos, y para mí esa música es un regalo para los oídos.

—Supongo que debe de ser muy agradable leer en esta habitación, mientras suena el gramófono –dijo la señora Copperfield.

—Leer..., puede usted leer todo lo que quiera.

Se pasaron un rato sentadas escuchando discos y bebiendo ginebra. Al cabo de una hora más o menos, la señora Quill vio a Pacífica en el vestíbulo.

–Aquí llega su amiga –anunció a la señora Copperfield. Pacífica llevaba un vestido ligero de seda y zapatillas. Se había maquillado y perfumado cuidadosamente.

–Mirad lo que me ha regalado Meyer –dijo acercándose a ellas para mostrarles un reloj de pulsera muy grande con esfera luminosa. Parecía estar de muy buen humor. Luego añadió con una amable sonrisa–: Ya veo que habéis estado conversando. Ahora podríamos ir las tres a dar un paseo y tomarnos una cerveza o lo que nos apetezca.

–Encantada –dijo la señora Copperfield.

Empezaba a sentirse un poco preocupada por el señor Copperfield. A él le disgustaba que desapareciera de esa forma y durante tanto tiempo, porque la inseguridad que entonces sentía le impedía conciliar el sueño. La señora Copperfield se prometió pasar por el alojamiento de su marido para decirle que tardaría aún un rato en regresar, pero la sola idea de verle le produjo escalofríos.

–Deprisa, chicas –dijo Pacífica.

Volvieron al tranquilo restaurante donde Pacífica había llevado a los Copperfield. Al otro lado de la calle podía verse un local grande y muy iluminado. Una orquesta formada por diez músicos estaba tocando, y el salón estaba tan atestado que la mayor parte de la gente bailaba en la calle. La señora Quill exclamó:

–¡Caramba, Pacífica! Ahí es donde podríamos divertirnos de veras esta noche. Mira qué bien se lo están pasando.

–No, señora Quill –dijo Pacífica–. Aquí estaremos muy bien. No hay tanta luz y es mucho más tranquilo; luego nos iremos a dormir.

–Sí –asintió la señora Quill con expresión de desencanto. La señora Copperfield creyó ver en los ojos de la señora Quill un gesto terriblemente dolido y contrariado.

–Ya iré mañana por la noche –declaró la señora Quill suavemente–. No tiene importancia. Organizan estos bailes cada noche porque los barcos llegan continuamente. Las chicas nunca se cansan, nunca –agregó, mirando a la señora Copperfield–, porque pueden dormir todo el santo día. De día duermen igual de bien que de noche. No se cansan nunca. ¿Y por qué habrían de cansarse? Bailar no cansa, la música te transporta.

–No diga tonterías –cortó Pacífica–. Están siempre cansadas.

–Bien, ¿a quién hay que creer? –preguntó la señora Copperfield.

–Oh, Pacífica ve siempre el lado malo de las cosas –protestó la señora Quill–. Es la persona más pesimista que he conocido en mi vida.

–Yo no veo el lado malo de las cosas, yo veo la realidad. A veces, señora Quill, parece usted boba.

–No me hables así, sabiendo lo mucho que te quiero –gimió la señora Quill, con los labios temblorosos.

—Lo siento, señora Quill —dijo Pacífica muy seria.

«Qué agradable es Pacífica —se dijo la señora Copperfield para sus adentros—, se toma en serio a todo el mundo.»

Estrechó las manos de Pacífica.

—Dentro de un momento beberemos algo agradable —dijo con una sonrisa—. ¿No estás contenta?

—Sí, será muy agradable beber algo —contestó Pacífica con educación.

La señora Quill, sin embargo, notó alegría en sus palabras. Frotándose las manos, exclamó:

—¡Voy con vosotras!

La señora Copperfield miró la calle desde la ventana y vio pasar a Meyer. Iba con dos rubias y unos marineros.

—Allá va Meyer —anunció.

Las otras dos mujeres miraron hacia la calle. Se quedaron observando cómo se alejaba Meyer.

El señor y la señora Copperfield se fueron unos días a Ciudad de Panamá. El primer día, después de comer, el señor Copperfield propuso que fueran a dar una vuelta por los suburbios. Era siempre lo primero que hacía cuando llegaba a un sitio nuevo. La señora Copperfield detestaba tener que enterarse de lo que había a su alrededor, porque siempre resultaba aún más extraño de lo que había temido.

Pasearon durante largo rato. Las calles no tardaron en parecer todas iguales. A un lado, subían gradualmente por la ladera, y al otro, descendían abruptamente hacia los barrios enfangados próximos al mar. Las casas de piedra aparecían completamente descoloridas por el tórrido sol. Todas las ventanas estaban protegidas con pesadas rejas, y apenas se veía algún signo de actividad. Tras cruzarse con tres chiquillos desnudos, que se disputaban una pelota, bajaron la colina en dirección al mar. Una mujer con un vestido negro de seda caminaba lentamente hacia ellos. Después de pasar a su lado, la mujer se volvió, mirándolos fijamente con el mayor descaro. Volvieron la cabeza varias veces y ella seguía allí, inmóvil, observándolos.

La marea estaba baja. Caminaron a lo largo de la enlodada playa. Tras ellos se alzaba un inmenso hotel de piedra construido frente a un acantilado de escasa altura, de modo que el edificio quedaba ya en la sombra. Las marismas y el agua recibían todavía los rayos del sol. Pasearon hasta que el señor Copperfield descubrió una gran roca plana, donde se sentaron.

—¡Qué hermoso es todo esto! —dijo.

A sus pies, un cangrejo caminaba de través por el fango.

—¡Oh, mira! —señaló el señor Copperfield—. ¿No te gustan?

—Sí que me gustan —contestó ella.

Pero no podía reprimir una creciente sensación de horror al contemplar el paisaje que la rodeaba. Alguien había pintado las palabras CERVEZA-BEER en letras verdes, en la fachada del hotel.

El señor Copperfield, arremangándose los pantalones, le preguntó si no le gustaría ir descalza con él hasta la orilla del mar.

–Creo que ya he andado bastante.

–¿Estás cansada?

–No, no estoy cansada.

Había una expresión tan doliente en su rostro al responder que el señor Copperfield le preguntó qué le pasaba.

–Me siento desgraciada.

–¿Otra vez? ¿Por qué te sientes desgraciada ahora?

–¡Me siento tan perdida, tan lejos de todo y tan asustada!

–¿Asustada de qué?

–No lo sé. ¡Es todo tan extraño! ¡No le veo ninguna relación con nada!

–Está relacionado con Panamá –observó el señor Copperfield–. ¿Es que no vas a entenderlo nunca? –Hizo una pausa–. Creo que no vale la pena intentar hacerte comprender nada... De todas maneras yo me voy a la orilla. Siempre me estás aguando la fiesta. No se puede hacer absolutamente nada contigo. –Se había enfurruñado.

–Sí, lo sé. Quiero decir, vete a la orilla. Sí, supongo que estoy cansada.

Lo observó mientras avanzaba entre los diminutos guijarros, con los brazos extendidos para mantenerse en equilibrio, igual que un funámbulo, y deseó ser capaz de unirse a él, porque le tenía un gran cariño. Empezó a sentir cierta exaltación. El viento soplaba con fuerza y algunos veleros navegaban velozmente no lejos de la costa. Echó la cabeza hacia atrás y cerró los ojos, esperando sentirse lo suficientemente exaltada como para correr a reunirse con su marido. Pero el viento no soplaba con tanta fuerza, y con los ojos cerrados pudo ver a Pacífica y a la señora Quill, de pie, frente al Hotel de las Palmas. Ella les había dicho adiós desde un viejo coche de caballos que había alquilado para ir a la estación. El señor Copperfield prefirió ir caminando, y ella pudo quedarse a solas con sus dos amigas. Pacífica llevaba un quimono de satén que la señora Copperfield le había regalado y unas zapatillas adornadas con una borla. Había permanecido de pie junto al muro del hotel, con los ojos entornados, lamentándose de estar en la calle vestida únicamente con el quimono, pero la señora Copperfield solo había podido disponer de un minuto para despedirse de ellas, y no le fue posible descender del carruaje.

–Pacífica, señora Quill –había dicho, asomándose al exterior del coche–. No podéis imaginaros cuánto me aterra tener que dejaros, aunque solo sea por dos días. De veras, no sé cómo voy a soportarlo.

–Escuche, señora Copperfield –le había respondido la señora Quill–, vaya y diviértase en Panamá. No piense en nosotras ni un minuto, ¿me oye? ¡Madre mía! Si yo fuera lo bastante joven para ir a Panamá con mi marido, tendría una expresión en la cara bien diferente de la suya.

–Que vaya con su marido a Ciudad de Panamá no significa nada –había dicho Pacífica con mucha firmeza–. No

108

significa que tenga que sentirse feliz. No todo el mundo tiene los mismos gustos. Tal vez Copperfield prefiera ir de pesca o a comprar vestidos.

La señora Copperfield había sonreído a Pacífica con gratitud.

–Bien, estoy segura de que tú, Pacífica, serías feliz si fueras a Panamá con tu marido –había replicado la señora Quill débilmente–. Allí todo es hermoso.

–Sí, pero ella ya ha estado en París –había respondido Pacífica.

–Bien, prometedme que estaréis aquí cuando regrese –les había suplicado la señora Copperfield–. Tengo tanto miedo de que podáis desaparecer de repente.

–No te hagas mala sangre, mi amor, la vida ya es lo bastante difícil. ¡Adónde iríamos a parar! –había dicho Pacífica, bostezando y disponiéndose a entrar en el hotel. Luego le lanzó un beso desde la puerta de entrada y agitó la mano en señal de despedida.

–Era tan agradable estar con ellas –dijo la señora Copperfield en voz alta, abriendo los ojos–. Son un gran consuelo para mí.

El señor Copperfield se acercó a la roca plana en la que su mujer seguía sentada. Llevaba en la mano una piedra de una forma y textura singular. Cuando llegó junto a ella estaba sonriente.

–Mira –le dijo–. ¿No es una piedra rara? Es realmente muy hermosa. Pensé que te gustaría, de modo que la he traído.

La señora Copperfield examinó la piedra y respondió:

–Oh, es muy hermosa y muy rara. Muchísimas gracias. La estudió en la palma de su mano.

Mientras la examinaba, el señor Copperfield la tomó de los hombros y le dijo:

–Mira aquel buque de vapor surcando el agua. ¿Lo ves? –le hizo girar ligeramente la cabeza en la dirección correcta.

–Sí, lo veo. Es muy bonito... Creo que sería mejor volver. Pronto oscurecerá.

Dejaron la playa y enfilaron en dirección a la ciudad. Empezaba a oscurecer, pero ahora había más gente por la calle, y a su paso hacían comentarios sobre ellos en voz alta.

–Realmente hoy ha sido un día maravilloso –afirmó el señor Copperfield–. Habrás disfrutado un poco al menos. ¡Hemos visto cosas tan increíbles!

La señora Copperfield apretó con fuerza la mano de su marido.

–No tengo los pies alados como tú –dijo–. Debes perdonarme. No puedo moverme con tanta facilidad. A los treinta y tres años, una adquiere ciertos hábitos.

–Pues es una pena. Claro que también yo tengo ciertos hábitos: hábitos en la comida, en el dormir, en el trabajo..., pero no creo que te refieras a eso, ¿verdad?

–Prefiero no hablarlo ahora. No, no me refería a eso.

Al día siguiente, el señor Copperfield propuso que fueran a ver la selva. La señora Copperfield alegó que no tenían el equipo adecuado, pero él aclaró que no era su intención explorar la selva y que le bastaba pasear por sus límites, donde hubiera senderos.

—No dejes que la palabra «selva» te asuste. A fin de cuentas, significa solo bosque tropical.

—Si no quiero ir a la selva, no iré. No creo que tenga importancia. Esta noche volveremos a Colón, ¿verdad?

—Bueno, a lo mejor estamos demasiado cansados y hemos de quedarnos aquí otra noche.

—¡Pero si prometí a Pacífica y a la señora Quill que volveríamos esta noche! ¡Se sentirán tan decepcionadas si no regreso!

—Realmente eres muy considerada con *ellas,* ¿no? En fin, Frieda... De todas formas, no creo que les importe mucho. Lo entenderán.

—No, no lo entenderán. Se llevarán una gran decepción. Les prometí que volvería antes de medianoche y que iríamos a celebrarlo. Estoy segura de que la señora Quill tendrá un desengaño. Le encantan los festejos.

—¿Y quién diablos es la señora Quill?

—La señora Quill... La señora Quill y Pacífica.

—Sí, ya lo sé, pero es ridículo. Creí que no ibas a soportar su compañía más de una noche, y que en poco tiempo comprenderías lo que son.

—¡Oh! Ya sé lo que son, pero lo paso muy bien con ellas.

El señor Copperfield no respondió.

Salieron a la calle y caminaron hasta llegar a una plaza donde había varios autobuses estacionados. Tras preguntar los itinerarios, tomaron uno que se llamaba Shirley Temple. En el interior de las puertas había dibujos de Mickey Mouse. El conductor tenía pegadas en el parabrisas, sobre su cabeza, estampas de santos y de la Virgen. Cuando subieron al autobús, estaba tomándose una Coca-Cola.

—*¿En qué barco vinieron?* —les preguntó el conductor en español.

—*Venimos de Colón* —respondió el señor Copperfield.

—¿Qué sucede? —preguntó la señora Copperfield.

—Me ha preguntado en qué barco hemos llegado, y le he contestado que venimos de Colón. Verás, casi todo el mundo llega en barco. Es lo mismo que cuando en otros países te preguntan dónde vives.

—*J'adore Colón, c'est tellement...* —empezó a decir la señora Copperfield.

El señor Copperfield parecía incómodo.

—No le hables en francés. No tiene ningún sentido. Háblale en inglés.

—Me encanta Colón.

El conductor hizo una mueca.

—Esa horrible ciudad de madera. Estoy seguro de que han cometido ustedes una gran equivocación. Ya lo verán. Panamá les gustará más. Hay más tiendas, más hospitales, bonitos cines, grandes y lujosos restaurantes, bellas casas de piedra; Panamá es una gran ciudad. Cuando pasemos por Ancón, les mostraré la belleza de los prados, de los árboles y de los paseos. No verán ustedes nada parecido en Colón. ¿Saben a quiénes les gusta Colón? –Se inclinó sobre el respaldo de su asiento y como ellos estaban sentados justo detrás de él, les lanzó el aliento en plena cara–. ¿Saben a quiénes les gusta Colón? –Hizo un guiño al señor Copperfield–. Las hay por todas las calles. Eso es todo lo que hay allí, y poco más. También las tenemos por aquí, pero en un lugar aparte. Si les gustan, pueden ir. Aquí tenemos de todo.

–¿Se refiere usted a las prostitutas? –preguntó la señora Copperfield en voz clara.

–*Las putas* –aclaró en español el señor Copperfield al conductor.

Estaba encantado del giro tomado por la conversación y temía que el conductor no le sacara todo el jugo.

El conductor se tapó la boca con la mano para disimular la risa.

–A ella le gustan –continuó el señor Copperfield, dando con el codo a su mujer.

–¡No, no! –exclamó el conductor–. ¡No es posible!

–Ellas han sido muy dulces conmigo.

–¡Dulces! –repitió el conductor casi gritando–. De dulces no tienen ni así. –Unió el pulgar y el índice formando un pequeño círculo–. No, de dulces nada. Alguien ha estado tomándoles el pelo. Él lo sabe. –Puso una mano sobre la pierna del señor Copperfield.

—Me temo que no sé nada del asunto —declaró el señor Copperfield.

El conductor le guiñó otra vez el ojo y dijo:

—Ella cree que conoce a *las...*, no diré la palabra, pero no conoce realmente a ninguna.

—¡Claro que las conozco! Hasta he dormido la siesta con una de ellas.

—¡La siesta! —Soltó una carcajada—. Por favor, señora, no me tome el pelo, no está bien. —De pronto recobró la seriedad—. No, no, no... —Sacudió la cabeza con tristeza.

El autobús estaba ya lleno de gente y el conductor se vio obligado a arrancar. En cada parada, se volvía y agitaba un dedo en dirección a la señora Copperfield. Atravesaron Ancón y pasaron cerca de unos cuantos edificios largos y bajos, asentados sobre pequeñas colinas.

—Hospitales —vociferó el conductor en honor al señor y la señora Copperfield—. Aquí hay médicos para todas las enfermedades del mundo. Los del ejército pueden ingresar gratis. Comen, duermen y se curan sin pagar nada. Algunos viejos viven aquí el resto de sus días. Yo sueño con entrar en el ejército americano y no volver a conducir este asqueroso autobús.

—Pues yo detestaría tanta disciplina —aseguró el señor Copperfield con convicción.

—Van siempre a banquetes y a bailes, a bailes y a banquetes —comentó el conductor.

Se oyeron murmullos en la parte trasera del autobús. Las

mujeres querían saber qué había dicho el conductor. Una de ellas, que hablaba inglés, lo explicó rápidamente en español. Durante los cinco minutos que siguieron, todas estuvieron riendo bobamente con ello. El conductor empezó a cantar *Over There* y las risas se hicieron histéricas. Se encontraban casi en plena campiña y hacían el recorrido junto a un río. En la otra orilla había una carretera flamante bordeada por un formidable y frondoso bosque.

–Oh, mira –exclamó el señor Copperfield señalando el bosque–. ¿Ves la diferencia? ¿Te das cuenta de lo enormes que son los árboles y de lo enmarañado de la espesura? Se puede apreciar incluso desde aquí. No, ni en el norte se ven bosques tan magníficos.

–Cierto, no los hay –dijo la señora Copperfield.

Finalmente el autobús se detuvo junto a un pequeño embarcadero. Por entonces, solo viajaban en él tres mujeres y los Copperfield. La señora Copperfield las miró deseando que fueran también a la selva.

El señor Copperfield se apeó del autobús y ella le siguió de mala gana. El conductor ya estaba abajo, fumando. Permanecía de pie junto al señor Copperfield, esperando iniciar otra conversación, pero el señor Copperfield estaba demasiado agitado con la proximidad de la selva como para pensar en cualquier otra cosa. Las tres mujeres no bajaron. Se quedaron en sus asientos charlando. La señora Copperfield miró al interior del autobús, clavando la mirada en las tres mujeres con una expresión de perplejidad en su rostro. Parecía decir: «Por favor, bajen ustedes también». Las mujeres estaban tan desconcertadas que empezaron a reír de nuevo.

La señora Copperfield se acercó al conductor y le preguntó:

—¿Es aquí el fin del trayecto?

—Sí.

—¿Y ellas?

—¿Quiénes? —preguntó el conductor con expresión atontada.

—Esas tres señoras que están en la parte trasera.

—Ellas siguen. Son unas señoras encantadoras. No es la primera vez que viajan en mi autobús.

—¿Y van y vienen?

—Claro.

El señor Copperfield cogió a su mujer de la mano y la condujo hasta el embarcadero. Un pequeño transbordador se acercaba. Parecía no llevar pasaje.

De pronto, la señora Copperfield dijo a su marido:

—Acabo de decidirlo, no quiero ir a la selva. Ayer fue un día extraño y terrible. Si he de pasar otro día como el de ayer, acabaré en un estado lamentable. Por favor, déjame volver al autobús.

—¡Pero después de venir hasta aquí me parece estúpido y sin sentido regresar! Puedo asegurarte que la selva te interesará. Yo ya he estado en selvas otras veces. Verás las formas más extrañas de hojas y flores y estoy seguro de que

116

oirás sonidos maravillosos. Algunos pájaros en los trópicos tienen voces como xilófonos, otros parecen campanas.

—Creí que al llegar aquí, tal vez me sentiría inspirada, que sentiría el impulso de seguir adelante. Pero ahora no lo siento en absoluto. Por favor, no discutamos.

—¡Muy bien! —masculló el señor Copperfield.

Parecía triste y abandonado. Le gustaba mucho mostrar a los demás sus lugares preferidos. Se puso a caminar hacia el agua y se quedó mirando fijamente la orilla opuesta del río. Era muy esbelto y su cabeza estaba hermosamente modelada.

—¡Oh, por favor, no te pongas triste! —suplicó la señora Copperfield corriendo hacia él—. No puedo permitir que estés triste. Hace que me sienta muy mala. Como si fuera una asesina. Pero tan solo sería una molestia allá al otro lado del río, en la selva. Cuando te encuentres allí, te encantará y, sin mí, podrás adentrarte mucho más.

—Pero, querida... No me importa. Solo espero que puedas volver sin problemas en ese autobús. ¡Solo Dios sabe cuándo estaré de vuelta! Puede que decida ponerme a explorar... Y a ti no te gusta estar sola en Panamá.

—Bien, supongamos que yo tomo el tren de vuelta a Colón. Es un viaje sencillo y solo tengo que llevarme un maletín. Tú podrías reunirte conmigo esta noche si vuelves pronto de la selva, y si te retrasas, nos encontramos mañana. De todos modos habíamos pensado marcharnos mañana por la mañana. Pero has de darme tu palabra de honor de que vendrás.

—¡Todo es tan complicado! Creí que íbamos a pasar un

día estupendo en la selva. Volveré mañana. El equipaje está allí, así que no hay peligro de que no regrese. Adiós.

Le tendió la mano. El transbordador atracó rozando el embarcadero.

—Escucha, si no estás de vuelta a medianoche, iré a dormir al Hotel de las Palmas —dijo ella—. Si salgo, telefonearé a nuestro hotel a las doce para saber si has llegado.

—No me esperes hasta mañana.

—En ese caso, si no estoy en nuestro hotel, estaré en el Hotel de las Palmas.

—De acuerdo, pero sé buena e intenta dormir un poco.

—Sí, claro que sí.

El señor Copperfield embarcó en el transbordador, que zarpó enseguida.

«Espero no haberle estropeado el día», se dijo la señora Copperfield. La ternura que sentía por él en aquel momento era casi opresiva. Subió al autobús y no despegó la mirada de la ventanilla, porque no quería que nadie se diera cuenta de que estaba llorando.

La señora Copperfield fue directamente al Hotel de las Palmas. Al descender del carruaje vio a Pacífica sola, caminando hacia ella. Pagó al cochero y se precipitó hacia la muchacha.

—¡Pacífica! ¡Qué contenta estoy de verte!

Pacífica tenía la frente cubierta de sudor y parecía cansada.

–¡Ah, Copperfield! La señora Quill y yo pensábamos que no te volveríamos a ver nunca más y ahora estás aquí.

–¡Pero Pacífica! ¿Cómo puedes decir una cosa semejante? Estoy muy sorprendida. ¿No os prometí que volvería antes de medianoche y que lo celebraríamos?

–Sí, pero es lo que la gente dice siempre. Después de todo, nadie se enfada si no vuelven.

–Vamos a saludar a la señora Quill.

–De acuerdo, pero ha estado de un humor de perros todo el día. No ha parado de llorar y no ha comido nada.

–¿Qué demonios le ocurre?

–Creo que se ha peleado con su amigo. Él no la quiere. Yo siempre se lo digo, pero no quiere escucharme.

–Sin embargo, la primera cosa que me dijo fue que el sexo no le interesaba.

–Le da igual acostarse o no con alguien, pero es una sentimental terrible. Como si tuviera dieciséis años. Me da pena ver a una vieja poniéndose en ridículo.

Pacífica llevaba aún las zapatillas. Atravesaron el bar, que estaba atestado de hombres fumando puros y bebiendo.

–¡Dios mío! En un minuto consiguen que un sitio apeste –se quejó Pacífica–. Desearía tener una casa pequeña y bonita con jardín en alguna parte.

–Voy a quedarme a vivir aquí, Pacífica, y nos divertiremos muchísimo.

–El tiempo de la diversión ha terminado –afirmó Pacífica tristemente.

—Te sentirás mejor después de haber tomado una copa.

Llamaron a la puerta de la señora Quill.

Oyeron sus pasos por la habitación y el ruido de unos papeles. Luego, fue hasta la puerta y la abrió. La señora Copperfield se dio cuenta de que parecía menos animada que de costumbre.

—Entrad —les dijo—, aunque no tengo nada que ofreceros. Podéis sentaros un rato.

Pacífica le dio un ligero toque con el codo a la señora Copperfield. La señora Quill volvió a su mecedora, no sin coger un montón de facturas que estaban sobre la mesa.

—Debo examinarlas, excusadme. Es importantísimo.

Pacífica se volvió hacia la señora Copperfield y le dijo quedamente:

—Ni siquiera las ve, porque no lleva puestas las gafas. Se está comportando como una chiquilla. Ahora se pondrá furiosa con nosotras porque su buen amigo, como ella lo llama, la ha abandonado. Pero yo no dejaré que me siga tratando como a un perro por mucho tiempo.

La señora Quill oyó las palabras de Pacífica y su rostro enrojeció. Se volvió hacia la señora Copperfield.

—¿Todavía tiene intención de venir a instalarse a este hotel?

—Sí —confirmó la señora Copperfield con un tono desenfadado—. No me gustaría vivir en ningún otro lugar del mundo. Aunque usted me gruña.

–Probablemente no lo encontrará lo bastante cómodo.

–No le gruña a Copperfield –terció Pacífica–. Primero, porque ha estado fuera dos días, y segundo, porque no la conoce como yo.

–Te agradecería que mantuvieras tu vulgar piquito cerrado –replicó la señora Quill con voz cortante, barajando las facturas rápidamente.

–Siento haberla molestado, señora Quill –dijo Pacífica, levantándose en dirección a la puerta.

–Yo no le gritaba a Copperfield, le he dicho simplemente que no creía que mi hotel fuera lo bastante cómodo para ella. ¿Crees que estará bien aquí, Pacífica?

–Una cosita vulgar como yo no puede opinar sobre estas cuestiones –replicó Pacífica, y salió de la habitación, con lo que la señora Copperfield y la señora Quill quedaron frente a frente.

La señora Quill cogió un manojo de llaves que estaban sobre una cómoda y le indicó a la señora Copperfield que la siguiera. Recorrieron varios pasillos y subieron por la escalera hasta el piso superior. La señora Quill abrió la puerta de una de las habitaciones.

–¿Está cerca de la de Pacífica? –quiso saber la señora Copperfield.

La señora Quill, sin decir palabra, la condujo en dirección contraria. Cruzaron varios pasillos y se detuvo cerca de la habitación de Pacífica.

–Esta es más cara –explicó la señora Quill–, pero está

junto a la de Pacífica, si ese es su deseo y puede soportar el ruido.

—¿Qué ruido?

—Tan pronto se despierta, empieza a despotricar y a poner la habitación patas arriba. A ella no le afecta en absoluto. Es dura. No tiene ni un solo nervio en todo el cuerpo.

—Señora Quill...

—¿Sí?

—¿Podrían traerme una botella de ginebra a mi habitación?

—Sí, naturalmente... Espero que se sienta a gusto. Le haré subir su maletín —le dijo por encima del hombro, alejándose.

La señora Copperfield estaba consternada por el giro de los acontecimientos.

«Y yo que creía —se dijo—, que estas dos mujeres no iban a cambiar nunca. Ahora debo armarme de paciencia y esperar a que las cosas se arreglen. Cuanto mayor me hago, más incapaz soy de prever los acontecimientos.»

Se sentó en la cama, levantó las rodillas y se sujetó los tobillos con las manos.

—Sé alegre..., alegre..., alegre —canturreó, balanceándose hacia delante y hacia atrás en la cama.

Llamaron a la puerta y un hombre con un chaleco de rayas entró en la habitación sin esperar respuesta.

—¿Ha pedido una botella de ginebra?

–¡Ya lo creo! ¡Hurra!

–Su maleta. Se la dejo aquí.

La señora Copperfield le pagó y el hombre salió de la habitación.

–Y ahora bebamos un traguito de ginebra para espantar las penas –exclamó, saltando de la cama–. No hay nada mejor. En ciertos momentos la ginebra te quita las preocupaciones y eres capaz de andar a gatas como si fueras un bebé. Esta noche quiero ser un bebé.

Se sirvió un vaso y lo vació de un trago. Luego, otro. El tercero se lo bebió más lentamente.

Los postigos de la ventana estaban abiertos de par en par y una suave brisa llenaba la habitación de un olor a manteca frita. Fue hacia la ventana y miró al callejón que separaba el Hotel de las Palmas de un hacinamiento de casuchas de madera.

En el callejón una mujer vieja, sentada en una silla, se tomaba la cena.

–¡No deje ni una migaja! –le gritó la señora Copperfield.

La mujer la miró con aire soñador, pero no le contestó.

La señora Copperfield se puso una mano sobre el corazón.

–*Le bonheur..., le bonheur* –susurró–. ¡Qué bendición disfrutar de un momento de felicidad! ¡Y qué agradable no tener que luchar demasiado para conseguir la paz interior! Sé que voy a conocer momentos de alegría, así, por las buenas. Ninguno de mis amigos habla ya del carácter... Y sin embargo no hay duda de que lo que más nos interesa es averiguar cómo somos.

–¡Copperfield! –Pacífica irrumpió en la habitación, los cabellos revueltos y sin aliento–. Bajemos a divertirnos un poco. Tal vez no sean el tipo de hombres que te agradan, pero si no te gustan, te vas. Ponte un poco de colorete. ¿Puedo beber un poco de tu ginebra, por favor?

–Pero si hace un momento has dicho que el tiempo de la diversión había terminado.

–¡Qué diablos!

–Tienes razón. ¡Qué diablos! Sería música celestial si consiguieras que por una vez deje de darle vueltas a la cabeza, Pacífica.

–Pero no tienes por qué dejar de darle vueltas a las cosas. Pensar te hace mejor que los demás. Da gracias a Dios por poder pensar.

Abajo, en el bar, la señora Copperfield fue presentada a tres o cuatro hombres.

–Este es Lou –dijo Pacífica sacando un taburete de debajo de la barra y haciéndola sentar al lado del desconocido.

Lou era menudo y pasaba de los cuarenta. Llevaba un traje de verano gris demasiado estrecho, una camisa azul y un sombrero de paja.

–Quiere dejar de pensar –le explicó Pacífica a Lou.

–¿Quién quiere dejar de pensar? –preguntó él.

–Copperfield, la niña que está sentada en el taburete, grandísimo tonto.

–Tonta tú. Te estás volviendo igualito que esas chicas de Nueva York.

–¡Llévame a Nueva York, llévame a Nueva York! –exclamó Pacífica, balanceándose en su taburete.

La señora Copperfield quedó sorprendida de ver a Pacífica comportarse tan a la ligera.

–¡Acuérdate del botón de la barriga!* ¡El botón de la barriga! –le dijo Lou a Pacífica.

–¡El botón de la barriga! ¡El botón de la barriga! –Pacífica alzó los brazos al aire y chilló con placer.

–¿Qué pasa con el botón de la barriga? –inquirió la señora Copperfield.

–¿No crees que son las palabras más cómicas del mundo? «Botón» y «barriga»... «Botón» y «barriga»..., en español se dice simplemente *ombligo*.

–Yo no lo encuentro gracioso, pero si tienes ganas de reírte, adelante, ríete –dijo Lou, sin hacer el menor intento de conversar con la señora Copperfield.

La señora Copperfield le tiró de la manga.

–¿De dónde es usted?

–De Pittsburgh.

–No conozco Pittsburgh –aseguró la señora Copperfield.

Pero Lou dirigía ya su mirada hacia Pacífica.

–El botón de la barriga –dijo de pronto sin cambiar de expresión.

* Coloquialismo para «ombligo». *(N. de la T.)*

Esta vez Pacífica no se rió. Parecía no haberle oído. Estaba subida a la barra agitando los brazos como si dirigiera una orquesta.

–Vaya, vaya –dijo–, veo que nadie le ha ofrecido todavía una copa a la señora Copperfield. ¿Estoy con hombres o con niños? ¡Ah, no! Pacífica va a buscar otros amigos.

Bajó de la barra y ordenó a la señora Copperfield que la siguiera. De paso, tiró de un codazo el sombrero de un hombre sentado junto a ella.

–Toby, debería darte vergüenza –dijo Pacífica.

Toby tenía una cara redonda de expresión soñolienta y la nariz rota. Iba vestido con un traje marrón de tela muy gruesa.

–¿Cómo? ¿Querías tomar una copa?

–Claro que quería tomar una copa –dijo con ojos centelleantes.

Hubo ronda para todos y Pacífica volvió a sentarse en el taburete.

–¡Vamos! ¿Qué queréis que cantemos?

–Yo soy un desastre –confesó Lou.

–Las canciones no son mi fuerte –dijo Toby.

Todos se sorprendieron al ver cómo la señora Copperfield echaba atrás la cabeza, cual presa de una súbita exaltación, y se ponía a cantar:

¿Qué me importa si el cielo quiere hundirse en el mar?
¿Qué me importa si los bancos quiebran en Yonkers?

Mientras tenga el beso que todo lo conquista,
¿qué puede importarme?
La vida es una gran fiesta
mientras yo te ame a ti
y tú me ames a mí.

—Bien, bravo..., ahora otra —exigió Pacífica en tono apremiante.

—¿Ha cantado alguna vez en un club? —preguntó Lou a la señora Copperfield, cuyas mejillas estaban arreboladas.

—En realidad no. Pero cuando estaba de buen humor solía cantar en voz alta en la mesa de cualquier restaurante y llamaba mucho la atención.

—La última vez que vine a Colón no era tan buena amiga de Pacífica.

—Querido, yo no estaba aquí. Estaba en París, supongo.

—Pacífica no me dijo que había estado en París. ¿Me larga un cuento chino o de verdad ha estado en París?

—Estuve en París... Después de todo, cosas más raras suceden.

—¿Así que es una cuentista?

—¿Qué quiere decir con «cuentista»?

—Cuentista es la que cuenta cuentos.

—Bien, si quiere pasarse de listo conmigo, está en su derecho, pero esa palabra no significa nada para mí.

—¡Eh! —dijo Lou a Pacífica—. ¿No me está tomando el pelo?

—No, es muy inteligente. No como tú.

Por primera vez la señora Copperfield se dio cuenta de que Pacífica estaba orgullosa de ella, y que todo aquel tiempo la había estado exhibiendo ante sus amigos, pero no estaba muy segura de que esto le agradase. Lou se volvió otra vez hacia la señora Copperfield.

—Lo siento, duquesa. Según Pacífica, es demasiado exquisita para que yo pueda dirigirle la palabra.

La señora Copperfield estaba harta de Lou, así que saltó de su taburete y fue a sentarse entre Toby y Pacífica. Toby estaba hablando con voz gangosa y grave.

—Te digo que contratando a una cantante y dándole una mano de pintura a todo esto, podría hacerse de oro. Todo el mundo sabe que es un buen lugar para irse al catre, pero no hay música. Tú estás aquí, tienes un montón de amigos, tienes gancho...

—Toby, yo no quiero empezar con música, ni con demasiados amigos. Soy una mujer tranquila...

—Sí, sí, eres tranquila. Esta semana eres tranquila, y puede que la semana próxima no quieras tanta tranquilidad.

—Yo no cambio de opinión así como así, Toby. Tengo un amigo, y no quiero quedarme aquí por mucho tiempo, ¿sabes?

—Pero de momento estás aquí.

—Sí.

—Pues bien, necesitas hacer un poco de dinero. Te repito que con un poco de pasta se puede arreglar la barraca.

–Pero ¿por qué he de estar yo?

–Porque tienes contactos.

–Jamás vi a un hombre igual. Hablando todo el día de negocios.

–Tú tampoco eres mala negociante. Te he visto pedir una bebida para tu amiguita. Te llevas un porcentaje, ¿no?

Pacífica dio a Toby con el tacón.

–Escucha, Pacífica, me gusta divertirme, pero yo puedo ver cuándo puede ganarse un montón de pasta en lugar de calderilla.

–¡Déjate de negocios!

De una palmada Pacífica envió al suelo el sombrero que Toby llevaba en la cabeza. Él entendió por fin que no había nada que hacer y suspiró.

–¿Cómo está Emma? –le preguntó Toby en tono indiferente.

–¿Emma? No la he vuelto a ver desde aquella noche en el barco. Estaba estupenda vestida de marinero.

–Las mujeres están fantásticas cuando se ponen ropa de hombre –puntualizó la señora Copperfield con entusiasmo.

–Eso es lo que usted cree –cortó Toby–. A mí me gustan más con perifollos.

–Ella quería decir que les queda bien un *minuto* –intervino Pacífica.

–No estoy de acuerdo –dijo Toby.

–Muy bien, Toby, quizá sea así para ti, pero ella opina que les sienta muy bien.

–Sigo pensando que tengo razón. No se trata únicamente de una cuestión de opiniones.

–De acuerdo, pero no puede probarlo matemáticamente –insistió la señora Copperfield.

Toby la miró sin ningún interés.

–¿Por qué has hablado de Emma? –preguntó Pacífica–. ¿No será que por fin te interesa alguien?

–Tú me pediste que hablara de algo no relacionado con los negocios, así que te he preguntado por Emma, únicamente para que veas lo sociable que soy. Los dos la conocemos. Estuvimos en esa fiesta juntos. ¿No es eso lo que hay que hacer? ¿Cómo está Emma? ¿Cómo están tu mamá y tu papá? Esa es la conversación que te gusta. Luego te cuento cómo está mi familia, y a lo mejor te hablo de otro amigo que conocemos los dos y al que hemos olvidado, y luego comentaremos cómo han subido los precios, y que llega la revolución y que a todos nos gustan las fresas. Los precios suben muy deprisa, sí señor, y por eso quería que ganaras pasta en este tugurio.

–¡Dios mío! –gimió Pacífica–. Mi vida es muy dura y estoy sola, pero aún puedo divertirme como cuando era niña. En cambio tú ya eres un viejo.

–Tu vida no tiene por qué ser dura, Pacífica.

–Bien, la tuya lo es y te esfuerzas siempre para que sea más fácil. Estos esfuerzos son justamente la parte más dura de tu vida.

–Estoy esperando abrirme camino. Con mis ideas y un

poco de suerte, mi vida puede cambiar totalmente de la noche a la mañana

–Y, luego, ¿qué harías?

–Conservarla así o tal vez hacérmela incluso más cómoda. Tendría muchas cosas de que ocuparme.

–Nunca tendrás tiempo para nada.

–¿Y de qué le sirve a un tipo como yo tener tiempo libre? ¿Quieres que me ponga a plantar tulipanes?

–A ti no te gusta charlar conmigo, Toby.

–¡Claro que sí! Eres amable e ingeniosa y tienes cabeza cuando te olvidas de tus absurdas ideas.

–¿Y yo? –preguntó la señora Copperfield–. ¿También soy amable e ingeniosa?

–¡Cómo no! Las dos sois muy ingeniosas.

–Copperfield, creo que nos acaban de insultar –dijo Pacífica, levantándose.

La señora Copperfield empezó a caminar con paso decidido hacia la salida, fingiendo gran indignación, pero Pacífica ya pensaba en otra cosa y la mujer se encontró en la ridícula situación de un actor que se ve privado repentinamente de su público. Volvió a la barra.

–Escucha –le dijo Pacífica–. Sube y llama a la puerta de la señora Quill. Explícale que el señor Toby tiene grandes deseos de verla. No le digas que te manda Pacífica. De todos modos ella lo sabe muy bien, pero le resultará más fácil si evitas decírselo. Estará muy contenta de bajar. La conozco como si fuera mi propia madre.

—¡Oh, te quiero, Pacífica! —exclamó la señora Copperfield, corriendo hacia la puerta.

Cuando la señora Copperfield llegó a la habitación de la señora Quill, esta se hallaba ocupada ordenando el cajón superior de su tocador. Reinaba una gran calma en la habitación y hacía mucho calor.

—Nunca he tenido el valor de tirar todas estas cosas —confesó la señora Quill, dándose la vuelta y pasándose la mano por el pelo—. Supongo que ha conocido ya a medio Colón —añadió con tristeza mientras escrutaba el rostro arrebolado de la señora Copperfield.

—No, en absoluto, pero ¿no le importaría bajar para ver al señor Toby?

—¿Quién es el señor Toby, querida?

—Oh, por favor, venga, aunque solo sea por complacerme.

—De acuerdo, querida. Siéntese y espere un ratito a que me cambie.

La señora Copperfield se sentó. La cabeza le daba vueltas. Su anfitriona sacó del armario un vestido largo de seda negra. Se lo puso por la cabeza y luego eligió de su joyero algunos collares de perlas negras y un broche con un camafeo. Se empolvó la cara cuidadosamente y se prendió varias horquillas en el pelo.

—No vale la pena que me dé un baño —dijo cuando terminó de arreglarse—. Y ahora dígame, ¿cree realmente que debo ir a ver a ese señor Toby, o quizá sería mejor dejarlo para otra noche?

La señora Copperfield cogió a la señora Quill de la mano y salieron de la habitación. La entrada de la señora Quill en el bar fue elegante y en extremo formal. Se tomaba ya el desquite del daño que le había causado su supuesto enamorado.

–Ahora, querida –le susurró a media voz a la señora Copperfield–, dígame cuál de ellos es el señor Toby.

–El que está sentado junto a Pacífica –señaló la señora Copperfield insegura.

Temía que a la señora Quill no le pareciese atractivo en absoluto y prefiriera irse.

–Ya veo. El caballero voluminoso.

–¿No le gustan los hombres gordos?

–No juzgo a las personas por su cuerpo. Incluso de jovencita me gustaban los hombres por su inteligencia. Ahora que soy una mujer de mediana edad, me doy cuenta de la razón que tenía.

–Yo siempre he rendido culto al cuerpo –confesó la señora Copperfield–, pero eso no significa que me enamore de las personas que tienen un cuerpo hermoso. Me han gustado cuerpos que eran horribles. Vamos, acerquémonos al señor Toby.

Toby se levantó al ver a la señora Quill y se quitó el sombrero.

–Siéntese con nosotros y pida algo de beber.

–Deje que me instale, joven, deje que me instale.

–Este bar es de su propiedad, ¿no? –preguntó Toby, que parecía inquieto.

–Sí, sí –asintió la señora Quill afablemente.

Tenía la mirada fija en la cabeza de Pacífica.

–Pacífica –dijo–. No bebas demasiado. Tengo que vigilarte.

–No se preocupe, señora Quill, he cuidado de mí misma durante mucho tiempo. –Se volvió hacia Lou y añadió con solemnidad–: Durante quince años.

Pacífica se comportaba de modo muy natural, como si nada hubiese ocurrido entre ella y la señora Quill. La señora Copperfield estaba encantada. Rodeó la cintura de la señora Quill con sus brazos y la estrechó fuertemente.

–Me hace usted tan feliz.

Toby sonrió.

–Esta muchacha parece sentirse muy a gusto. Y ahora dígame, ¿le apetece beber algo?

–Sí, tomaré una copa de ginebra. Me da pena ver cómo estas mujeres abandonan tan jóvenes sus hogares. Yo estuve en mi casa con mi madre, mis hermanas y hermanos hasta los veintiséis años. Cuando me casé me sentía aún como un conejo asustado; como si fuera sola por el mundo. El señor Quill, sin embargo, fue para mí una verdadera familia, y hasta que murió no entré realmente en contacto con el mundo. Andaba entonces por los treinta y me sentía aún más atemorizada que antes. La verdad es que Pacífica va sola por el mundo desde mucho antes que yo. ¿Sabe?, ella es como un viejo capitán de barco. A veces me siento tan estúpida cuando me cuenta alguna de sus experiencias. Los ojos se

134

me salen de las órbitas. No es una cuestión de edad, sino de experiencia. El Señor ha querido evitarme más pruebas que a Pacífica. A ella no se le ha perdonado nada y, aun así, no es tan nerviosa como yo.

–Vaya, siendo una persona con tanta experiencia, Pacífica no sabe velar por sus intereses –comentó Toby–. No sabe ver una buena ocasión cuando la tiene delante.

–Sí, creo que lleva razón –admitió la señora Quill con un tono muy cordial.

–¡Claro que llevo razón! Pero aquí en Panamá tiene muchos amigos. ¿No es así?

–Me atrevería a decir que Pacífica tiene amigos a espuertas.

–Vamos, vamos, sabe usted muy bien que los tiene, ¿no es cierto?

Como la señora Quill parecía un poco sorprendida por el tono insistente e imperioso de su voz, Toby pensó que se estaba precipitando.

–Pero eso, ¿a quién demonios le importa? –añadió, mirándola con el rabillo del ojo.

Este comentario pareció causar en la señora Quill el efecto deseado y Toby suspiró de alivio.

La señora Copperfield fue hasta un banco que estaba en un rincón y se tendió. Cerró los ojos con una sonrisa en los labios.

–Esto es lo mejor que puede hacer –le contó la señora Quill a Toby–. Es una persona muy agradable, una mujer muy dulce y entrañable que ha bebido un poco más de la cuenta. Es verdad que Pacífica sabe cuidar de sí misma. La he visto beber tanto como un hombre, pero ella es un caso aparte. Como ya dije, tiene toda la experiencia del mundo. En cambio, la señora Copperfield y yo debemos ser precavidas, a menos que algún hombre encantador cuide de nosotras.

–Sí –dijo Toby, girando sobre el taburete–. Camarero, otra ginebra. Quiere otra, ¿verdad? –le preguntó a la señora Quill.

–En efecto, si va usted a cuidar de mí.

–¡Pues claro! La llevaré en brazos a su habitación si no puede sostenerse en pie.

–¡Oh, no! –La señora Quill enrojeció y soltó unas risitas–. Ni lo intente, peso demasiado, ¿sabe?

–Ya será menos... Dígame...

–¿Sí?

–¿Le importaría aclararme una cosa?

–Estaría encantada de aclararle cualquier cosa que quiera oír.

–¿Cómo es que nunca se ha preocupado de arreglar un poco este local?

–¡Ay, querido! Soy un desastre, ¿no? Siempre me lo propongo pero nunca lo hago.

–¿No hay pasta? –le preguntó Toby.

La señora Quill se quedó perpleja.

–¿No tiene dinero para arreglarlo? –repitió Toby.

136

–¡Pues claro que lo tengo! –La señora Quill miró a su alrededor–. Y tengo algunas cosillas arriba que siempre he querido colgar en estas paredes. Todo está sucísimo, ¿verdad? Me siento avergonzada.

–No, no –dijo Toby con impaciencia. Ahora se sentía muy animado–. No quise decir tal cosa.

La señora Quill le sonrió dulcemente.

–Escúcheme –prosiguió Toby–, toda mi vida me he ocupado de restaurantes, bares y clubes, y sé sacarles provecho.

–No lo dudo.

–Puede creerme. Escuche, salgamos de aquí y vayamos a un lugar donde podamos hablar tranquilamente. Dígame dónde quiere ir y yo la llevo. Será más provechoso para usted que para mí. Ya lo verá. Podemos tomarnos unas copas o tal vez comer algo. Oiga –la agarró del brazo–, ¿le gustaría ir al Hotel Washington?

En un principio la señora Quill no reaccionó, pero al darse cuenta del ofrecimiento, respondió que aceptaba encantada, con voz temblorosa por la emoción. Toby saltó del taburete, dobló el ala del sombrero hacia su frente y empezó a caminar hacia la salida. Con el rostro ligeramente vuelto hacia la señora Quill, dijo:

–Entonces, vámonos.

Parecía molesto, pero muy decidido.

La señora Quill tomó las manos de Pacífica y le dijo que se iba al Hotel Washington.

–De haber alguna posibilidad, la que fuera, te llevaría

conmigo. Me sabe muy mal irme sin ti, pero no veo cómo podrías acompañarnos. ¿Y tú?

—No se preocupe por eso, señora Quill. Lo estoy pasando en grande —dijo Pacífica en un tono de sincero aburrimiento.

—Ese tugurio está lleno de trileros —aseguró Lou.

—¡Oh, no! —replicó Pacífica—. Es un lugar muy bonito, muy hermoso. Lo pasará estupendamente. —Le dio un pellizco a Lou—. Tú no sabes nada de nada.

La señora Quill salió lentamente del bar y se reunió con Toby en la acera. Subieron a un simón y partieron hacia el hotel. Toby estaba silencioso. Se repantigó en el asiento y se encendió un puro.

—Cuánto lamento que hayan inventado los automóviles —le confió la señora Quill.

—Si no existieran, se volvería loca cada vez que quisiera ir de un lugar a otro.

—Oh, no. Yo siempre me tomo mi tiempo. Nada hay que no pueda esperar.

—Eso es lo que usted cree —rezongó Toby malhumorado, presintiendo que era ese precisamente el defecto que tendría que combatir en la señora Quill—. Es justamente este segundo de más el que hace que Man O'War o cualquier otro caballo llegue el primero a la meta.

—Bueno..., la vida no es una carrera de caballos.

—En nuestros días, la vida es eso exactamente.

—Pues para mí no.

Toby se sintió descorazonado.

El paseo que conducía al Hotel Washington estaba bordeado de palmas datileras. El edificio era impresionante. Descendieron del carruaje. Toby se detuvo en mitad del paseo, entre las palmas mecidas por la brisa, y contempló el hotel que estaba profusamente iluminado. La señora Quill se acercó a Toby.

–Aquí nos van a desplumar –dijo Toby–. Apostaría a que cargan el doscientos por cien en las consumiciones.

–Oh, por favor, si lo cree demasiado caro para nosotros, tomemos un coche y volvamos. En cualquier caso el trayecto es tan agradable. –El corazón le latía agitadamente.

–¡No sea estúpida! –masculló Toby, dirigiéndose hacia el hotel.

El suelo del vestíbulo era de mármol amarillo de imitación. En una de las esquinas había un quiosco, donde los clientes podían comprar chicles, postales, guías y souvenirs. La señora Quill tuvo la sensación de haber desembarcado de un buque. Iba de un lado a otro, curioseando. Toby se fue derecho al empleado del quiosco y le preguntó dónde podían beber algo. Le sugirió que salieran a la terraza.

–Generalmente es allí donde va todo el mundo –dijo.

Se sentaron a una mesa en un rincón de la terraza, desde donde podían disfrutar de una hermosa vista de la playa y el mar.

Entre ambos, encima de la mesa, había una pequeña lámpara con una pantalla de color rosa. Inmediatamente,

139

Toby se puso a jugar con la pantalla, dándole vueltas. Ahora, su puro se había acortado mucho y estaba muy húmedo.

Aquí y allá, en la terraza, pequeños grupos de gente conversaban a media voz.

—¡Esto está muerto! —exclamó Toby.

—¡Oh, yo lo encuentro maravilloso! —Temblaba ligeramente al sentir el soplo de la brisa sobre sus hombros. Hacía bastante más fresco que en Colón.

Un camarero apareció ante ellos, lápiz en ristre, esperando el pedido.

—¿Qué desea tomar? —le preguntó Toby.

—¿Qué nos sugiere, joven, que sea realmente delicioso? —preguntó la señora Quill, volviéndose hacia el camarero.

—Ponche de frutas a la Hotel Washington —propuso el camarero con brusquedad.

—Eso suena muy bien.

—Okey —anunció Toby—, traiga uno, y para mí un whisky solo.

Cuando la señora Quill hubo degustado parte de su bebida, Toby le dijo:

—Así que tiene la pasta, pero nunca se ha tomado la molestia de arreglar el local.

—¡Mmmmm! —musitó la señora Quill—. En esta bebida han puesto todas las frutas del mundo. Me temo que estoy comportándome como una chiquilla, pero no hay nadie que sepa apreciar como yo las cosas buenas, nunca he tenido que privarme de ellas, ¿sabe?

140

—No llamará buena vida a esta forma de ir tirando ¿verdad?

—Yo vivo mucho mejor de lo que cree. ¿Qué sabrá usted de mi vida?

—Ya, pero podría tener más estilo —dijo Toby—, y podría conseguirlo, con facilidad. Quiero decir que su establecimiento podría mejorarse muy fácilmente.

—Supongo que sí sería fácil adecentarlo.

—Sí. —Toby esperó a que ella dijera algo más, antes de volver a la carga.

—Fíjese en la clientela —señaló la señora Quill—. No son muchos, pero yo diría que se lo pasarían mejor todos juntos en lugar de estar en grupitos de dos o tres. Como huéspedes de este fastuoso hotel cabe imaginar que deberían llevar trajes de gala y disfrutar de cada minuto de su estancia aquí, en vez de quedarse en la terraza mirando el paisaje o leyendo. Tendrían que ir siempre elegantísimos y flirtear todo el rato en vez de lucir esa ropa tan sencilla.

—Van de sport porque no quieren tomarse la molestia de arreglarse. Probablemente, han venido a descansar. Es casi seguro que son gente de negocios. Tal vez alguno de ellos pertenezca a la alta sociedad, y también necesitan descansar. Tienen sitios de sobra en los que exhibirse cuando están en su ciudad.

—De acuerdo, pero yo no pagaría todo ese dinero solo por descansar. Para eso, me quedaría en mi casa.

—A ellos les da igual. Tienen de todo.

—En efecto. ¿No es triste?

—No veo nada triste en ello. Lo que me entristece –continuó Toby, inclinándose hacia delante para aplastar el puro en el cenicero– es ver que tiene usted montado ese bar y ese hotel y no sabe sacarle más jugo.

—Cierto. Es una pena, ¿verdad?

—Me cae usted bien y no me gusta que no gane lo que podría ganar. –Le cogió la mano con cierta gentileza–. Yo sé muy bien lo que haría con su local, como ya le dije antes. ¿Recuerda lo que le dije?

—Bueno, me ha dicho tantas cosas...

—Se lo repetiré. He trabajado toda mi vida en restaurantes, bares y hoteles, y les he sacado provecho. Lo digo y lo repito. Ahora mismo, si yo tuviera pasta, y si no fuese porque ando un poco escaso porque tuve que ayudar a mi hermano y a su familia a salir de un apuro, cogería todo mi dinero y, antes de que pudiera decir usted «Amén», la invertiría en su tugurio para apañarlo. Sé muy bien que lo recuperaría enseguida, que no sería un acto de caridad.

—Desde luego que no –asintió la señora Quill, cuya cabeza se balanceaba suavemente.

Miró a Toby con ojos luminosos.

—Bueno, hasta el próximo octubre habré de andarme con cuidado. Tengo un contrato de los buenos a la vista, con una cadena de establecimientos hoteleros –prosiguió Toby–. Ahora no me vendría mal un poco de dinero, pero no es esta la cuestión.

–No tiene por qué darme explicaciones, Toby –dijo la señora Quill.

–¿Qué significa «no tiene por qué darme explicaciones»? ¿Es que no le interesa lo que le estoy diciendo?

–Toby, me interesa cada palabra de lo que me dice, pero no debe preocuparse por el pago de las consumiciones. Su amiga Flora Quill le dice que no tiene por qué preocuparse. Hemos salido a divertirnos y Dios sabe que nos divertiremos. ¿No es cierto, Toby?

–Ya, pero déjeme explicarle esto. Creo que si no ha hecho nada en su establecimiento quizá sea porque no sabe por dónde empezar. ¿Me entiende? No conoce usted secretos de este mundo. Ahora bien, yo sé cómo arreglármelas para conseguir orquestas, carpinteros y camareros a buen precio. Yo sé lo que hay que hacer. Usted ya tiene un nombre y hay un montón de gente a la que le gusta ir a su casa, incluso ahora, porque pueden subir directamente del bar a las habitaciones. Pacífica es de gran ayuda porque conoce a todos los tipos de la ciudad y la chica les gusta, se fían de ella. Lo malo del caso es que no hay ambiente, no hay luces y no hay baile. No es ni lo bastante grande ni lo bastante bonito. La gente va primero a otros lugares, y luego van a su casa a última hora, justo antes de irse a la cama. Yo no podría soportarlo. Son los demás quienes están sacando tajada y a usted solo le toca un bocadito. Lo que está pegado al hueso. ¿Me comprende?

–La carne más tierna es la que está junto al hueso –apuntó la señora Quill.

–¡Eh! ¿Sirve de algo hablar con usted o va a portarse como una idiota? Estoy hablando en serio. Bien, tiene usted dinero en el banco. Lo tiene, ¿no es verdad?

–Sí, tengo dinero en el banco.

–Okey, entonces déjeme ayudarla a reformar su tugurio. La descargo de todo el trabajo. Todo cuanto tendrá usted que hacer es tumbarse y disfrutar del botín.

–Tonterías –dijo la señora Quill.

–¡Oh, vamos! –exclamó Toby, que empezaba a sentirse irritado–. Yo no le pido nada, excepto tal vez un pequeño porcentaje en el negocio y un poco de líquido para cubrir los primeros gastos. Puedo hacerlo todo rápido y barato y puedo llevar el tugurio por usted, y no le costará mucho más de lo que le está costando ahora.

–Pero... ¡esto es maravilloso, Toby! ¡Absolutamente maravilloso!

–No tiene por qué decirme que es maravilloso. Lo sé muy bien. No es maravilloso, ¡es formidable! ¡Es sensacional! No hay tiempo que perder. Tomemos otra copa.

–Sí, sí.

–Estoy gastándome mi último centavo con usted –dijo Toby impulsivamente.

La señora Quill estaba ya borracha y solo pudo asentir con la cabeza.

–Pero vale la pena. –Toby se recostó en el respaldo y contempló el horizonte. Estaba muy ocupado calculando mentalmente–. ¿Qué porcentaje cree que debo tener en el negocio? No se olvide de que voy a hacerme cargo de todo en su nombre durante un año.

–Oh, querido, no tengo ni la menor idea –respondió la señora Quill, sonriendo beatíficamente.

–Okey, ¿cuánto me dará de anticipo para quedarme aquí hasta que todo empiece a funcionar?

–No lo sé.

–Bien, podemos calcularlo de la siguiente manera –dijo Toby, cauteloso. No estaba seguro de haber procedido correctamente–. Podemos calcularlo de la siguiente manera. Yo no quiero que haga usted más de lo que puede. Quiero colaborar con usted en este negocio, así que me dice cuánto dinero tiene en el banco y luego yo calcularé cuánto le puede costar la reforma del local y cuál será el mínimo que debo cobrar. Si no tiene usted mucho, no voy a dejarla sin blanca. Sea honrada conmigo y yo seré honrado con usted.

–Toby –dijo la señora Quill gravemente–. ¿Acaso cree que no soy una mujer honrada?

–¡Qué diablos! ¿Piensa que le haría una proposición semejante si no creyera que lo es?

–No, me parece que no –dijo la señora Quill con tristeza.

–¿Cuánto tiene? –le preguntó Toby, mirándola fijamente.

–¿Cómo dice?

–¿Cuánto dinero tiene en el banco?

–Se lo voy a enseñar, Toby, se lo enseñaré enseguida.

Empezó a rebuscar torpemente en su gran bolso de cuero negro.

Toby tenía la mandíbula apretada y había apartado la mirada del rostro de la señora Quill.

–¡Qué desorden, qué desorden! –decía la señora Quill–. He metido todo en este bolso menos el hornillo de la cocina.

Los ojos de Toby seguían fijos mientras contemplaba el agua primero y luego las palmeras. Daba por seguro su triunfo y ahora se preguntaba si realmente había cerrado un buen negocio.

–¡Dios mío! –suspiró la señora Quill–. Vivo igual que una gitana. Veintidós dólares con cincuenta en el banco y yo sin preocuparme.

Toby le arrebató la libreta de las manos. Al comprobar que el saldo era de veintidós dólares con cincuenta centavos, se levantó y, cogiendo la servilleta en una mano y su sombrero en la otra, abandonó la terraza.

Ante la brusca retirada de Toby la señora Quill se sintió profundamente avergonzada.

«Está tan disgustado que no puede mirarme a la cara sin sentir náuseas –se dijo–. Piensa que soy una chalada, andando por ahí, tan contenta como una alondra, con solo veintidós con cincuenta en el banco. Bien, bien, creo que debería empezar a tomarme las cosas más en serio. Cuando vuelva le diré que voy a hacer borrón y cuenta nueva.»

Mientras tanto, en la terraza no quedaba nadie, a excepción del camarero que había servido a la señora Quill. Estaba de pie con las manos a la espalda mirando fijamente ante sí.

—Siéntese un momento y charle conmigo —ordenó la señora Quill—. Me siento sola en esta oscura y deprimente terraza. Aunque en realidad es bonita. ¿Podría decirme algo muy personal sobre usted? ¿Cuánto dinero tiene en el banco? Ya sé que me creerá una entrometida por preguntarlo, pero me gustaría saberlo de veras.

—¿Por qué no? —contestó el camarero—. Tengo unos trescientos cincuenta dólares en el banco.

—¿Dónde los consiguió?

—De mi tío.

—Supongo que debe de sentirse bastante seguro.

—No.

La señora Quill empezó a preguntarse si Toby iba a volver. Juntó las manos con fuerza y le preguntó al camarero si sabía adónde había ido el caballero que estaba sentado con ella.

—A su casa, supongo.

—Vaya, echemos un vistazo al vestíbulo —dijo la señora Quill, nerviosa.

Hizo señas al camarero para que la siguiera.

Llegaron al vestíbulo y examinaron ambos las caras de los huéspedes que conversaban de pie en pequeños grupos o estaban repantigados en sus sillones a lo largo de la pieza. El hotel parecía ahora mucho más animado que cuando la señora Quill llegó con Toby. Se sintió profundamente triste y decepcionada al no verlo por ninguna parte.

—Creo que será mejor que me vaya a casa y le deje dormir a usted –dijo distraídamente al camarero–, pero no antes de haberle comprado alguna cosa a Pacífica. –Su inquietud desapareció al pensar en Pacífica; su recuerdo la llenaba de seguridad–. ¡Qué cosa tan horrenda, espantosa y terrible es estar sola en el mundo, aunque solo sea por un minuto! Venga conmigo y ayúdeme a elegir algo, nada importante, un simple recuerdo del hotel.

–Son todos iguales –informó el camarero, siguiéndola de mala gana–. Solo un puñado de baratijas. Yo no sé lo que le gustará a su amiga. Puede comprarle un billetero que lleve escrito «Panamá».

–No, yo quiero algo que esté marcado con el nombre del hotel.

–Bah, esas cosas no suelen gustarle a la gente –dijo el camarero.

–¡Oh, Dios mío, Dios mío! –gimió la señora Quill enfáticamente–. ¿Es que siempre me han de decir lo que hacen los demás? Estoy harta, sí, bastante harta. –Se dirigió al quiosco y le dijo al joven que estaba detrás del mostrador–: Vamos a ver, yo querría algo que lleve escrito «Hotel Washington». Es para una mujer.

El hombre examinó sus mercancías y tiró de un pañuelo en un rincón, que llevaba pintadas dos palmeras y las palabras «Recuerdo de Panamá».

–Claro que la mayoría de la gente prefiere algo como esto –explicó, sacando un enorme sombrero de paja de debajo del mostrador y poniéndoselo en la cabeza–. Como usted verá, da tanta sombra como una sombrilla y favorece mucho.

No había nada escrito en el sombrero.

–En cuanto a este pañuelo –continuó diciendo–, la mayoría de la gente considera esto..., en fin, ya sabe...

–Mi querido joven –interrumpió la señora Quill–, le he dicho muy claramente que quería un regalo que llevara escritas las palabras «Hotel Washington», y a ser posible, también un dibujo del hotel.

–Pero, señora, nadie quiere eso. La gente no quiere el dibujo del hotel en los souvenirs. Palmeras, puestas de sol, algún puente quizá, pero no hoteles.

–¿Tiene o no tiene usted algo que lleve escrito «Hotel Washington» –preguntó la señora Quill, alzando la voz.

El vendedor empezaba a perder la paciencia.

–Tengo lo que usted quiere –dijo con los ojos llameantes–. Si tiene la bondad de esperar un minuto, señora.

Abrió una puertecita y salió al vestíbulo. Regresó enseguida con un pesado cenicero negro que colocó sobre el mostrador ante la señora Quill. El nombre del hotel estaba estampado en el centro del cenicero con letras amarillas.

–¿Es algo así lo que desea? –preguntó el vendedor.

–Sí, eso es exactamente.

–Muy bien, señora, serán cincuenta centavos. No vale ese precio –le susurró el camarero a la señora Quill. La señora Quill buscó en su bolso; no encontró más que un cuarto de dólar en monedas y ni un solo billete.

149

—Escúcheme —dijo al joven—. Soy la propietaria del Hotel de las Palmas. Le voy a enseñar mi libreta del banco con mi dirección escrita. ¿Va usted a fiarme este cenicero por esta vez? Verá, he venido con un caballero amigo mío, hemos tenido una pequeña discusión, y él se ha ido sin esperarme.

—Yo no puedo hacer nada, señora.

Mientras tanto, uno de los subdirectores del hotel, que había estado observando el grupo del quiosco desde un rincón del vestíbulo, pensó que ya era hora de intervenir. Sentía una extremada desconfianza hacia la señora Quill, ya que no le parecía que se ajustara, incluso vista desde lejos, a la categoría de los demás clientes. Se preguntaba también por qué razón el camarero permanecería tanto rato frente al quiosco. Se acercó a ellos tan grave y serio como era capaz.

—Aquí tiene mi libreta del banco —le estaba diciendo la señora Quill al vendedor.

El camarero, viendo acercarse al subdirector, se asustó e inmediatamente presentó la nota de las bebidas que ella y Toby habían consumido.

—Debe seis dólares de la terraza —dijo.

—¿Es que el caballero no ha pagado? Me temo que debía de estar de muy mal humor.

—¿Puedo ayudarla? —preguntó el subdirector a la señora Quill.

—Sí, claro que sí. Soy la propietaria del Hotel de las Palmas.

—Lo siento, pero no estoy familiarizado con el Hotel de las Palmas.

—Bien, el caso es que no llevo dinero encima. He venido al hotel con un caballero y hemos tenido unas palabras, pero aquí llevo mi libreta del banco que demuestra que dispondré de dinero tan pronto como abran el banco mañana. No puedo firmar un cheque, porque es una cuenta de ahorros.

—Lo siento mucho, pero únicamente damos crédito a los clientes que se alojan en el hotel.

—Yo hago lo mismo en mi hotel, a no ser que se presente un caso fuera de lo común.

—Nosotros tenemos como norma no conceder crédito jamás...

—Quería llevarme este cenicero para mi amiga. Es una gran admiradora de su hotel.

—Este cenicero es propiedad del Hotel Washington –dijo el subdirector mirando severamente al vendedor, que se apresuró a decir:

—Ella quería algo que llevase escrito «Hotel Washington». No teníamos nada así, y pensé que podía venderle uno de esos... por cincuenta centavos –añadió guiñándole el ojo al subdirector, que se mostraba cada vez más tieso.

—Estos ceniceros son propiedad del Hotel Washington –repitió–. Tenemos únicamente un número limitado de ellos en stock y todos se utilizan constantemente.

El vendedor, poco deseoso de perder su empleo por culpa del cenicero, lo devolvió a su lugar y se situó de nuevo tras el mostrador.

–¿Qué quiere, pues, señora, el pañuelo o el sombrero? –preguntó a la señora Quill, como si no hubiera sucedido nada.

–Mi amiga tiene sombreros y pañuelos de sobra –afirmó la señora Quill–. Creo que será mejor que me vaya a casa.

–¿Hará el favor de acompañarme a la caja para saldar esta cuenta? –preguntó el subdirector.

–Bueno, si pudiera usted esperar hasta mañana...

–Me temo, señora, que eso atentaría contra las normas de este hotel. Si no le importa venir conmigo... –Se volvió hacia el camarero, que seguía atentamente la conversación–. *Te necesitan afuera* –le dijo en español–. Vamos.

El camarero estuvo a punto de replicar, pero cambió de idea y se dirigió lentamente a la terraza. La señora Quill empezó a llorar.

–Espere un momento –gimió la señora Quill sacando un pañuelo de su bolso–. Espere un momento..., quisiera telefonear a mi amiga Pacífica.

El subdirector le señaló la cabina telefónica y la señora Quill se metió en ella como un rayo con la cara escondida en su pañuelo. Quince minutos más tarde regresó llorando a lágrima viva.

–La señora Copperfield va a venir a buscarme. Se lo he explicado todo. Creo que voy a sentarme a esperarla.

–¿Trae la señora Copperfield la suma necesaria para pagar la cuenta?

–No lo sé –contestó la señora Quill, alejándose.

–¿Quiere usted decir que no sabe si ella puede o no puede liquidar su cuenta?

–Sí, sí la pagará. Se lo ruego, permita que me siente ahí.

El subdirector asintió con la cabeza. La señora Quill se dejó caer en un sillón al lado de una enorme palmera. Se cubrió la cara con las manos y continuó llorando.

Veinte minutos más tarde llegó la señora Copperfield. Pese al calor llevaba puesta una capa de zorro plateado que se había traído solo para usarla en mayores altitudes.

Aunque transpiraba mucho, y su maquillaje se resentía, pensó que la capa le valdría cierta deferencia por parte del personal del hotel.

Se había despertado hacía un rato y estaba otra vez un poco bebida. Corrió hacia la señora Quill y le dio un beso en la cabeza.

–¿Dónde está el hombre que la ha hecho llorar? –preguntó.

La señora Quill miró a su alrededor con los ojos velados por las lágrimas y señaló al subdirector.

La señora Copperfield le llamó con un signo del dedo índice.

El subdirector fue hacia ellas y la señora Copperfield le preguntó dónde podría comprar unas flores para la señora Quill.

–No hay nada como las flores cuando se está triste o enfermo –explicó–. Mi amiga ha estado sometida a una terrible tensión. ¿Puede irme a buscar unas flores? –preguntó, sacando un billete de treinta dólares del bolso.

–No hay florista en el hotel.

–¡A esto lo llaman un hotel de lujo!

El hombre no respondió.

–En tal caso, lo mejor que podemos hacer es invitarla a beber algo que le agrade –decidió la señora Copperfield–. Propongo que vayamos todos al bar.

El subdirector declinó la invitación.

–Insisto en que nos acompañe –dijo impertérrita la señora Copperfield–. Quiero decirle unas palabras. Creo que se ha comportado usted de manera vergonzosa.

El subdirector la miró boquiabierto.

–Lo más vergonzoso de su conducta es que, aun sabiendo que la nota va a pagarse, se muestra usted tan desagradable como antes. Mezquino y vulgar fue antes, mezquino y vulgar sigue siendo ahora. La expresión de su rostro no ha cambiado ni un ápice. El hombre que reacciona igual ante una buena noticia que ante una mala es un hombre peligroso.

Al no hacer el subdirector ningún esfuerzo por hablar, ella continuó:

–No solo ha hecho que la señora Quill se sintiera desgraciada sin razón alguna, sino que me ha aguado la fiesta a mí también. No tiene ni idea de cómo tratar a los ricos.

El subdirector enarcó las cejas.

–No comprenderá lo que voy a decirle, pero se lo diré de todos modos. He venido aquí por dos razones. La primera, naturalmente, para sacar del apuro a mi amiga la señora Quill; la segunda, para ver la cara que ponía usted al darse

154

cuenta de que la nota que no esperaba cobrar era pagada religiosamente. Yo esperaba un cambio de actitud por su parte. Ya me comprende..., el enemigo que se convierte en amigo..., eso siempre resulta muy excitante. Por eso en las buenas películas el héroe odia a la heroína hasta el último momento. Pero, claro, usted no soñaría ni por un momento en apearse del burro. Está convencido de que ser amable al descubrir que hay dinero donde pensó que no lo había es rebajarse, ¿le parece que a los ricos les importa? Nunca se es lo bastante amable con ellos. Desean que se les aprecie por su dinero y no únicamente por sí mismos. No es usted un buen gerente de hotel. Evidentemente es un patán en todos los aspectos.

El subdirector bajó los ojos llenos de odio para fijarlos en el rostro alzado de la señora Copperfield. Odiaba sus facciones agudas y su voz chillona. Le parecía aún más desagradable que la señora Quill. Tampoco es que le chiflasen las mujeres.

–No tiene usted imaginación, absolutamente ninguna –sentenció ella–. Lo ha echado todo a perder. ¿Dónde he de pagar la nota?

Durante el camino de vuelta, la señora Copperfield estaba triste porque la actitud de la señora Quill era muy digna y distante y no la obsequió con las profusas muestras de agradecimiento que había esperado recibir.

A la mañana siguiente, muy temprano, la señora Copperfield y Pacífica estaban juntas en la habitación de esta. El cielo empezaba a clarear. La señora Copperfield nunca había visto a Pacífica tan borracha. Se había recogido el pelo hacia arriba y parecía que llevase una peluca de una talla demasiado pequeña para su cabeza. Sus pupilas estaban dilatadas y ligeramente veladas. Tenía una gran mancha oscura en la parte delantera de su falda de cuadros y su aliento apestaba a whisky. Fue dando traspiés hasta la ventana y miró al exterior. La habitación estaba en penumbra. La señora Copperfield apenas podía discernir los cuadros rojos y morados de la falda de Pacífica. No veía tampoco sus piernas, tan profundas eran las sombras, pero conocía muy bien las gruesas medias de seda amarilla y las blancas zapatillas.

–¡Es precioso! –exclamó la señora Copperfield.

–¡Magnífico! –anunció Pacífica volviéndose–. ¡Magnífico! –Se movía torpemente por la habitación–. Escucha, ahora sería maravilloso ir a la playa para bañarnos. Si tienes bastante dinero podemos tomar un taxi. ¡Vamos! ¿Te apetece?

La señora Copperfield se quedó harto sorprendida, pero Pacífica estaba ya estirando una manta de la cama.

–Por favor, ¡no sabes las ganas que tengo! Coge una toalla de allí.

La playa no estaba muy lejos. Cuando llegaron, Pacífica le dijo al taxista que volviera a buscarlas al cabo de dos horas.

La orilla estaba sembrada de rocas, lo que desagradó a la

156

señora Copperfield. Aunque el viento no soplaba muy fuerte, pudo observar que las ramas superiores de las palmeras se agitaban.

Pacífica se quitó la ropa y se fue inmediatamente hacia el agua. Permaneció un momento con las piernas abiertas; el agua le llegaba a los tobillos, mientras la señora Copperfield, sentada sobre una roca, decidía entre desnudarse o no. Se oyó el ruido de una súbita zambullida y Pacífica empezó a nadar. Lo hizo primero de espaldas y luego se dio la vuelta, y la señora Copperfield pudo oír cómo canturreaba. Cuando Pacífica se cansó por fin de chapotear, se puso de pie y caminó hacia la playa. Avanzaba a grandes zancadas y, entre sus piernas, el vello del pubis chorreaba. La señora Copperfield parecía un poco turbada, pero Pacífica se tumbó junto a ella y le preguntó por qué no se había bañado.

—No sé nadar —confesó la señora Copperfield.

Pacífica miró al cielo. Ahora se daba cuenta de que no sería un día completamente soleado.

—¿Qué haces sentada en esa horrible roca? Venga, quítate la ropa y vayamos al agua. Yo te enseñaré a nadar.

—Nunca he sido capaz de aprender.

—Yo te enseñaré. Si no aprendes, dejaré que te hundas. ¡No! Era solo una broma. No te lo tomes en serio.

La señora Copperfield se desnudó. Era muy blanca y muy delgada, y su espina dorsal se veía claramente a lo largo de toda su espalda. Pacífica la observó sin decir palabra.

—Sé muy bien que tengo una figura horrible.

Pacífica no dijo nada.

–¡Vamos! –ordenó, levantándose y rodeando con el brazo la cintura de la señora Copperfield.

Permanecieron de pie donde el agua les cubría las pantorrillas, de cara a la playa y a las palmeras. Los árboles parecían agitarse detrás de una cortina de bruma. La playa carecía de color. Tras ellas el cielo estaba clareando con rapidez, pero el mar era todavía casi negro. La señora Copperfield vio que Pacífica tenía una pupa en el labio. El agua caía de sus cabellos y le resbalaba por los hombros.

Pacífica se dio la vuelta y atrajo a la señora Copperfield hacia el agua.

La señora Copperfield se agarró fuertemente de las manos de Pacífica. Pronto el agua le llegó hasta la barbilla.

–Ahora échate de espaldas. Yo te sostendré la cabeza.

La señora Copperfield miró aterrada a su alrededor, pero obedeció y flotó sobre su espalda, sostenida únicamente por la palma de la mano de Pacífica. Podía verse los pies delgados que emergían de la superficie del agua. Pacífica empezó a nadar arrastrando a la señora Copperfield. Como solo tenía un brazo libre, la tarea era ardua y no tardó en resoplar como un toro. El contacto de su mano bajo la cabeza de la señora Copperfield era casi imperceptible, de hecho tan leve que esta temió que pudiera soltarla de un momento a otro. Alzó la vista. El cielo estaba cubierto de nubes grises. Quería decirle algo a Pacífica, pero no se atrevía a girar la cabeza.

Pacífica se acercó a la orilla. De pronto se enderezó y

puso firmemente sus manos en las estrechas caderas de la señora Copperfield. Esta se sintió a la vez feliz y mareada. Al volver la cara rozó con la mejilla el vientre mullido de Pacífica. Se agarró a uno de sus muslos con un vigor acrecentado por tantos años de tristeza y frustraciones.

–¡No me dejes! –gritó.

En aquel momento, la señora Copperfield recordó con gran precisión un sueño que se había repetido constantemente a lo largo de toda su vida. Subía una pequeña colina, perseguida por un perro, en la cima había pinos y una muñeca de aproximadamente dos metros y medio de altura. Al aproximarse a la muñeca, descubría que estaba hecha de carne, pero sin vida. Su vestido era de terciopelo negro y se estrechaba por abajo en forma de cono. Entonces, la señora Copperfield agarraba un brazo de la muñeca y se ceñía la cintura con él. El grosor de ese brazo la sobrecogía y le encantaba a la vez. Con la mano libre doblaba el otro brazo de la muñeca por el codo. Luego, la muñeca empezaba a balancearse hacia delante y hacia atrás. La señora Copperfield se abrazaba con mayor fuerza a la muñeca y juntas caían desde lo alto de la colina, para seguir rodando un largo trecho hasta detenerse en un caminito, donde quedaban inmóviles y estrechamente abrazadas. Era la parte del sueño que a la señora Copperfield más le gustaba. Lo que le producía una satisfacción especial era que durante todo el descenso de la colina la muñeca servía de protección entre ella y las botellas rotas y las piedras sobre las cuales rodaban.

Pacífica había hecho revivir, por un momento, el contenido emocional de su sueño y la señora Copperfield pensó que aquella era indiscutiblemente la razón de su inesperada alegría.

–Ahora –dijo Pacífica–, si no te importa, voy a bañarme un rato sola.

Pero primero ayudó a la señora Copperfield a ponerse en pie y la acompañó hasta la playa. La señora Copperfield se desplomó en la arena, dejando que su rostro cayera como una flor marchita. Estaba temblorosa y exhausta, como después de una experiencia amorosa. Levantó la cara hacia Pacífica, quien pudo advertir que sus ojos estaban más luminosos y más dulces que nunca.

–Deberías bañarte más a menudo –afirmó Pacífica–. Te quedas demasiado tiempo encerrada en casa.

Volvió corriendo al agua y nadó alejándose y aproximándose varias veces. El mar ahora estaba azul y mucho más agitado que antes. Durante el baño, Pacífica interrumpió sus brazadas y descansó sobre una gran roca plana que la marea había dejado al descubierto. Estaba situada frente a los pálidos rayos del sol, cubierto aún por la bruma. A la señora Copperfield se le hacía difícil divisarla y pronto cayó dormida.

Cuando llegaron al hotel, Pacífica anunció a la señora Copperfield que iba a dormir como un tronco.

—Espero no despertarme antes de diez días —dijo.

La señora Copperfield la vio marcharse con paso inseguro por el brillante pasillo verde. Bostezaba y sacudía la cabeza.

—Voy a dormir dos semanas —repitió. Luego entró en su habitación y cerró la puerta.

Ya en su habitación, la señora Copperfield decidió que debía telefonear a su marido. Bajó las escaleras y salió a la calle, que se le antojó tan bulliciosa como el primer día de su llegada. Había ya algunas personas sentadas en los balcones y la miraban al pasar. Una muchacha muy delgada, con un vestido de seda rojo que le llegaba hasta los tobillos, cruzaba la calle en dirección a ella. Parecía sorprendentemente joven y fresca. Al acercarse, la señora Copperfield pensó que debía de ser malaya. Quedó muy sorprendida al detenerse la muchacha justo delante de ella y preguntarle en impecable inglés:

—¿Dónde ha estado para tener los cabellos tan mojados?

—He estado bañándome con una amiga. Nosotras... fuimos muy temprano a la playa. —La señora Copperfield no tenía muchas ganas de hablar.

—¿A qué playa?

—No lo sé.

—Y bien, ¿han ido caminando o en coche?

—En coche.

—Me parece que no hay ninguna playa lo bastante cerca como para ir caminando.

161

–No, creo que no –concedió la señora Copperfield con un suspiro y mirando a su alrededor. La muchacha caminaba aún a su lado.

–¿Estaba fría el agua?

–Sí y no.

–¿Se han bañado desnudas?

–Sí.

–Entonces, supongo que no habría nadie más.

–No, no había nadie. ¿Sabes nadar? –preguntó la señora Copperfield.

–No, jamás me acerco al agua.

La muchacha tenía una voz chillona. Sus cabellos y sus cejas eran de color claro. Debía de ser medio inglesa. La señora Copperfield decidió no preguntárselo. Se volvió hacia la muchacha.

–Tengo que hacer una llamada telefónica. ¿Dónde hay un teléfono cerca de aquí?

–Venga al restaurante de Bill Grey. Es un local muy fresco. Suelo pasarme allí todas las mañanas bebiendo como una cuba. Al mediodía estoy completamente trompa, y eso escandaliza a los turistas. Soy medio irlandesa y medio javanesa. Los turistas hacen apuestas sobre mi origen. Los que ganan me pagan la bebida. Adivine la edad que tengo.

–Sabe Dios... –dijo la señora Copperfield.

–Pues bien, tengo dieciséis años.

–Muy posible.

La muchacha parecía contrariada. Caminaron en silencio hasta el restaurante de Bill Grey, y entonces la muchacha empujó a la señora Copperfield a través de la entrada y a lo largo del local hacia una mesa que había en el centro.

–Siéntese y pida lo que quiera. Corre de mi cuenta –invitó la muchacha.

Un ventilador eléctrico giraba sobre sus cabezas.

–¿No es un lugar delicioso? –dijo la muchacha.

–Voy a telefonear –decidió la señora Copperfield, que estaba aterrada ante la posibilidad de que su marido hubiera regresado unas horas antes y esperase su llamada con impaciencia en aquel mismo momento.

–Telefonee cuanto quiera –dijo la muchacha.

La señora Copperfield entró en la cabina y telefoneó. Su marido le dijo que acababa de llegar y que se reuniría con ella en el restaurante de Bill Grey tan pronto como hubiera desayunado. Su voz era fría y parecía cansado.

La muchacha había pedido dos cócteles mientras esperaba con impaciencia el regreso de la señora Copperfield. Esta volvió a la mesa y se dejó caer en la silla.

–Me es imposible dormir hasta muy tarde por las mañanas –le confió la muchacha–. Ni siquiera por la noche me gusta dormir si tengo algo mejor que hacer. Mi madre me decía que de niña era un trasto, pero nunca me ponía enferma. Me apuntaron a una escuela de danza, aunque era demasiado perezosa para aprender los pasos.

–¿Dónde vives? –preguntó la señora Copperfield.

–Vivo sola en un hotel. Tengo mucho dinero. Un militar americano se ha enamorado de mí. Está casado, pero yo no voy nunca con otros hombres. Me da mucho dinero, y tiene mucho más en su país. La invitaré a lo que usted quiera, pero no le diga a nadie de por aquí que tengo dinero y me lo gasto con otras personas. Yo nunca invito. Esta gente me pone enferma. ¡Llevan unas vidas tan terribles! ¡Tan mezquinas, tan estúpidas, sí, tan espantosamente estúpidas! No tienen vida privada. Yo tengo dos habitaciones. Puede utilizar una, si quiere.

La señora Copperfield declaró con voz muy firme que no la necesitaba. No sentía la más mínima simpatía por la muchacha.

–¿Cómo se llama?

–Frieda Copperfield.

–Yo me llamo Peggy... Peggy Gladys. Está usted adorable con el pelo mojado y esa naricita tan lustrosa. Por eso la he invitado a una copa.

La señora Copperfield se sobresaltó.

–Por favor, no hagas que me sienta incómoda.

–¡Oh, déjeme que la haga sentirse incómoda, encantadora criatura! ¡Termínese su cóctel y le pediré otra cosa! Quizá esté hambrienta y le apetezca comerse un bistec.

La muchacha tenía los ojos brillantes de una ninfómana insaciable. Llevaba un ridículo reloj en la muñeca sujeto con una cinta.

–Vivo en el Hotel de las Palmas –informó la señora Copperfield–. Soy amiga de la propietaria, la señora Quill, y de una de sus huéspedes, Pacífica.

–Ese hotel no vale nada. Fui allí una noche con unos amigos a tomar unas copas y les dije: «Si no nos vamos inmediatamente de este hotel, no saldré con vosotros nunca más». Es un lugar chabacano, horrible; y además lleno de mugre. Me sorprende que viva allí. Mi hotel está mucho mejor, es más bonito. Los americanos que, al desembarcar, no se deciden por el Hotel Washington, van a mi hotel. Es el Hotel Granada.

–Sí, lo conozco, nos instalamos a nuestra llegada. Mi marido todavía está allí. Creo que es el lugar más siniestro en que haya puesto los pies. A mi entender el Hotel de las Palmas es un millón de veces más agradable.

–¡No es posible! –gritó la muchacha, consternada, abriendo totalmente la boca al oír esto–. Tengo la impresión de que no se ha fijado bien. Yo he distribuido todas mis cosas por la habitación y, claro, se ve muy diferente.

–¿Desde cuándo vives allí? –preguntó la señora Copperfield. Se sentía completamente perpleja ante esta muchacha y al mismo tiempo le inspiraba cierta lástima.

–Vivo desde hace un año y medio y es como si llevara toda la vida. Me trasladé después de conocer al militar americano. Es muy amable conmigo, pero creo que yo soy más lista que él. Es porque soy mujer. Mi madre siempre me decía que las chicas nunca son tan bobas como los hombres, de modo que me limito a seguir adelante y a hacer todo cuanto me parece bien.

El rostro de la muchacha era dulce y tenía un aire de duendecillo. Lucía un hoyuelo en la barbilla y una pequeña nariz respingona.

—De veras, tengo un montón de dinero y puedo tener más siempre que quiera. Me gustaría comprarle algo que le guste, porque adoro su modo de hablar, su mirada y su forma de caminar. Es muy elegante.

Lanzó una risita y puso su mano seca y rugosa sobre la de la señora Copperfield.

—Por favor, seamos amigas. No suelo ver personas agradables, que me gusten. No hago jamás la misma cosa dos veces. De veras que no. Hace siglos que no he invitado a nadie a venir a mi habitación, porque no me interesa y porque lo dejan todo hecho un asco. Pero sé muy bien que usted no ensuciará nada, porque veo que es de buena familia. Me encanta la gente educada. Me parece maravillosa.

—Tengo muchas preocupaciones en este momento —confesó la señora Copperfield—, más que de costumbre.

—Pues bien, olvídelas —interrumpió la muchacha con voz imperiosa—. Está con Peggy Gladys y ella paga las bebidas, porque quiere invitarla de todo corazón. ¡Hace un día tan hermoso! ¡Ánimo!

Cogió a la señora Copperfield de la manga y la sacudió.

La señora Copperfield estaba todavía sumida en el encantamiento de su sueño y en los recuerdos de Pacífica. Se sentía inquieta y con la impresión de que el ventilador eléctrico le enviaba directamente el aire sobre su corazón. Permaneció sentada mirando fijamente ante sí, sin escuchar una palabra de lo que la muchacha le estaba diciendo.

No habría sabido decir cuánto tiempo había estado soñando cuando, al bajar la vista, vio ante ella un plato con una langosta.

–¡Oh, no puedo comerme esto! ¡Es imposible!

–¡Pero si la he encargado para ti! ¡Y también he pedido cerveza! He hecho retirar tu cóctel porque ni siquiera lo habías probado.

Se inclinó hacia la mesa y le puso una servilleta bajo el mentón.

–Por favor, querida, come. Me agradará mucho si lo haces.

–¿A qué crees que estás jugando? –preguntó la señora Copperfield en tono displicente–. ¿A papás y mamás?

Peggy rió.

–Sabes –continuó la señora Copperfield–, mi marido va a venir aquí a buscarme. Pensará que estamos rematadamente locas si nos ve comiendo una langosta por la mañana. Él no entiende estas cosas.

–Entonces comámosla deprisa –instó Peggy, mirando a la señora Copperfield con melancolía–. Me gustaría que no viniera. Es una lástima. ¿No puedes telefonearle y decirle que no venga?

–No, querida, es imposible. Y además no hay motivo para pedírselo. Estoy deseando verlo.

La señora Copperfield no había podido resistir la tentación de ser un poco sádica con Peggy Gladys.

—Claro que tienes ganas de verlo —dijo Peggy en tono grave y tímido a la vez—. No abriré la boca mientras esté aquí, te lo prometo.

—Eso es precisamente lo que no quiero que hagas. Por favor, continúa con tu cháchara cuando llegue.

—De acuerdo, querida, pero no te pongas tan nerviosa.

El señor Copperfield llegó mientras estaban comiendo la langosta. Llevaba un traje verde oscuro y parecía de muy buen humor. Se les acercó sonriendo amablemente.

—Hola —dijo la señora Copperfield—. Estoy muy contenta de verte. Tienes muy buen aspecto. Te presento a Peggy Gladys; acabo de conocerla.

Le dio la mano a la muchacha y parecía encantado.

—¿Qué demonios estáis comiendo?

—Langosta —contestaron.

El señor Copperfield frunció el ceño y dijo:

—Pero os va a dar una indigestión, y además bebiendo cerveza. ¡Dios mío! —Se sentó—. No quisiera meterme donde no me llaman, pero esto no es sano. ¿Habéis desayunado?

—No lo sé —dijo la señora Copperfield con toda la intención. Peggy Gladys soltó una carcajada. El señor Copperfield enarcó las cejas.

—Tienes que saberlo —murmuró—. ¡No seas ridícula!

Le preguntó a Peggy Gladys de dónde era.

—He nacido en Panamá, pero soy medio irlandesa y medio javanesa.

—Ya veo —comentó el señor Copperfield dirigiéndole una sonrisa.

—Pacífica está durmiendo —dijo de pronto la señora Copperfield.

—¿De veras piensas volver allí?

—¿Qué creías que iba a hacer?

—No hay motivo para quedarse aquí más tiempo. Creo que debemos hacer las maletas. Todo está arreglado en Panamá; podemos zarpar mañana. Tengo que telefonear esta noche para confirmarlo. He averiguado un montón de cosas sobre los diferentes países de Centroamérica. Seguramente podremos instalarnos en una especie de hacienda ganadera en Costa Rica. Un hombre me habló de esta posibilidad. Es un lugar completamente aislado y hay que remontar un río en barca para llegar allí.

Peggy Gladys parecía aburrida.

La señora Copperfield escondió el rostro entre las manos.

—Imagínate a los guacamayos rojos y azules volando sobre el ganado —dijo el señor Copperfield, riendo—. El Texas latino. Debe de ser de lo más disparatado.

—Guacamayos rojos y azules volando sobre el ganado —repitió Peggy Gladys—. ¿Qué son los guacamayos?

—Son unos pájaros enormes, rojos y azules, que se parecen a los papagayos —la instruyó el señor Copperfield—. Mientras os termináis la langosta, creo que voy a pedir un helado con nata montada.

—Es simpático —comentó Peggy.

—Escucha —dijo la señora Copperfield—. No me encuentro muy bien y no creo que pueda resistir aquí sentada, viéndote comer el helado.

—No tardaré mucho —repuso el señor Copperfield. Luego la miró y añadió—: Debe de ser la langosta.

—Tal vez sea mejor que me la lleve a mi hotel, el Hotel Granada —propuso Peggy Gladys, levantándose con rapidez—. Estará muy cómoda; y puede usted venir cuando se termine su helado.

—Parece razonable, ¿no crees, Frieda?

—No —negó la señora Copperfield con vehemencia, agarrando la cadena que llevaba en torno al cuello—. Creo que será mejor que vaya directamente al Hotel de las Palmas. He de ir. He de ir inmediatamente...

Estaba tan exaltada que se levantó de la mesa, olvidando el bolso y el chal, y se fue hacia la salida.

—¡Que te lo dejas todo! —gritó el señor Copperfield.

—Se lo llevaré yo —exclamó Peggy Gladys—. Tómese el helado y reúnase luego con nosotras.

Se precipitó tras la señora Copperfield y juntas recorrieron las calles, en medio de un calor sofocante, hacia el Hotel de las Palmas.

La señora Quill estaba sentada junto a la puerta de la entrada bebiendo de una botella.

—Hasta la hora de cenar me he obligado a beber solo gaseosa de cereza.

170

—¡Oh, señora Quill! –dijo la señora Copperfield abrazándola con un profundo suspiro–. Suba conmigo a mi habitación. El señor Copperfield ha vuelto.

—¿Por qué no subes *conmigo?* –propuso Peggy Gladys–. Le prometí a tu marido que cuidaría de ti.

La señora Copperfield se volvió en redondo.

—¡Haz el favor de callarte! –gritó, fulminando a la muchacha con la mirada.

—Vamos –la amonestó la señora Quill–, no la tome con ella. Le daré un dulce para que se calme. Claro que cuando yo tenía su edad necesitaba más de uno para calmarme.

—Estoy bien –dijo Peggy Gladys–. ¿Sería tan amable de acompañarnos a su habitación? Le convendría acostarse un rato.

La muchacha se sentó en el borde de la cama de la señora Copperfield y le puso una mano sobre la frente.

—Lo siento –dijo–, tienes muy mal aspecto. Me gustaría tanto que no te sintieras tan desgraciada. ¿Por qué no procuras no pensar más en ello ahora y lo dejas para otro día? A veces, las cosas se arreglan solas... Yo no tengo dieciséis años, tengo diecisiete. Me siento como una niña. Tengo la impresión de que no puedo decir todo lo que me venga en gana, a menos que la gente me crea muy joven. Tal vez te disguste que sea tan franca. Estás lívida, casi verde. No estás guapa. Antes estabas más guapa. En cuanto venga tu marido te llevaré a dar un paseo en coche, si te apetece. –Luego añadió suavemente–: Mi madre ha muerto.

—Escucha —murmuró la señora Copperfield—. Si no te importa, vete ahora... Prefiero estar sola. Puedes volver más tarde.

—¿A qué hora puedo volver?

—No lo sé, vuelve más tarde; tú misma. No lo sé.

—De acuerdo, tal vez baje al bar a charlar con la mujer gorda o beba algo. Luego, cuando quieras, baja tú también. No tengo nada que hacer durante tres días. ¿De veras quieres que me vaya?

La señora Copperfield asintió con la cabeza. Y la muchacha se fue de la habitación a regañadientes.

En cuanto la muchacha hubo cerrado la puerta, la señora Copperfield comenzó a temblar. Los temblores eran tan violentos que sacudía la cama. Nunca había sufrido tanto como en aquellos instantes, porque iba a realizar lo que siempre había deseado. Pero sabía que no la haría feliz. No tenía el valor de oponerse a la realización de sus propios deseos. Sabía que no iba a ser feliz porque únicamente los sueños de los locos se convierten en realidad. Sabía que solo le interesaba recrear su sueño, pero conseguirlo significaba necesariamente convertirse en víctima absoluta de una pesadilla.

El señor Copperfield entró en el cuarto sin hacer ruido.

—¿Te encuentras mejor? —preguntó.

—Estoy bien.

—¿Quién era esa chica? Es muy bonita..., desde un punto de vista escultural.

—Se llama Peggy Gladys.

172

—Hablaba muy bien, ¿verdad? ¿O estoy equivocado?

—Hablaba estupendamente.

—¿Te lo has pasado bien?

—He vivido los momentos más maravillosos de toda mi vida –afirmó la señora Copperfield, casi llorando.

—Yo también lo he pasado bien explorando la ciudad de Panamá. Pero mi habitación era muy desagradable. Había demasiado ruido y no he podido dormir.

—¿Por qué no te trasladaste a un hotel mejor con una buena habitación?

—Ya me conoces, detesto gastar dinero. Siempre pienso que no vale la pena. Supongo que es lo que debería haber hecho. También me hubiera sentado bien beber. Habría sido más divertido, pero no he tomado nada.

Permanecieron en silencio. El señor Copperfield hacía tamborilear sus dedos sobre la cómoda.

—Creo que deberíamos marcharnos esta noche en vez de quedarnos aquí. Todo es carísimo y no habrá otro barco hasta dentro de varios días.

La señora Copperfield no contestó.

—¿No estás de acuerdo?

—Yo no quiero irme –sollozó la señora Copperfield, revolviéndose en la cama.

—No te entiendo...

—No puedo irme. Quiero quedarme aquí.

—¿Hasta cuándo?

—No lo sé.

—Pero no es así como se planea un viaje... ¿O quizá no quieras planearlo?

—Oh, sí que quiero —dijo la señora Copperfield sin entrar en detalles.

—¿Lo harás?

—No, no lo haré.

—Eres tú quien debe decidirlo —declaró el señor Copperfield—. Me parece muy lamentable que no conozcas Centroamérica. Ten por seguro que vas a aburrirte, a menos que te des a la bebida. Lo que probablemente va a ocurrir.

—¿Por qué no vas tú solo, y vuelves cuando ya hayas visto lo suficiente?

—No pienso volver, porque no puedo ni mirarte a la cara. Eres espantosa.

Y diciendo esto, cogió un cántaro vacío que estaba sobre la cómoda, lo lanzó por la ventana al callejón y salió del cuarto.

Una hora más tarde, la señora Copperfield bajó al bar. Le sorprendió agradablemente ver a Pacífica allí. A pesar de que Pacífica se había maquillado la cara con una espesa capa de polvos, parecía cansada. Estaba sentada a una mesita y sostenía su bolso con las manos.

—¡Pacífica! No sabía que estuvieras levantada. Creía que seguías durmiendo en tu habitación. ¡Estoy tan contenta de verte!

—No he podido dormir. Me quedé adormilada diez minutos y luego no hubo forma de pegar ojo. Alguien vino a verme.

Peggy Gladys se aproximó a la señora Copperfield.

—Hola —dijo, acariciándole el pelo—. ¿Estás lista para nuestro paseo?

—¿Qué paseo?

—El paseo que ibas a dar conmigo.

—No, no estoy lista.

—¿Cuándo lo estarás?

—Voy a comprarme unas medias —dijo Pacífica—. ¿Quieres venir conmigo, Copperfield?

—Sí, vamos.

—Tu marido parecía disgustado cuando ha salido del hotel —comentó Peggy Gladys—. Espero que no os hayáis peleado.

La señora Copperfield caminaba hacia la puerta junto a Pacífica.

—Discúlpanos —le lanzó por encima del hombro a Peggy Gladys.

La muchacha se quedó petrificada, mirándolas como un animal herido.

Fuera hacía tanto calor que la mayoría de los turistas, hasta las mujeres más distinguidas, se quitaban el sombrero y se secaban la frente con sus pañuelos. Muchos de ellos, con la cara y el pecho quemados, huían del calor y se refugiaban en las pequeñas tiendas de los hindúes. Una vez allí, si el local no estaba demasiado atestado, el vendedor les ofrecía una sillita para que pudieran examinar veinte o treinta quimonos sin fatigarse.

–*¡Qué calor!* –exclamó Pacífica.

–¡Al diablo con las medias! –exclamó la señora Copperfield, que estaba al borde del desmayo–. ¡Vamos a tomar una cerveza!

–Ve tú, si quieres –replicó Pacífica–, y tómate una cerveza. Yo necesito comprarme unas medias. Creo que no hay nada tan horrible como una mujer con las piernas desnudas.

–No, voy contigo –dijo la señora Copperfield cogiendo la mano de Pacífica.

–¡Ay! –exclamó Pacífica, retirando su mano–, estamos demasiado sudadas, mi amor. *¡Qué barbaridad!*

La tienda donde Pacífica llevó a la señora Copperfield era minúscula. Hacía mucho más calor que en la calle.

–Como verás, se puede comprar toda clase de cosas. Vengo aquí porque me conocen y puedo conseguir las medias por cuatro chavos.

Mientras Pacífica compraba sus medias, la señora Copperfield echó una ojeada a los artículos expuestos. Pacífica se entretenía tanto que la señora Copperfield se aburría con ganas. Se apoyaba en un pie y luego en otro. Pacífica discutía y discutía. Tenía manchas de sudor en las axilas y unas gotas resbalaban de su nariz.

Cuando terminaron de regatear y la señora Copperfield vio que el vendedor envolvía el paquete, fue hacia el mostrador y pagó la cuenta.

El vendedor les deseó buena suerte y salieron de la tienda.

Había una carta para ella en el hotel. La señora Quill se la entregó.

—La ha dejado el señor Copperfield. Intenté convencerlo de que se quedara y tomase un poco de té o una cerveza, pero tenía mucha prisa. Es un hombre muy atractivo.

La señora Copperfield cogió la carta y se fue al bar.

—¡Hola, encanto! —la saludó Peggy Gladys suavemente.

La señora Copperfield vio que Peggy estaba muy borracha. Sus cabellos le caían sobre el rostro y sus ojos parecían los de una muerta.

—Quizá aún no estés lista..., pero yo puedo esperar mucho tiempo. Me encanta esperar. No me importa estar sola.

—Perdóname un momento mientras leo la carta que acabo de recibir de mi marido.

Se sentó, rasgó el sobre y leyó:

Querida Frieda:

No quiero ser cruel, pero voy a decirte exactamente cuáles son, según mi opinión, tus defectos, y espero sinceramente que lo que voy a escribir influya en ti. Como mucha gente, no sabes enfrentarte más que a un solo temor durante toda tu vida. Además, te pasas la vida huyendo de tu primer temor hacia tu primera esperanza. Ten cuidado de no encontrarte en la misma situación que cuando empezaste, por tu propia hipocresía. No te aconsejo que te pases la vida rodeándote de esas cosas que crees necesarias para tu existencia, sean o no objetivamente interesantes en sí mismas, o incluso para tu intelecto concreto. Creo, sinceramente, que tan solo aquellas personas que alcanzan un estadio que les permite combatir una segunda tragedia interior, en lugar de combatir una y otra vez la primera, merecen llamarse personas maduras. Cuando creas que alguien está progresando, asegúrate de que en realidad no esté inmóvil. Para avanzar, debes dejar a tu espalda muchas cosas que la mayoría de la gente no está dispuesta a abandonar. El primer sufrimiento se lleva a cuestas como un imán en el pecho, porque de él procede toda ternura. Es necesario que lo lleves durante toda tu vida, pero no debes dar vueltas a su alrededor. Debes abandonar la búsqueda de aquellos símbolos que únicamente sirven para ocultarte su faz. Tendrás muchas veces la ilusión de que son dispares y múltiples, pero son siempre los mismos. Si solo te interesa una vida soportable, quizá esta carta no te concierna en absoluto. Gracias a Dios, un barco que zarpa del puerto es todavía un espectáculo maravilloso.

J. C.

El corazón de la señora Copperfield latía apresuradamente. Estrujó la carta en su mano y sacudió la cabeza dos o tres veces.

–No te molestaré nunca, a menos que me lo pidas –decía Peggy Gladys. No parecía dirigirse a nadie en particular.

Su mirada descendió del techo a las paredes. Sonreía para sí–. Está leyendo una carta de su marido –dijo, dejando caer sus brazos pesadamente sobre la barra del bar–. Yo no quiero tener un marido jamás..., jamás..., jamás...

La señora Copperfield se levantó.

–¡Pacífica! –gritó–. ¡Pacífica!

–¿Quién es Pacífica? –preguntó Peggy Gladys–. Quiero conocerla. ¿Es tan hermosa como tú? Dile que venga aquí...

–¿Hermosa? –el barman soltó una carcajada–. ¿Hermosa? Ninguna de las dos es hermosa. Son gallinas viejas. Tú sí que eres hermosa aunque estés borracha como una cuba.

–Tráela aquí, querida –suplicó Peggy Gladys, dejando caer la cabeza sobre la barra.

–Escucha, tu amiga hace ya dos minutos largos que ha salido. Ha ido en busca de Pacífica.

Tercera parte

Varios meses más tarde, la señorita Goering, la señorita Gamelon y Arnold llevaban viviendo casi cuatro semanas en la casa elegida por la señorita Goering.

Era todavía más deprimente de lo que la señorita Gamelon esperaba, por cuanto no poseía gran imaginación y la realidad solía ser mucho más aterradora que sus sueños más descabellados. Sentía mayor irritación contra la señorita Goering que antes de su traslado, y andaba de tan mal humor que no transcurría una hora sin que lamentara amargamente su destino o amenazase con abandonar la casa para siempre. Detrás de la casa había un bancal de tierra cubierto de arbustos, el cual, una vez franqueado, daba a un estrecho sendero en medio de unos arbustos más que conducía enseguida al bosque. A la derecha de la casa se extendía un prado que, durante el verano, se llenaba de margaritas.

Habría sido muy agradable contemplarlo de no ser porque en el centro se hallaba el motor herrumbroso de un viejo automóvil. Había muy poco espacio para sentarse fuera de la casa, al estar el porche delantero podrido, de modo que los tres se acostumbraron a sentarse junto a la puerta de la cocina, donde el edificio los protegía del viento. Desde su llegada, la señorita Gamelon sufría mucho a causa del frío. No había calefacción central en la casa, únicamente unas minúsculas estufas de petróleo, y aunque el otoño andaba solo en sus comienzos, algunos días eran ya muy fríos.

Arnold volvía a su casa cada vez menos, y cada vez más tomaba el tren de cercanías y el ferry que lo llevaba de casa de la señorita Goering a la ciudad, y luego de regreso otra vez, después del trabajo, para cenar y dormir en la isla.

La señorita Goering nunca puso objeciones a la presencia de Arnold en su casa. El aspecto de este era cada vez más descuidado y la semana anterior había faltado tres días a la oficina. En cada una de esas ocasiones, la señorita Gamelon le hizo una escena terrible.

Un día, mientras Arnold descansaba en el piso superior, en uno de los pequeños dormitorios situados justo debajo del tejado, la señorita Goering y la señorita Gamelon estaban sentadas frente a la puerta de la cocina calentándose al sol de mediodía.

—Ese asqueroso holgazán de ahí arriba —gruñó la señorita Gamelon— acabará por no ir más a la oficina. Se nos va a instalar aquí definitivamente, sin hacer otra cosa que comer y dormir. Dentro de un año se pondrá más gordo que un elefante y le será imposible a usted librarse de él. Gracias a Dios espero no estar aquí para entonces.

—¿Cree de veras que en un año va a engordar tanto?

—¡Sé lo que me digo! —exclamó la señorita Gamelon.

Una ráfaga de viento abrió de par en par la puerta de la cocina.

—¡Oh, qué desagradable es todo esto! —protestó la señorita Gamelon con vehemencia, levantándose para cerrar la puerta. Luego continuó su perorata—: Además, ¿quién ha visto nunca a un hombre que viva con dos damas en una casa donde no hay una habitación de invitados y tenga que dormir vestido en el diván? Pasar por la sala y verlo tumbado allí con los ojos abiertos o cerrados sin que nada le importe es suficiente para quitarle el apetito a cualquiera. Solo un asqueroso holgazán aceptaría vivir de esta manera. Es demasiado perezoso hasta para hacernos la corte, lo cual, admítalo usted, es el colmo de lo anormal si tiene usted alguna idea de las necesidades físicas del hombre. Claro que no es un hombre, es un elefante.

—No me parece que sea tan gordo como asegura usted —objetó la señorita Goering.

—Bueno, le dije que descansara en mi dormitorio porque ya no soportaba verlo tirado en el diván. En cuanto a usted —añadió la señorita Gamelon—, creo que es la persona más insensible que he conocido en toda mi vida.

La señorita Gamelon estaba realmente preocupada –si bien apenas se atrevía a confesárselo– con la idea de que la señorita Goering estuviera perdiendo el juicio. Cada vez más delgada y nerviosa, la señorita Goering insistía en hacer ella sola todo el trabajo de la casa. Limpiaba constantemente, sacaba brillo a los pomos de las puertas y a la plata e intentaba de mil maneras hacer la casa más habitable sin comprar ninguna de las cosas necesarias para ello. Durante las últimas semanas, había desarrollado una súbita avaricia y solo retiraba del banco el dinero mínimo para subsistir de la manera más frugal posible. No parecía preocuparle, empero, el tener que pagarle la comida a Arnold, pese a que este rara vez se ofrecía para contribuir al sustento de la casa. Cierto es que seguía pagando su parte del apartamento familiar, lo cual le dejaba muy poco para afrontar otros gastos. Tal situación enfurecía a la señorita Gamelon, quien, sin comprender por qué le resultaba necesario a la señorita Goering vivir con menos de la décima parte de sus rentas, se había adaptado sin embargo a esta forma de vida tan modesta y luchaba denodadamente para que el dinero le durase lo más posible.

Permanecieron sentadas en silencio durante unos minutos. La señorita Gamelon cavilaba seriamente sobre la situación cuando, de pronto, un frasco cayó sobre su frente y le hizo un profundo corte a la vez que la bañaba en perfume. Empezó a sangrar en abundancia y, sin moverse del asiento, se tapaba los ojos con las manos.

186

—De veras no tenía intención de herirla —aseguró Arnold asomándose a la ventana—. Solo quería asustarla.

La señorita Goering, aunque empezaba a ver en la señorita Gamelon la encarnación del mal, tuvo un vivo gesto de compasión hacia su amiga.

—¡Oh, querida mía! Voy a buscar algo para desinfectarle la herida.

Entró en la casa y se tropezó con Arnold en el vestíbulo. El hombre tenía la mano en la puerta de entrada, incapaz de decidir si quedarse dentro o salir. Cuando la señorita Goering volvió con el desinfectante, Arnold había desaparecido.

Era casi de noche y la señorita Gamelon, con la cabeza vendada, estaba de pie ante la casa. Desde allí podía ver la carretera entre los árboles. Estaba muy pálida y tenía los ojos hinchados por haber llorado amargamente. Había llorado porque era la primera vez en su vida que alguien la agredía físicamente. Cuanto más lo pensaba, mayor importancia adquiría el hecho para ella, y entonces, de pie ante la casa, sintió miedo por primera vez en su vida. ¡Qué lejos estaba de su casa! Dos veces había querido hacer las maletas y las dos veces había renunciado, porque no tenía valor para abandonar a la señorita Goering, a la cual, a su manera, estaba profundamente unida. Era ya de noche cuando la señorita Gamelon entró en la casa.

187

La señorita Goering estaba muy preocupada porque Arnold aún no había vuelto, pese a que no sentía por él una simpatía mucho mayor de la que le había inspirado al conocerlo. También ella estuvo fuera, en la oscuridad, durante casi una hora porque su angustia era tan grande que le impedía permanecer en el interior de la casa.

Mientras, la señorita Gamelon, sentada en la sala ante la chimenea apagada, pensó que la ira de Dios había caído sobre su cabeza. El mundo y sus moradores escapaban de pronto a su comprensión y tenía la terrible sensación de perder el universo de una vez para siempre, una sensación difícil de explicar.

Cada vez que miraba hacia la cocina, por encima del hombro, y veía la sombra de la señorita Goering aún de pie ante la puerta, le daba otro vuelco el corazón. La señorita Goering entró al fin.

–¡Lucy! –llamó con una voz muy clara y un poco más chillona que de costumbre–. ¡Lucy! Salgamos a buscar a Arnold.

Se sentó frente a la señorita Gamelon con un fulgor extraordinario en el rostro.

La señorita Gamelon exclamó:

–¡Ni hablar!

–Bueno, después de todo vive en mi casa –observó la señorita Goering.

–Sí, es verdad.

–Y es justo que las personas que conviven bajo el mismo techo se cuiden entre sí. Es lo que se hace siempre, ¿no?

—Cuando se tiene más cuidado al escoger a las personas que han de compartir un techo —replicó la señorita Gamelon empezando a recobrar el aplomo.

—Yo no lo creo así, la verdad —dijo la señorita Goering.

La señorita Gamelon dio un profundo suspiro y se levantó.

—No importa —afirmó—, pronto volveré a estar entre seres humanos.

Atravesaron el bosque por un atajo que conducía directamente a la ciudad vecina, a unos veinte minutos a pie de la casa. La señorita Goering emitía gritos a cada ruido extraño, y se pasó todo el camino agarrada al jersey de la señorita Gamelon. Esta estaba de tan mal humor que sugirió tomar el camino más largo a la vuelta.

Fuera ya del bosque, caminaron un corto trecho por la carretera. A ambos lados de la calzada habían restaurantes para automovilistas. En uno de ellos, la señorita Goering divisó a Arnold en una mesa junto a la ventana, comiéndose un emparedado.

—¡Allí está Arnold! —exclamó la señorita Goering—. ¡Vamos!

Cogió de la mano a la señorita Gamelon casi saltando en dirección al restaurante.

—No me lo puedo creer —suspiró la señorita Gamelon—, está comiendo otra vez.

Dentro hacía un calor terrible. Se quitaron los jerséis y fueron a sentarse con Arnold.

—Buenas noches —saludó Arnold—. No esperaba verlas aquí.

Hablaba con la señorita Goering. Hacía como si no viera a la señorita Gamelon.

—Bueno, ¿es que no va a darnos una explicación? —exigió la señorita Gamelon.

Arnold tenía en aquel momento la boca llena, por lo que le fue imposible contestar. Pero volvió la vista hacia ella. Con los carrillos tan hinchados era imposible adivinar si estaba enojado o no. La señorita Gamelon se sintió terriblemente molesta por ello, pero la señorita Goering les sonreía; estaba muy contenta de tenerlos a los dos nuevamente con ella.

Arnold engulló por fin su bocado.

—No tengo por qué dar explicaciones —le replicó malhumorado a la señorita Gamelon cuando pudo hablar—. Es usted quien debe disculparse por su hostilidad hacia mí y por hablar de ello con la señorita Goering.

—Tengo perfecto derecho a ser hostil con quien me plazca —dijo la señorita Gamelon—, y además vivimos en un país libre y puedo cantarlo a los cuatro vientos si me da la gana.

—No me conoce lo bastante para juzgarme. De todos modos tiene prejuicios en mi contra, y eso basta para enfurecer a cualquiera. Y yo estoy furioso.

—Entonces váyase de la casa. Nadie desea que se quede.

—Eso no es exacto, estoy seguro de que la señorita Goering desea que permanezca en su casa, ¿no es verdad?

—Sí, Arnold, naturalmente —asintió la señorita Goering.

—No hay justicia —dijo la señorita Gamelon—. Los dos son indignantes.

Se incorporó muy tiesa en su silla, y Arnold y la señorita Goering se quedaron mirando su espectacular vendaje.

—Bueno, estoy seguro de que hallaremos una solución que nos permita a los dos vivir juntos en la casa —dijo Arnold secándose la boca y apartando el plato.

—¿Por qué tiene tanto apego a la casa? —gritó la señorita Gamelon—. No hace otra cosa que tumbarse en la sala y dormir.

—La casa me da cierta sensación de libertad.

La señorita Gamelon lo miró fijamente.

—Querrá decir que le da la oportunidad de satisfacer su holgazanería.

—Vamos a ver. Supongamos que se me permite usar la sala después de cenar y por la mañana —propuso Arnold—. Podría usted utilizarla el resto del tiempo.

—Muy bien —aceptó la señorita Gamelon—. Estoy de acuerdo, pero no se le ocurra poner los pies allí en toda la tarde.

En el camino de vuelta, la señorita Gamelon y Arnold parecían bastante satisfechos de haber llegado a un acuerdo. Cada uno estaba convencido de llevarse la mejor parte y la señorita Gamelon hacía ya planes para pasar agradablemente las tardes en la sala.

Cuando llegaron a casa, la señorita Gamelon subió inmediatamente a acostarse. Arnold se tumbó vestido en el diván tapándose con una colcha de lana hecha a mano. La señorita Goering fue a la cocina a sentarse. Al cabo de un rato oyó sollozos en la sala. Entró y se encontró a Arnold que lloraba con el rostro oculto en la manga.

–¿Qué le sucede, Arnold?

–No lo sé. ¡Es tan desagradable saber que alguien te odia! Pienso realmente si no sería mejor dejarlas y volver a mi casa. Pero no hay nada que me disguste tanto como irme de aquí, el trabajo en la inmobiliaria es odioso, y no puedo hacerme a la idea de que ella esté tan furiosa conmigo. ¿No podría decirle que estoy atravesando un período de adaptación..., que por favor tenga un poco de paciencia?

–Naturalmente, Arnold, será lo primero que le diga. Si fuera usted mañana a la oficina quizá se sentiría mejor dispuesta hacia usted.

–¿Lo cree de veras? –preguntó Arnold, enderezándose de pronto con gran impaciencia–. Entonces iré. –Se levantó para plantarse delante de la ventana–. No puedo soportar esta hostilidad durante mi período de adaptación y además, siento una gran simpatía por ustedes dos.

Al día siguiente por la tarde, al llegar Arnold a casa con dos cajas de bombones, una para la señorita Goering y otra para la señorita Gamelon, le sorprendió ver allí a su padre. Estaba sentado en una silla de respaldo recto, cerca de la chimenea, tomando una taza de té. Llevaba puesta una gorra deportiva.

—He venido a ver cómo te ocupas de nuestras dos damas. Tengo la impresión de que están viviendo en un estercolero.

—Como invitado, no creo que tengas ningún derecho a hacer semejante observación, padre –se quejó Arnold con tono grave, mientras daba las cajas de bombones a las mujeres.

—Puedes estar seguro, mi querido hijo, de que mi edad me permite decir muchas cosas. Recuerda que todos vosotros sois niños para mí, incluyendo a la princesa.

Enganchó con el puño de su bastón la cintura de la señorita Goering y la atrajo hacia sí. Jamás hubiera imaginado ella verle tan animado y de tan buen humor. Le parecía más bajito y más delgado que la noche que lo conoció.

—Bueno, ¿y dónde coméis, insensatos? –preguntó.

—Tenemos una mesa cuadrada en la cocina –explicó la señorita Gamelon–. Algunas veces la ponemos delante de la chimenea, pero no resulta muy cómoda.

El padre de Arnold carraspeó, pero no dijo nada. Parecía molesto por que la señorita Gamelon hubiera abierto la boca.

—En mi opinión estáis todos locos –declaró, mirando a su hijo y a la señorita Goering, e ignorando deliberadamente a la señorita Gamelon–, pero estoy con vosotros.

—¿Dónde está su mujer? –preguntó la señorita Goering.

—En casa, supongo, agria como el vinagre y casi tan amarga.

La señorita Gamelon lanzó una risita ante esta frase.

Le gustaban esa clase de chistes. Arnold parecía contento de verla un poco más animada.

–Venga conmigo al viento y al sol, mi amor –propuso el padre de Arnold a la señorita Goering–. O mejor debería decir al viento y al claro de luna, sin olvidar jamás de añadir «mi amor».

Salieron juntos de la habitación, y el padre de Arnold llevó a la señorita Goering a dar un pequeño paseo por el prado.

–Verá usted –explicó él–, he decidido recuperar algunos de mis placeres de adolescente. Por ejemplo: cuando era joven, experimentaba cierto deleite ante la naturaleza. Puedo decir francamente que he decidido arrojar por la borda algunos de mis ideales y convicciones y entusiasmarme con la naturaleza..., es decir, mientras se sienta usted dispuesta a estar a mi lado, naturalmente. Todo depende de esto.

–De acuerdo, pero ¿qué supondría eso?

–Que sea usted una verdadera mujer. Simpática y dispuesta a aprobar todo cuanto yo diga y haga. Y al mismo tiempo dispuesta a regañarme un poco.

Colocó su mano helada sobre la de ella.

–Volvamos –rogó la señorita Goering–. Quiero entrar en casa.

Tiró del brazo del padre de Arnold, pero él se negaba a moverse. Se dio cuenta de que, con toda su apariencia anticuada y lo ridículo de su gorra deportiva, era todavía un hombre fuerte. Se preguntó por qué le había parecido mucho más distinguido la noche en que se conocieron.

Volvió a tirarle otra vez del brazo, ahora con más fuerza, mitad en broma, mitad en serio, y sin querer le hizo un arañazo con la uña en la muñeca. Brotaron unas gotas de sangre, que parecieron trastornar bastante al padre de Arnold, porque echó a andar por el prado dando traspiés, tan deprisa como pudo, hacia la casa.

Más tarde, anunció a todos su intención de pasar la noche en casa de la señorita Goering. Habían encendido la chimenea y se sentaron alrededor del fuego. Arnold se quedó adormilado dos veces.

–Madre estará muy preocupada –comentó cuando se desveló.

–¿Preocupada? –replicó el padre–. Probablemente se morirá de un ataque al corazón antes de que amanezca, pero, a fin de cuentas, ¿qué es la vida sino un soplo de humo, una hoja de árbol mecida por el viento o una vela que no tarda en consumirse?

–No finjas que la vida carece de importancia para ti –dijo Arnold–, no te hagas el desenfadado solo porque hay mujeres delante. Eres una persona sombría y preocupada, y lo sabes muy bien.

El padre de Arnold tosió. Parecía algo disgustado.

–No estoy de acuerdo contigo –contestó.

La señorita Goering le acompañó al piso de arriba, a su propia habitación.

–Espero que duerma tranquilo. Ya sabe que estoy encantada de tenerle en mi casa, siempre que quiera.

El padre de Arnold señaló los árboles que se veían desde la ventana.

—¡Oh, noche! —exclamó—. Suave como la mejilla de una virgen y misteriosa como la pensativa lechuza, como el Oriente, como la cabeza de un sultán envuelta en su turbante. Cuánto tiempo te he ignorado leyendo junto a mi lámpara, inmerso en múltiples ocupaciones que ahora he decidido abandonar en tu favor. Acepta mis disculpas y permíteme que me cuente entre tus hijos y tus hijas. Ya ve—dijo volviéndose hacia la señorita Goering—, verdaderamente he dado la vuelta a una página de mi vida. Creo que ahora nos comprenderemos mejor usted y yo. No debe pensar nunca que las personas poseen una sola naturaleza. Todo cuanto le dije la otra noche era falso.

—¡Oh! —exclamó la señorita Goering, algo consternada.

—Sí. Ahora me interesa crearme una nueva personalidad, tan diferente de mi yo anterior como lo es la A de la Z. Ha sido un hermoso comienzo. Es un buen augurio, como suele decirse.

Se tumbó en la cama y enseguida se quedó dormido ante la mirada de la señorita Goering. Al punto se puso a roncar. Ella le echó una manta por encima y abandonó la habitación, profundamente perpleja.

En el piso de abajo se reunió con sus compañeros, que continuaban junto al fuego. Estaban bebiendo té muy caliente con un poco de ron.

La señorita Gamelon se estaba animando.

—Es lo mejor del mundo para los nervios, y sirve también para limar las asperezas de la vida —explicó—. Arnold me ha contado sus progresos en la oficina de su tío. Empezó de mozo y ahora ya es uno de los agentes principales de la compañía. Nos lo hemos pasado muy bien aquí sentados. Creo que Arnold nos había ocultado su magnífico olfato para los negocios.

Arnold parecía un tanto inquieto. Aún abrigaba cierto temor a desagradar a la señorita Goering.

—La señorita Gamelon y yo queríamos averiguar mañana si hay algún campo de golf en la isla. Hemos descubierto que a los dos nos interesa el golf.

La señorita Goering no entendía el repentino cambio de actitud de Arnold. Era como si acabara de instalarse en un hotel, ansioso de organizarse unas bonitas vacaciones. También le sorprendía un poco la señorita Gamelon, pero no hizo ningún comentario.

—El golf le iría a usted estupendamente —afirmó la señorita Gamelon—. Es probable que la dejara como nueva en una semana.

—Bueno, igual no le gusta —quiso excusarse Arnold.

—No me gustan los deportes —aseveró la señorita Goering—. Me producen una terrible sensación de pecar.

—Muy al contrario —protestó la señorita Gamelon—. Eso es justamente lo que no pasa nunca con el deporte.

—No sea grosera, mi querida Lucy. Después de todo, he prestado atención más que suficiente a cuanto sucede

197

en mi interior, y conozco mis sentimientos mejor que usted.

—Los deportes jamás pueden producir sensación de pecado —insistió la señorita Gamelon—. Y no puede pasar usted cinco minutos sin introducir alguna idea extravagante en la conversación. Estoy convencida de que lo hace adrede.

A la mañana siguiente, el padre de Arnold bajó sin chaleco y con el cuello de la camisa abierto. Llevaba el cabello un poco alborotado y eso le hacía parecer un viejo artista bohemio.

—¿Qué demonios estará haciendo mamá? —preguntó Arnold durante el desayuno.

—¡Tonterías! —exclamó el padre de Arnold—. Te llamas artista y ni siquiera sabes huir de tus responsabilidades. La belleza del artista reside en la puerilidad de su alma.

Tocó la mano de la señorita Goering. Ella no pudo por menos que recordar la conversación que tuvieron la noche en que él visitó su habitación, y qué distinto había sido todo con respecto a lo que ahora decía.

—Si tu madre tiene deseos de vivir, vivirá, a condición de que acepte dejarlo todo atrás, tal como he hecho yo —añadió.

La señorita Gamelon se sentía algo incómoda ante este hombre ya maduro, que en apariencia acababa de introducir cambios trascendentales en su vida. Pero no sentía verdadera curiosidad hacia él.

–Bueno, supongo que le seguirás pasando dinero para pagar el alquiler –declaró Arnold–. Yo sigo contribuyendo con mi parte.

–Ciertamente –replicó su padre–. Soy un hombre de honor, si bien he de confesar que tal responsabilidad me pesa como un ancla atada al cuello. En fin –continuó–, permitidme que os haga la compra del día. Me siento capaz de correr los cien metros en un santiamén.

La señorita Gamelon frunció el ceño, preguntándose si la señorita Goering le consentiría a aquel viejo loco vivir en una casa ya atestada. El viejo se fue a la ciudad poco después. Le llamaron desde la ventana, encareciéndole que volviera para ponerse el abrigo, pero rehusó señalando el cielo con un ademán.

Por la tarde, la señorita Goering se puso a reflexionar seriamente. Se paseaba frente a la puerta de la cocina. La casa se había convertido para ella en un lugar apacible y familiar, algo muy parecido a un hogar. Decidió, pues, que eran necesarias pequeñas excursiones al otro extremo de la isla, desde donde podía tomar el ferry para volver a la ciudad. Le fastidiaba la idea porque era consciente de los trastornos que le acarrearía, y cuanto más lo pensaba, más atractiva le parecía su vida en la casita, hasta que ese solo pensamiento le hizo canturrear con alegría. Para asegurarse de que haría su primera excursión aquella misma noche, fue a su dormitorio y puso una moneda de cincuenta centavos sobre la cómoda.

Después de la cena, al anunciar que tomaría el tren sola, la señorita Gamelon casi lloró de indignación. El padre de Arnold declaró que le parecía una magnífica idea «tomar un tren hacia la aventura», tales fueron sus palabras. Cuando la señorita Gamelon le oyó animar a la señorita Goering, no pudo dominarse y corrió a su habitación. Arnold se levantó con prisas de la mesa y subió pesadamente las escaleras tras ella.

El padre de Arnold suplicó a la señorita Goering que le permitiera acompañarla.

–Esta vez no. He de ir sola.

El padre de Arnold, pese a proclamar su decepción, seguía estando muy alegre. En apariencia, su buen humor no tenía límites.

–Bien, partir así, en plena noche, es justamente lo que más me gustaría hacer, y me parece una mala jugada que no me permita acompañarla –afirmó.

–No salgo para divertirme –replicó la señorita Goering–. Lo hago porque necesito hacerlo.

–Aun así, se lo ruego una vez más –insistió el padre de Arnold, sin atender a lo que se desprendía de aquellas palabras. Luego, se arrodilló con dificultad y añadió–: Se lo suplico, lléveme con usted.

–Oh, por favor, querido, no me lo ponga más difícil. Tengo un carácter muy débil.

De un salto, el padre de Arnold se incorporó.

–Naturalmente, no querría de ningún modo complicarle las cosas –afirmó, besándole la muñeca para desearle buena suerte–. ¿Cree que esos dos tórtolos querrán hablar conmigo? ¿O se quedarán encerrados toda la noche en su palomar? Detesto la soledad.

–Yo también. Llame a la puerta y le hablarán. Adiós...

La señorita Goering decidió ir andando por la carretera, porque ya era demasiado de noche para atravesar el bosque. A primera hora de la tarde se lo había planteado como una obligación personal, pero el solo hecho de considerarlo así le pareció luego una completa locura. Hacía frío y soplaba el viento. Se arrebujó en su chal. Le seguían gustando los chales de lana, pese a que hacía años que ya no estaban de moda. La señorita Goering levantó la mirada al cielo; buscaba las estrellas con la esperanza de ver alguna. Permaneció inmóvil durante largo rato, pero aun sí no supo si la noche era estrellada o no, pues aun concentrando toda su atención en el firmamento, sin bajar la vista ni una sola vez, las estrellas aparecían y desaparecían tan deprisa que le era imposible dictaminar si veía visiones o astros de verdad. Se dijo que la explicación residía en que las nubes surcaban el cielo con tanta celeridad que escondían las estrellas visibles un momento antes. Prosiguió su camino hacia la estación.

A su llegada, le sorprendió encontrarse allí con ocho o nueve chiquillos llegados antes que ella. Cada uno de ellos era portador de un gran banderín escolar azul y dorado. Los niños apenas decían palabra ocupados en saltar a la pata coja, primero sobre un pie, y luego sobre el otro. Como los saltos eran al unísono, la pequeña plataforma de madera temblaba peligrosamente, y la señorita Goering se preguntó si no sería conveniente prevenir a los niños. Pero el tren no tardó en hacer su entrada en la estación, y todos se montaron en los vagones. La señorita Goering se sentó en una banqueta, separada por el pasillo de una dama corpulenta de mediana edad. La señorita Goering y ella eran los únicos ocupantes del vagón además de los niños. La señorita Goering la observó con interés.

Llevaba guantes y sombrero y se mantenía muy erguida. En la mano derecha sostenía un paquete estrecho y largo con aspecto de pala matamoscas. La mujer miraba al frente sin mover un solo músculo del rostro. A su lado, varios paquetes más se apilaban ordenadamente en la banqueta. La señorita Goering, sin dejar de observarla, confió en que fuese también al otro extremo de la isla. El tren comenzó a moverse y la mujer puso su mano libre encima de los paquetes para que no se cayeran del asiento.

Los niños, en su mayor parte, estaban amontonados en dos banquetas y los que habrían debido sentarse en otro sitio habían preferido permanecer de pie junto a sus compañeros. Pronto empezaron a entonar canciones, todas ellas alabando a su escuela. Cantaban tan mal que la señorita Goering apenas podía soportarlo. Se levantó de su asiento y se precipitó hacia los niños con tanta presteza que no tuvo en cuenta las sacudidas del vagón, por lo cual perdió el equilibrio y cayó cuan larga era al lado de los pequeños cantores.

Consiguió incorporarse por sí sola, pero le sangraba la barbilla. Le pidió a los niños que se callaran. Todos la miraron atónitos. Sacó entonces un pañuelito de encaje para limpiarse la sangre de la herida. Poco después paró el tren y los niños se apearon. La señorita Goering fue hasta el final del vagón y llenó de agua un vaso de papel. Se preguntó con inquietud, mientras se limpiaba la barbilla en el oscuro pasillo, si la dama del matamoscas seguiría aún en el tren. Al volver a su asiento, comprobó con gran alivio que la mujer continuaba allí. No había soltado el matamoscas, pero había girado la cabeza hacia la izquierda para contemplar el andén de la pequeña estación.

«No creo que haya nada de malo en que cambie de lugar y me siente frente a ella –se dijo la señorita Goering–. Después de todo, es muy natural que dos damas se sienten juntas en un tren de cercanías como este, sobre todo en una isla tan pequeña.»

Se deslizó silenciosamente en la banqueta frente a la mujer y continuó limpiándose la sangre que le brotaba de la barbilla. El tren había vuelto a arrancar y la mujer miraba de manera obstinada por la ventanilla, para evitar la mirada de la señorita Goering, ya que esta provocaba en ciertas personas un vago sentimiento de inquietud. La causa tal vez fuese su cara encendida y exaltada y sus estrafalarios vestidos.

—Estoy encantada de que los niños se hayan ido —comentó la señorita Goering—. Ahora sí resulta agradable viajar en este tren.

Había empezado a llover y la mujer apoyaba la frente en la ventanilla para ver más de cerca las gotas de lluvia que caían oblicuamente sobre el cristal. No le respondió. La señorita Goering volvió a la carga, porque estaba acostumbrada a obligar a las personas a que conversaran: sus temores nunca habían tenido que ver con las diferencias de clase.

—¿Adónde se dirige usted? —preguntó la señorita Goering, en primer lugar porque sentía verdadero interés en saber si la mujer iba a la punta de la isla y también porque le pareció la pregunta más adecuada a la situación.

La mujer observó a la señorita Goering con gran atención.

—A mi casa —contestó con sequedad.

—¿Y vive usted en esta isla? —le preguntó la señorita Goering, antes de añadir—: Es un lugar realmente encantador.

La mujer guardó silencio y se puso a recoger los paquetes.

—¿Dónde vive exactamente?

Los ojos de la mujer miraban furtivamente de un lugar a otro.

—En Glensdale —dijo con voz vacilante.

No era la señorita Goering susceptible a los desaires, pero comprendió que la mujer mentía. Tal constatación la apenó mucho.

–¿Por qué me miente? Le aseguro que soy una señora igual que usted.

Haciendo acopio de energías, la mujer se mostró más segura de sí misma. Miró a la señorita Goering fijamente a los ojos.

–Vivo en Glensdale. Y he vivido allí toda mi vida. Voy a visitar a una amiga que vive en una ciudad un poco más lejos.

–¿Por qué le doy tanto miedo? –quiso saber la señorita Goering–. Me hubiera gustado mucho hablar con usted.

–No voy a tolerarlo ni un segundo más –murmuró la mujer más para sí misma que para la señorita Goering–. Ya tengo bastantes preocupaciones en la vida como para tropezarme encima con lunáticos.

Agarró el paraguas de pronto y descargó un golpe seco en los tobillos de la señorita Goering. Tenía el rostro enrojecido y la señorita Goering llegó a la conclusión de que, con toda su sólida apariencia burguesa, en realidad era una histérica, pero habiendo conocido a varias mujeres por el estilo, decidió no sorprenderse ante ninguna de sus reacciones. La mujer se levantó del asiento cargada con todos sus paquetes y el paraguas, y avanzó por el pasillo con dificultad. Poco después volvió seguida del revisor.

Se detuvieron junto a la señorita Goering. La mujer se mantenía prudentemente detrás del revisor. Este, un hombre viejo, se inclinó hacia la señorita Goering, casi echándole a la cara el aliento.

–No puede usted hablar con nadie en estos trenes, excepto con las personas que conozca –explicó.

A la señorita Goering le pareció que su voz era muy con-
ciliadora.

Luego el viejo miró por encima del hombro a la mujer,
que parecía aún irritada, pero un poco más tranquila.

–La próxima vez –continuó el revisor, que no sabía realmente qué decir–, la próxima vez que viaje en este tren, es-
tese quieta en su asiento y no moleste a nadie. Si desea saber
la hora, pregúntelo sin hacer alharacas, o me hace una señal
con la mano y yo contestaré con mucho gusto a todas sus
preguntas. –Se incorporó e, inmóvil un momento, intentó
encontrar algo que añadir–. Recuerde también, y dígaselo a
sus parientes y amigos, que no se admiten perros en este
tren, ni personas disfrazadas, a menos que lleven un sobre-
todo que las cubra por completo. Y ahora basta ya de alboroto –concluyó, agitando un dedo hacia ella. Con el índice
en la gorra hizo un saludo a la mujer y se fue.

Uno o dos minutos más tarde, el tren se detuvo y la mujer se apeó. La señorita Goering miró con ansiedad por la
ventanilla tratando de verla, pero solo pudo distinguir el andén vacío y unos arbustos en la penumbra. Con una mano
puesta sobre el corazón, sonrió.

Cuando llegó al extremo de la isla, había cesado de llover y las estrellas volvían a brillar intermitentemente. Tuvo
que caminar por una larga y estrecha pasarela de madera
que llevaba del tren al embarcadero. Muchos de los tablones

estaban sueltos y la señorita Goering tenía que pisar con mucho cuidado. Suspiró con impaciencia, porque le parecía que mientras estuviera en la pasarela no era seguro que pudiese embarcar en el ferry. Ahora que se acercaba a su destino, tuvo la sensación de que su excursión iba a acabarse enseguida y que muy pronto estaría de vuelta junto a Arnold, su padre y la señorita Gamelon.

La pasarela estaba iluminada solo a intervalos y había que caminar a oscuras varios trechos. Pero la señorita Goering, tan timorata por lo general, no se sentía asustada en absoluto. Al contrario, experimentaba esa clase de júbilo que es común a ciertas personas poco equilibradas pero optimistas, cuando se aproximan al objeto de sus temores. Caminaba ágilmente para evitar los tablones desprendidos, franqueándolos. Ahora podía ver el embarcadero al final de la pasarela. Estaba muy bien iluminado y el municipio había erigido un mástil de respetable altura en el centro de la plataforma. La bandera izada en él se enrollaba alrededor de su asta formando grandes pliegues, y la señorita Goering pudo distinguir fácilmente las barras rojas y blancas y las estrellas. La presencia de la bandera en un lugar tan solitario le procuró gran placer, pues no había imaginado que hubiese la más mínima señal de vida organizada en aquel extremo de la isla.

«Y sin embargo hay personas que llevan viviendo aquí muchos años –se dijo–. Es extraño que no lo haya pensado antes. Viven aquí, desde luego, con sus vínculos familiares,

207

sus negocios, su sentido del honor y de la moralidad, y sin duda tienen sus organizaciones para combatir a los criminales de la comunidad.» Pensando en todo esto, se sentía casi feliz.

Era la única persona que esperaba el ferry. Una vez a bordo se fue derecha a la cubierta de proa y permaneció inmóvil mirando la tierra firme, hasta que llegaron a la orilla opuesta. El muelle estaba situado al pie de una calleja que se unía a la calle principal a través de una cuesta estrecha y empinada. Aun así, los camiones se veían obligados a detenerse arriba, en el pueblo, y descargaban su mercancía en carretillas que hacían rodar cautelosamente hasta el muelle. Alzando la vista, era posible divisar desde el muelle los muros laterales de dos tiendas situadas al final de la calle principal, pero prácticamente nada más. La calle estaba muy iluminada por ambos lados y la señorita Goering pudo ver con todo detalle cómo vestían las personas que bajaban la cuesta para embarcar en el ferry.

Vio venir hacia ella a tres mujeres jóvenes cogidas del brazo que se reían. Iban muy arregladas y trataban de sostener a la vez su sombrero y el brazo de su compañera. Avanzaban con lentitud, pero al llegar a la mitad de la bajada, llamaron a un hombre que estaba de pie en el muelle, cerca del poste de amarre.

–¡No te vayas sin nosotras, George! –gritaron.

El hombre agitó un brazo hacia ellas en amistoso ademán.

Muchos jóvenes bajaban por la cuesta, y todos ellos parecían vestidos para alguna ocasión especial. Llevaban muy

208

limpios los zapatos y varios de ellos lucían una flor en la solapa. Incluso los más rezagados, apurando el paso, adelantaban a las tres jóvenes. Cada vez que esto ocurría, ellas se reían a carcajadas y la señorita Goering las oía débilmente desde su observatorio. Seguían apareciendo personas en lo alto de la cuesta y la señorita Goering pensó que la mayoría no tendrían más de treinta años. Se hizo a un lado y el puente y la cubierta de proa no tardaron en llenarse de gente que charlaba y reía. La señorita Goering sintió una gran curiosidad por saber adónde se dirigían, pero sus ánimos habían languidecido considerablemente con el espectáculo de este éxodo, que le parecía de mal augurio. Por fin, se decidió a abordar a un joven que seguía en el muelle, no lejos de ella.

—Joven, ¿le importaría decirme si van todos ustedes juntos a una fiesta, o es una coincidencia?

—Vamos todos al mismo sitio, que yo sepa.

—¿Y podría decirme adónde van?

—Al Pig Snout's Hook.

En aquel preciso instante sonó el silbato del ferry, y el joven se despidió con prisas de la señorita Goering y corrió a reunirse con sus amigos en la cubierta.

La señorita Goering empezó a remontar la cuesta completamente sola. No cesaba de mirar el muro de la última tienda de la calle principal. Un grafista publicitario había pintado en el centro, en un color rosa vivo, una cara de bebé de dimensiones gigantescas, con un enorme biberón de goma en el espacio que quedaba libre. La señorita Goering se preguntó cómo sería el Pig Snout's Hook. Cuando llegó a lo alto de la cuesta sintió una gran decepción al ver que la calle principal estaba casi desierta y escasamente iluminada. Tal vez la habían engañado los brillantes colores del anuncio del biberón y había abrigado ilusiones de que toda la ciudad sería igualmente llamativa.

Antes de adentrarse en la calle, decidió examinar el dibujo más de cerca. Para ello tuvo que atravesar un solar vacío. Cerca del anuncio advirtió a un hombre viejo, inclinado sobre unas cajas de embalaje y tratando de arrancar los clavos de las tablas. Decidió preguntarle si sabía dónde estaba el Pig Snout's Hook.

Tras acercarse, se quedó observándolo un momento antes de formular su pregunta. Llevaba un traje de cuadros escoceses de color verde y una gorrita del mismo género. Ponía todo su empeño en arrancar un clavo de una de las cajas haciendo palanca con una delgada varilla de metal.

—Disculpe, ¿podría decirme dónde está el Pig Snout's Hook, y también por qué va allí todo el mundo, si es que lo sabe? —inquirió al fin la señorita Goering.

El hombre seguía absorto en el clavo, pero la señorita Goering advirtió que la pregunta había despertado realmente su interés.

—¿El Pig Snout's Hook? Es fácil. Es un local nuevo, un cabaret —respondió el hombre.

—¿Y por eso va allí todo el mundo?

—Si son tan tontos, van.

—¿Por qué dice eso?

—¿Por qué lo digo? —repitió el hombre, incorporándose por fin y metiéndose la varilla en su bolsillo—. ¿Que por qué lo digo? Porque van allí para que les timen hasta el último centavo. Solo dan carne de caballo, ¿sabe? Así de pequeña y no es roja. Es como gris y sin patatas y cuesta una barbaridad. Además son todos más pobres que las ratas, y sin una gota de juicio en la sesera. Son como una manada de perros tirando de una correa.

—¿Y van juntos al Pig Snout's Hook todas las noches?

—Yo no sé cuándo van al Pig Snout's Hook, ni sé tampoco lo que hacen las cucarachas por la noche.

—¿Qué tiene de malo el Pig Snout's Hook? —inquirió la señorita Goering.

—Hay una cosa muy mala allí —afirmó el hombre cada vez con mayor interés—, y es un negro que hace cabriolas todo el día en su habitación delante de un espejo hasta quedar bañado en sudor, y luego repite lo mismo delante de todos esos chavales y chavalas, que se creen que les toca música. Tiene, eso sí, un instrumento caro, porque yo sé dónde lo consiguió y no digo si lo ha pagado o no, pero sé que se lo mete en la boca y luego se pone a gesticular con unos brazos largos como patas de araña y esos no quieren escuchar otra música que la que él toca.

—Bueno, hay gente a la que le gusta ese tipo de música —reconoció la señorita Goering.

–Sí, hay gente a la que le gusta ese tipo de música, y hay gente que vive y come en cueros todo el año, y hay gente que conocemos nosotros dos –dijo con un aire muy misterioso–. Pero en mis tiempos el dinero daba para una libra de azúcar, de mantequilla o de manteca. Cuando salías, por lo que pagabas podías ver cómo un perro saltaba a través de aros ardiendo, y comerte un bistec de campeonato.

–¿Qué quiere decir con eso de que un perro saltaba entre aros ardiendo? –preguntó la señorita Goering.

–Verá, con años de paciencia y perseverancia y muchos dolores de cabeza, se puede adiestrar a un perro para que haga cualquier cosa. Coge usted un aro y le prende fuego, y los caniches, si tienen lo que hay que tener, lo atraviesan con la misma facilidad que los pájaros vuelan. No es corriente, claro, ver este ejercicio, pero en esta ciudad se podía. Claro que la gente era más sensata y hacía mejor uso de su dinero, no quería ver a un negro pegando saltos, la gente prefería poner un tejado nuevo en su casa.

Se echó a reír.

–Y dígame, ¿ese espectáculo se podía ver donde ahora está el Pig Snout's Hook? ¿Entiende lo que quiero decir? –preguntó la señorita Goering.

–¡Pues claro que no! –exclamó el hombre con vehemencia–. Estaba a este lado del río, un teatro de verdad con localidades de tres precios diferentes y había función todas las noches, y por la tarde tres días a la semana.

–Entonces se trata de algo completamente distinto, ¿no

cree? –dijo la señorita Goering–. Después de todo, como acaba usted de decir, el Pig Snout's Hook es un cabaret, mientras que ese local donde los caniches saltaban a través de los aros ardiendo era un teatro. La verdad es que no hay punto de comparación.

El viejo volvió a arrodillarse y continuó arrancando clavos de las tablas con la varilla metálica.

La señorita Goering no sabía qué más decirle, pero pensó que sería más agradable seguir hablando que caminar sola por la calle principal. Supuso que el hombre estaba algo contrariado y decidió formularle la siguiente pregunta en un tono más conciliador.

–¿Es ese cabaret peligroso realmente o no vale la pena perder el tiempo?

–Es todo lo peligroso que quiera usted, por supuesto –replicó el hombre al punto y su mal humor pareció haber desaparecido–. Claro que es peligroso. Lo llevan unos italianos y el local está rodeado de campos y bosques.

La miró como diciendo: «Es todo cuanto necesita saber, ¿no?».

Por un instante, la señorita Goering tuvo la sensación de que el hombre era una autoridad en la materia y le devolvió la mirada con toda seriedad.

–¿Pero no podría decirme, con seguridad, si esos jóvenes vuelven a sus casas sanos y salvos? –preguntó–. Después de todo, basta con situarse en lo alto de la cuesta y verlos desembarcar del ferry.

El hombre se guardó de nuevo la varilla metálica en el bolsillo y cogió a la señorita Goering por el brazo.

–Venga conmigo –ordenó–, y se convencerá de una vez por todas.

La condujo hasta el borde de la cuesta y contemplaron la calle brillantemente iluminada que descendía al embarcadero. El ferry ya no estaba, pero el hombre que vendía los billetes era perfectamente visible en su cabina, y también la cuerda que servía para amarrar la embarcación, e incluso la orilla opuesta. La señorita Goering anotó mentalmente todos los detalles de la escena y aguardó ansiosamente a oír lo que el hombre tuviera que decirle.

–Bueno, como verá, es imposible saber nada –declaró el viejo levantando el brazo y haciendo un gesto vago que abarcaba el río y el cielo.

La señorita Goering miró a su alrededor, sin comprender que algo pudiera ocultarse a sus ojos, pero no por ello dejó de creer en las palabras del viejo. Se sentía a la vez avergonzada e inquieta.

–Venga. Le invito a una cerveza –propuso la señorita Goering.

–Muchas gracias, señora –dijo el viejo.

Repentinamente su tono se había vuelto muy servicial y la señorita Goering se sintió aún más avergonzada de su credulidad.

–¿Hay algún sitio en particular a donde quisiera ir? –preguntó ella.

–No, señora –contestó el viejo, mientras caminaba a su lado arrastrando los pies. No parecía dispuesto a proseguir la conversación.

A excepción de la señorita Goering y el viejo, no había nadie caminando por la calle principal. Sí vieron un coche aparcado frente a una tienda con las luces apagadas. Dos personas fumaban en el asiento delantero.

El hombre se detuvo ante un bar-restaurante y se quedó mirando un pavo y unos embutidos que había en el escaparate.

–¿Quiere que entremos y comamos algo, además de la cerveza? –preguntó la señorita Goering.

–No tengo hambre, pero entraré y me sentaré con usted.

La señorita Goering estaba decepcionada, porque el viejo no parecía capaz de aportar la más mínima nota festiva a la noche. El bar era oscuro, pero había guirnaldas de papel por todas partes. «Habrá habido alguna fiesta hace poco», pensó la señorita Goering. Había una guirnalda particularmente bonita, compuesta de flores de papel de un luminoso color verde, que se extendía a lo largo del espejo colocado detrás de la barra. La sala tenía ocho o nueve mesas, metidas en reservados de color oscuro.

La señorita Goering y el viejo se sentaron a la barra.

–Por cierto, ¿no preferiría sentarse a una mesa que no esté tan a la vista? –propuso el viejo.

–No, a mí esta barra me parece muy agradable, de veras. Ahora pida lo que le apetezca.

215

–Voy a tomar un emparedado de pavo y uno de lomo, una taza de café y un vaso de whisky.

«Qué mentalidad tan curiosa –reflexionó la señorita Goering–. Pensé que le daría vergüenza después de proclamar que no tenía hambre.»

Miró por encima del hombro con curiosidad y observó que, a su espalda, había una chica y un chico sentados a una de las mesas. El chico leía el periódico. No bebía nada. La chica sorbía con una paja una bebida de un bonito color cereza. La señorita Goering pidió dos ginebras, una detrás de otra, y cuando se las hubo terminado, se volvió y miró otra vez a la muchacha. Ella parecía esperar su gesto, porque ya había vuelto la cara en dirección a la señorita Goering. Le sonrió dulcemente y abrió mucho los ojos. Eran muy oscuros. Pero en el blanco de los ojos, la señorita Goering percibió manchas amarillas. Sus cabellos eran negros y tiesos y rodeaban encrespados su cabeza.

«Judía, rumana o italiana», pensó la señorita Goering. El muchacho no levantaba la vista del periódico, que ocultaba su perfil.

–¿Se divierte? –preguntó la muchacha con voz ronca.

–Bueno, no he salido con la idea de divertirme. Más o menos, me he obligado a hacerlo, porque la verdad es que detesto salir sola de noche y prefiero quedarme en casa. Pero las cosas han llegado a tal extremo que me obligo a realizar estas pequeñas excursiones.

La señorita Goering se interrumpió, porque no sabía

cómo explicar a la muchacha sus ideas sin que le tomase mucho tiempo, y eso era imposible por el momento, pues el camarero iba y venía constantemente de la barra a la mesa que ocupaban los jóvenes.

—De todos modos, creo que descansar un poco y divertirse no hace daño —resumió la señorita Goering.

—Todo el mundo tiene que pasarlo estupendamente —afirmó la chica, y la señorita Goering le notó un ligero acento extranjero—. ¿No es verdad, gatito mío? —añadió mirando al muchacho.

El muchacho dejó a un lado el periódico; parecía bastante molesto.

—¿Cómo dices? —preguntó—. No he oído ni una palabra de lo que has dicho.

La señorita Goering sabía muy bien que eso era mentira y que fingía no haberse enterado de que su amiga hablaba con ella.

—No era nada importante —dijo, mirándole con ternura a los ojos—. Esa señora me decía que descansar un poco y divertirse no hace daño a nadie.

—Pues divertirse quizá, hoy por hoy, hace más daño que otra cosa —declaró con frialdad el chico.

Dirigió estas palabras directamente a la muchacha, ignorando por completo la presencia de la señorita Goering. La chica se inclinó hacia él y le susurró al oído:

—Querido, algo terrible le ha sucedido a esta mujer. Me lo dice el corazón. Te lo ruego, no seas grosero con ella.

—¿Con quién? —preguntó el muchacho.

Ella se rió, pues sabía que no podía hacer otra cosa. El chico tenía bastante mal carácter, pero ella le quería y estaba dispuesta a aguantarle casi todo.

El viejo que había acompañado a la señorita Goering, murmurando una disculpa, se había llevado sus bebidas y emparedados junto a una radio, a la que pegaba la oreja.

Más lejos, al fondo de la sala, un hombre jugaba solo en una pequeña bolera y la señorita Goering, que oía el ruido sordo de las bolas al rodar por la pista de madera, lamentó no poder verlo, pues aquella noche su tranquilidad dependía de que no hubiese nadie en el local susceptible de ser considerado una amenaza. Claro que otros clientes podían aparecer, pero no pensó en tal posibilidad. A pesar de todos sus esfuerzos le fue imposible ver al hombre que tiraba los bolos.

El chico y la chica estaban peleándose. La señorita Goering se dio cuenta por el tono de sus voces. Los escuchó con atención sin volver la cabeza.

—No comprendo por qué te pones tan furioso cuando te digo que me gusta venir aquí a pasar el rato —decía la chica.

—No hay ninguna razón en absoluto para que prefieras este sitio a cualquier otro —replicó el chico.

—¿Por qué vienes entonces? —preguntó la muchacha con cautela.

—No lo sé. Tal vez porque es el primer sitio que nos encontramos al salir de nuestro cuarto.

—Hay otros sitios —objetó ella—. Solo quiero que me digas que te gusta venir aquí. No sé por qué, pero me haría feliz; hace tanto tiempo que venimos...

—¡Y un cuerno! Como digas que este tugurio es como un aquelarre de brujas, no vuelvo a poner los pies aquí.

—¡Oh, gatito mío! —gimió la muchacha con tono realmente angustiado—. Gatito, no he dicho eso, ni siquiera lo he pensado. Eso fue cuando era niña. Nunca debí contarte esa historia.

El chico sacudió la cabeza; estaba harto de ella.

—¡Por el amor del cielo! —exclamó—. No me refería a eso, Bernice.

—Pues no entiendo lo que quieres decir —replicó Bernice—. Muchas personas vienen aquí o van a cualquier otro sitio todas las noches durante años y años, solo para tomar una copa y charlar porque se sienten como en casa. Y nosotros venimos aquí solo porque poco a poco esto se va convirtiendo en nuestra casa; una segunda casa si le quieres llamar casa a la pequeña habitación que tenemos. Esto es como algo mío. Y me encanta.

El muchacho gruñó descontento.

—Además, las mesas, las sillas y las paredes que ves aquí son ya como las caras conocidas de viejos amigos —añadió, presintiendo que sus palabras y el tono de su voz tendrían algún embrujo sobre el muchacho.

—¿Qué viejos amigos? —saltó el muchacho, frunciendo el ceño con furia creciente—. ¿Qué viejos amigos? Para mí esto es como cualquier otro tugurio donde los pobres van a beber para olvidar que son pobres.

Se puso muy tieso y miró furibundo a Bernice.

–Supongo que en cierto modo es verdad –confesó ella con vaguedad–. Pero intuyo que hay algo más.

–Ahí está lo malo.

Mientras tanto, Frank, el barman, no se perdía una palabra de la conversación entre Bernice y Dick. Era una noche de poco trabajo y cuanto más pensaba en las palabras del chico, más furioso se sentía. Decidió ir a la mesa ocupada por los dos jóvenes y armar una bronca.

–Vamos, Dick –gruñó, agarrándolo por el cuello de la camisa–. Si esta es la opinión que tienes sobre el local, puedes largarte con viento fresco.

De un tirón lo levantó de la silla y con un tremendo empujón lo envió, tambaleándose, de cabeza contra la barra.

–¡Grandísimo cretino! –gritó Dick abalanzándose sobre el barman–. ¡Animal! ¡Retrógrado! ¡Te voy a partir la cara!

Los dos hombres se batían con furia. Bernice, de pie sobre la mesa, tiraba de las camisas de los luchadores con la esperanza de separarlos. Los tenía a su alcance, aunque estaban a cierta distancia de la mesa, por cuanto los bancos que servían de asiento tenían una columna a cada lado, y aferrándose a cualquiera de ellas Bernice podía lanzar una mano sobre las cabezas de los contendientes.

La señorita Goering, desde donde estaba, podía ver los muslos de Bernice por encima de sus medias cada vez que esta inclinaba el cuerpo sobre la mesa. Este espectáculo no la hubiera turbado en absoluto de no haber observado que el jugador de bolos había abandonado su juego y miraba fijamente la carne desnuda de Bernice, cada vez que se le presentaba la ocasión. El hombre tenía la cara alargada y roja, la nariz angosta y algo congestionada, y unos labios muy finos. El color de sus cabellos era casi anaranjado. La señorita Goering no pudo determinar si era hombre de gran integridad moral o si tenía una naturaleza perversa, pero la intensidad de su actitud la asustó. No consiguió determinar si miraba a Bernice con interés o con desprecio.

Pese a los golpes encajados y el sudor que bañaba su cara, Frank, el barman, parecía muy tranquilo y la señorita Goering tuvo la impresión de que perdía interés en la pelea, y que, de hecho, la única persona realmente en tensión en el local era el hombre que se hallaba a su espalda.

Frank tenía el labio partido y a Dick le sangraba la nariz. Poco después dieron por finalizada la pelea, para dirigirse con paso inseguro a los lavabos. Bernice saltó de la mesa y corrió tras ellos.

Volvieron a los pocos minutos, bien lavados y peinados, cada uno con un pañuelo manchado de sangre en la boca. La señorita Goering salió a su encuentro y los cogió del brazo.

—Estoy muy contenta de que todo haya terminado y quiero que los dos se tomen una copa a mi salud.

Dick parecía ahora muy triste y sumiso. Asintió solemnemente y aguardó a que Frank preparase las copas. Cuando las hubo servido, se sentó también a la mesa. Bebieron todos en silencio durante unos minutos. Frank, con expresión ausente, parecía sumido en problemas personales que nada tenían que ver con los acontecimientos de la noche. En cierto momento sacó una agenda de direcciones y la hojeó varias veces. La señorita Goering fue la primera en romper el silencio.

–Ahora contadme, ¿qué es lo que os interesa? –dijo a Bernice y a Dick.

–A mí me interesa la lucha política –explicó Dick–, la única cosa que a un ser humano que se respete le puede interesar. Además, estoy al lado de los vencedores y de los que tienen la razón. De los que creen en una nueva distribución del capital.

Se rió entre dientes; estaba claro que creía conversar con una perfecta estúpida.

–Ya he oído hablar de todo eso –declaró la señorita Goering–. Y a ti, ¿qué es lo que te interesa? –preguntó a la chica.

–Lo mismo que a él, pero antes de conocerlo, yo sabía ya que la lucha política era muy importante. Mire, mi carácter es muy diferente del suyo. Lo que me hace feliz es lo que me parece tomar del cielo con mis propias manos; solo conservo lo que me gusta, porque es lo único que puedo ver realmente. El mundo se interpone entre mi felicidad y yo, pero nunca me he levantado contra el mundo, excepto ahora, desde que estoy con Dick.

Bernice alargó la mano sobre la mesa, para que Dick se la tomase. Estaba ya un poco bebida.

–Me entristece oírte hablar así –afirmó Dick–. Tú, que eres de izquierdas, sabes perfectamente que antes de luchar por nuestra felicidad, debemos luchar por algo más. Vivimos en una época en la que la felicidad personal significa muy poco, porque el individuo no dispone de tiempo para disfrutarla. Lo más aconsejable es destruirte primero, o al menos preservar únicamente aquella parte de tu ser que pueda ser útil a un gran número de personas. Si no lo haces así, pierdes de vista la realidad objetiva, y acabas en un misticismo que, aquí y ahora, es una pérdida de tiempo.

–Tienes razón, querido Dick –asintió Bernice–, pero a veces quisiera que me agasajaran en un bonito salón. A veces pienso que sería agradable ser una burguesa. –Pronunció la palabra «burguesa», observó la señorita Goering, como si acabase de aprenderla–. ¡Soy un ser tan humano! –continuó–. Aun siendo pobre, echo de menos las mismas cosas que los burgueses, porque, a veces, que estén ellos durmiendo tranquilos por la noche en sus casas no me irrita, sino que me llena de paz, como le pasa al niño que tiene miedo por la noche, que le consuela oír hablar a las personas mayores en la calle. ¿No crees que tiene sentido lo que digo, Dick?

–¡Desde luego que no! –gritó el muchacho–. Sabemos perfectamente que es esa seguridad de ellos lo que nos hace llorar a nosotros por la noche.

Llegados a este punto, la señorita Goering deseaba vivamente participar en la conversación.

—A ti te interesa ganar un combate justo e inteligente —dijo la señorita Goering—. Pero a mí me interesa mucho más saber qué hace tan difícil ganar este combate.

—Ellos tienen el poder en sus manos, tienen la prensa y los medios de producción.

La señorita Goering colocó una mano sobre la boca del muchacho. Este dio un respingo.

—Muy cierto —asintió la señorita Goering—. ¿Pero no es obvio que luchas por algo más? Quieres despojarlos de su situación presente en esta tierra, a la cual todos se aferran desesperadamente. Nuestra raza, como tú sabes, no está aletargada. Están desesperados porque creen todavía que la tierra es plana y temen caer al vacío en cualquier momento. De ahí el apego que le tienen a su centro. Es decir, a todos los ideales que los guiaron hasta ahora. A estos hombres que luchan todavía en las tinieblas contra toda clase de dragones, no puedes enfrentarlos a un nuevo futuro.

—Bien, bien —masculló Dick—, ¿qué debo hacer entonces?

—Recuerda simplemente que una revolución ganada es un adulto que debe matar su infancia de una vez por todas.

—Lo recordaré —prometió Dick, contemplando a la señorita Goering con cierto aire agresivo.

El jugador de bolos se hallaba ahora junto a la barra.

–Será mejor que vaya a ver lo que quiere Andy –dijo Frank.

Había silbado suavemente durante toda la conversación de la señorita Goering con Dick, pero algo debió de oír, porque antes de abandonar la mesa se volvió hacia ella.

–En mi opinión la tierra es un lugar muy hermoso para vivir –anunció–, y jamás he tenido la sensación de que, con un paso más, caería en el vacío. Siempre se tienen dos o tres oportunidades en esta tierra, y todo el mundo aguarda con paciencia a que las cosas salgan como es debido. Si fallas la primera vez, esto no quiere decir que estés acabado.

–Pero si yo no he hablado de nada parecido –protestó la señorita Goering.

–Ya lo creo que sí que hablaba. No intente disimular ahora. Pero le aseguro que, en mi opinión, las cosas están muy bien como están. –Miró con ternura a la señorita Goering–. Mi vida me pertenece –continuó–, tanto si soy un bastardo como si soy un príncipe.

–¿Qué demonios dice? –les preguntó la señorita Goering a Bernice y a Dick–. Parece como si creyera que le he insultado.

–¡Ni idea! –informó Dick–. De todos modos tengo sueño. Bernice, vámonos a casa.

Mientras Dick pagaba a Frank en la barra, Bernice se inclinó hacia la señorita Goering y le susurró al oído:

–¿Sabe, querida? No es así cuando estamos los dos solos

en casa. Me hace verdaderamente feliz. Es un muchacho muy dulce, y tendría que ver lo feliz que se siente con las cosas más simples cuando está en su propia casa, lejos de personas extrañas. Bien –añadió, incorporándose un poco turbada por haberse permitido tan repentinas confidencias–, estoy muy contenta de haberla conocido, y espero que no le hayamos estropeado la noche. Le aseguro que jamás había ocurrido una cosa así, porque, en el fondo, Dick es como usted y como yo, pero ahora está muy nervioso. Por eso tiene que perdonarlo.

–Sí, claro –aseguró la señorita Goering–, pero no hay nada que perdonar.

–Bueno, adiós –se despidió Bernice.

Demasiado confusa y sobresaltada por las palabras de Bernice, la señorita Goering no se había dado cuenta de que era ahora la única persona que quedaba en el bar, dejando aparte al jugador de bolos y al viejo dormido con la cabeza apoyada en la barra. Al descubrirlo, tuvo por un momento la desazonante sensación de que todo lo ocurrido estaba dispuesto de antemano, y por mucho que se hubiera obligado a realizar esta pequeña excursión, de alguna manera había sido inducida a ello por algún poder sobrenatural. Pensó que no podría marcharse y que aunque lo intentara algo ocurriría que impediría su partida.

Observó con el corazón en un puño que el hombre cogía su vaso de la barra y se acercaba a ella. Se detuvo muy cerca de la mesa con el vaso en alto.

–¿Toma algo conmigo? –preguntó, sin mostrarse particularmente cordial.

–Lo siento –terció Frank desde la barra–, pero voy a cerrar ahora. Ya no se sirven más bebidas.

Andy no dijo palabra y se fue dando un portazo. Le oyeron entonces pasearse por delante del bar.

–¡Maldita sea! –gruñó Frank–. Va a salirse otra vez con la suya.

–¡Oh, cielos! –gimió la señorita Goering–. ¿Le tiene miedo?

–Claro que no, pero es un tipo desagradable..., es la única palabra que se me ocurre para definirle: «desagradable». La vida es demasiado corta para malgastarla en estupideces.

–Ya, pero ¿es peligroso? –quiso saber la señorita Goering.

Frank se encogió de hombros. Andy no tardó en volver.

–La luna y las estrellas brillan, y se pueden ver con toda claridad los límites de la ciudad –informó–. No hay ningún policía a la vista, así que podemos tomar una copa.

Se deslizó en el asiento frente a la señorita Goering.

–La ciudad parece fría y sin vida cuando no hay un alma por la calle –comenzó–, pero así es como me gusta. Me perdonará si le parezco sombrío a una persona alegre como usted, pero tengo por costumbre no prestar atención a las personas con las que hablo. Supongo que la gente dirá de mí que no le tengo respeto a los demás seres humanos. Usted tendrá un gran respeto por sus amigos, estoy seguro, pero solo porque se respeta usted a sí misma, que es siempre el punto de partida de todas las cosas: uno mismo.

La señorita Goering no se sentía mucho más tranquila que antes de que el hombre le dirigiera la palabra. A medida que hablaba, parecía este más nervioso y casi irritado, y su forma de atribuirle cualidades en absoluto inherentes a la naturaleza de ella confería a la conversación un tono misterioso, al tiempo que creaba en la señorita Goering una sensación de futilidad.

–¿Vive usted en esta ciudad? –le preguntó la señorita Goering.

–Sí, en efecto –dijo Andy–. Tengo tres habitaciones amuebladas en una casa nueva de apartamentos. Es la única que hay en la ciudad. Pago el alquiler cada mes y vivo solo. Por la tarde el sol da en mi piso. Es una ironía finísima, porque de todos los apartamentos del edificio, el mío es el más soleado y he de dormir todo el día con las persianas bajadas. No siempre he vivido aquí. Antes vivía en el centro con mi madre. Pero es lo más parecido a una penitenciaría que he podido encontrar, y me va. Me va estupendamente.

Jugó un rato con unos cigarrillos evitando deliberadamente mirar a la señorita Goering a la cara. A ella le recordó esos actores a los que por fin les dan un papel trágico de segunda importancia y lo interpretan bastante bien. Tuvo igualmente la sensación muy clara de que algo dividía en dos su elemental cerebro, obligándolo a revolverse entre las sábanas en vez de dormir, y a llevar una existencia enteramente desdichada. No dudó de que muy pronto descubriría lo que le pasaba.

–Tiene usted una clase de belleza muy especial –prosiguió el hombre–, una nariz poco afortunada, pero unos ojos y un cabello muy hermosos. Me gustaría, en medio de este horror, acostarme con usted. Pero para eso tendríamos que abandonar este bar e ir a mi apartamento.

–Bien, no puedo prometerle nada, pero me gustaría acompañarle –declaró la señorita Goering.

Andy dijo a Frank que llamara a una parada de taxis para pedirle a un individuo que estaba de servicio toda la noche que fuese a buscarlos.

El taxi bajó la calle principal con gran lentitud. Era un coche muy viejo y hacía mucho ruido. Andy sacó la cabeza por la ventanilla.

–¿Cómo están ustedes, damas y caballeros? –gritaba a las calles desiertas imitando el acento inglés–. Confío sinceramente en que todos y cada uno de ustedes se divierta mucho en esta gran ciudad nuestra.

Se arrellanó luego en el asiento y sonrió de forma tan horrenda que la señorita Goering fue otra vez presa del pánico.

–A medianoche podría uno pasearse desnudo por esta calle y nadie se enteraría.

–Si tan triste le parece esto, ¿por qué no hace las maletas y se va a otra parte?

–Oh, no. Jamás lo haré. No serviría de nada –replicó Andy con melancolía.

–¿Son los negocios lo que le retiene? –preguntó la señorita Goering, aun cuando sabía muy bien que él aludía a un lazo espiritual y mucho más importante.

–No me llame usted hombre de negocios –se quejó él.

–¿Es entonces artista?

Movió la cabeza con un gesto vago, como si no estuviese seguro de lo que era un artista.

–Está bien. He intentado adivinarlo dos veces; ¿va a decirme ahora quién es? –dijo la señorita Goering.

–¡Una nulidad! –exclamó con una voz retumbante, hundiéndose más en el asiento–. Lo sabía desde el principio. ¿No es usted una mujer inteligente?

El taxi se detuvo ante una casa de apartamentos, que se alzaba entre un solar vacío y una hilera de tiendas de una sola planta.

–Ya ve, tengo sol todo el día, porque no hay casas delante. Mi apartamento da a esta parcela.

–Crece un árbol –señaló la señorita Goering–. Supongo que lo verá desde la ventana.

–Sí, alucinante, ¿verdad? –supuso Andy.

El inmueble era muy nuevo y pequeño. Permanecieron un momento en el vestíbulo mientras Andy buscaba las llaves en los bolsillos. El suelo era de mármol amarillo de imitación, menos en el centro, donde el arquitecto había dispuesto un mosaico, con la figura de un pavo real azul rodeado de diversas flores de tallo largo. Era difícil distinguir la figura del pavo real en la penumbra, pero la señorita Goering se puso en cuclillas para examinarlo mejor.

–Creo que esas flores son nenúfares –informó Andy–. Pero un pavo real debería tener mil colores, ¿no? ¿No ha de ser multicolor un pavo real? Pero este es completamente azul.

–Tal vez sea más bonito así –dijo la señorita Goering.

Dejaron el vestíbulo para subir los peldaños de una horrible escalera de hierro. Andy vivía en el primer piso. En el rellano había un olor nauseabundo, que según el hombre no desaparecía jamás.

–Ahí guisan para diez personas todo el santo día. Todos trabajan a horas diferentes; la mitad de ellos nunca ve a la otra mitad, menos los domingos y los días festivos.

El apartamento de Andy parecía muy caluroso y estaba mal aireado. Los muebles eran de color oscuro y ninguno de los cojines parecía adecuarse a los asientos.

–Final del trayecto –anunció Andy–. Póngase cómoda, como si estuviera en su casa. Yo voy a quitarme un poco de ropa.

Apareció un momento después, envuelto en una bata de muy mala calidad. Los dos extremos del cinturón estaban completamente deshilachados.

–¿Qué le ha pasado a su cinturón? –quiso saber la señorita Goering.

–Mi perro lo mordisqueó.

—Oh, ¿tiene un perro?

—Hace tiempo tuve un perro, un futuro y también una chica. Pero todo se acabó.

—¿Qué ocurrió? —preguntó la señorita Goering. Se quitó el chal y se secó la frente con el pañuelo. El calor húmedo de la habitación empezaba a hacerla sudar, tanto más cuanto que había perdido la costumbre de la calefacción central.

—No hablemos de mi vida —exigió Andy, levantando la mano como un agente de tráfico—. Mejor bebamos.

—Muy bien, pero estoy convencida de que tarde o temprano tendremos que hablar de su vida —repuso la señorita Goering.

Todo el rato estuvo pensando que se iría a casa al cabo de una hora como máximo. «No lo he hecho nada mal para ser mi primera noche», se dijo.

Andy estaba de pie, ajustándose el cinturón de la bata.

—Iba a casarme con una chica estupenda que trabajaba —confesó—. La quería tanto como un hombre puede querer a una mujer. Tenía una frente lisa y unos hermosos ojos azules, pero los dientes dejaban que desear. Tenía unas piernas estupendas. Se llamaba Mary y se entendía muy bien con mi madre. Era una chica sencilla de inteligencia normal, que sabía disfrutar de la vida. A veces cenábamos a medianoche por el puro placer de hacerlo y ella me decía: «Fíjate, estamos paseando por la calle a medianoche para ir a cenar. Nosotros, dos personas corrientes. Tal vez sea un disparate». Como no quería aguarle la fiesta, no le decía que hay cantidad de gente que, como los inquilinos del 5 D, cena a medianoche no porque esté loca, sino porque su trabajo la obliga a ello. No iba a estropearlo todo explicando que el mundo no estaba loco, que el mundo era medianamente sensato; poco podía imaginarme, claro, que dos meses después, su novio se convertiría en uno de los individuos más locos que lo habitan.

Las venas de la frente de Andy empezaron a hincharse, su cara enrojeció y los bordes de las aletas de su nariz se cubrieron de sudor.

«Parece tomárselo muy a pecho», pensó la señorita Goering.

—Iba a cenar con frecuencia a un restaurante italiano que estaba a la vuelta de la esquina de mi casa. Conocía a la mayoría de los clientes y el ambiente era muy agradable. Comíamos siempre juntos unos cuantos. Yo siempre pagaba el vino, porque mi situación económica era mejor que la de ellos. Luego había un par de viejos que comían allí, pero nunca les hicimos caso. Había también otro individuo, no tan viejo, muy solitario y que no se mezclaba con los otros. Sabíamos que había trabajado en un circo, pero nunca pudimos averiguar qué empleo tenía, ni nada. Una noche, la víspera del día que la llevó al restaurante, yo le miraba, sin motivo, por casualidad, y vi que se levantaba y se metía el periódico en el bolsillo, cosa más bien chocante porque aún no había terminado de cenar. Se volvió hacia nosotros y carraspeó para aclararse la voz.

»–Caballeros, tengo algo que decirles –anunció.

»Tuve que hacer callar a los otros, porque su voz era muy débil y apenas se oían sus palabras.

»–No voy a robarles mucho tiempo –continuó como si hablara en un gran banquete–, pero quiero decirles algo y enseguida comprenderán el porqué. Les diré simplemente que mañana por la noche traeré aquí a una joven, y es mi deseo que todos ustedes la quieran sin reservas: esa joven, caballeros, es como una muñeca rota. No tiene ni brazos ni piernas.

»Luego se sentó tranquilamente y se puso a comer otra vez.

–¡Qué embarazoso debió de ser! –exclamó la señorita Goering–. ¡Dios mío! ¿Y qué le contestaron?

–No me acuerdo. Recuerdo solo que fue muy embarazoso, como usted ha dicho, y que consideramos que no tenía por qué advertirnos.

»A la noche siguiente, ya estaba ella sentada cuando llegamos; muy bien maquillada, vestía una bonita blusa cerrada por delante con un broche en forma de mariposa. Su cabello era rubio natural y lo llevaba ondulado. Agucé el oído, y pude escuchar cómo le explicaba al hombre que tenía cada vez mejor apetito y que dormía catorce horas diarias. Me fijé luego en su boca. Parecía un pétalo de rosa, un corazón, una concha diminuta. Era terriblemente hermosa. Y enseguida empecé a preguntarme cómo sería el resto del cuerpo, ya sabe..., sin piernas.

Se interrumpió, caminando por la habitación con la mirada perdida en las paredes.

—Esa idea se introdujo en mi cerebro como una asquerosa serpiente, y se enroscó allí, para no marcharse ya. Miraba la cabeza de ella, tan pequeña, tan delicada en contraste con la pared oscura y sucia, y mordí por primera vez la manzana del pecado.

—¿De veras por primera vez? —preguntó la señorita Goering. Parecía desconcertada y se sumergió un momento en sus cavilaciones.

—A partir de entonces, no tuve más que una idea: descubrirlo. Me olvidé de cualquier otro pensamiento.

—¿Y antes qué cosas pensaba? —preguntó la señorita Goering con malicia.

Andy no dio muestras de haberla oído.

—Bueno, las cosas siguieron así durante algún tiempo..., quiero decir lo que sentía por ella. Veía a Belle con frecuencia en el restaurante después de aquella primera noche, y veía a Mary también. Hice amistad con Belle. Nada había de especial en ella. Le gustaba el vino y yo se lo vertía en la boca. Hablaba demasiado de su familia y era muy buena. No es que fuera exactamente religiosa, pero estaba henchida de bondad humana. Mi terrible curiosidad, mi deseo fatal, crecieron hasta tal punto que cuando estaba con Mary mi mente sufría desvaríos y me era imposible acostarme con ella. Mary se portó siempre muy bien, paciente como un cordero. Era demasiado joven para merecer que le ocurriese aquello. Yo era igual que un viejo baboso o que uno de aquellos reyes impotentes con síntomas de sífilis.

–¿Le contó a su novia lo que le atormentaba? –preguntó la señorita Goering, tratando de que se apresurara.

–No se lo conté, porque quería que todo siguiera igual para ella, quería que las estrellas siguieran brillando sobre su cabeza. Quería que en los años sucesivos se paseara por el parque y diera de comer a los pájaros cogida del brazo con otro ser humano que la mereciese. Yo no quería obligarla a esconder nada en su interior, ni a mirar el mundo por una ventana enrejada. No pasó mucho tiempo hasta que me acosté con Belle y contraje una hermosa sífilis, de la que tardé dos años en curarme. Adquirí la costumbre de jugar a bolos, hasta que por fin dejé la casa de mi madre y mi trabajo y me vine a vivir aquí, a la Tierra de Nadie. Puedo vivir en este apartamento muy bien, con el poco dinero que saco de una casa que poseo en un barrio bajo de la ciudad.

Se sentó en una silla frente a la señorita Goering, ocultando la cara entre las manos. Ella creyó que había terminado, pero en el preciso momento en que iba a darle las gracias por su hospitalidad y a despedirse, Andy bajó las manos y prosiguió:

–Lo peor de todo, y lo recuerdo muy bien, era que cada vez me resultaba más penoso ver a mi madre. Me pasaba todo el día y parte de la noche jugando a bolos. El Cuatro de Julio decidí que haría un gran esfuerzo para pasar el día con ella. Iba a pasar una gran cabalgata delante de su casa a las tres de la tarde. Unos minutos antes, estaba yo de pie en el salón, con un traje planchado, y mi madre instalada junto a la ventana. La cabalgata se puso en marcha puntualmente porque a eso de las tres menos cuarto empezamos a oír una música lejana. Pronto apareció la bandera roja, blanca y azul de mi país enarbolada por unos guapos chicos. La banda tocaba *Yankee Doodle*. De pronto, oculté la cara entre las manos. No podía mirar mi bandera. Supe entonces, de una vez por todas, que me odiaba a mí mismo. Así que me he acostumbrado a mi estatus de mofeta. «El Ciudadano Mofeta» suelo llamarme en privado. Estar hundido en la mierda puede ser gracioso mientras se acepte un sitio en ella sin quererse zafar.

–Pues bien, yo opino que podría usted sobreponerse con un pequeño esfuerzo –declaró la señorita Goering–. Yo no daría tanta importancia a ese episodio de la bandera.

Andy la miró de manera vaga.

–Habla usted como una mujer de mundo.

–Soy una mujer de mundo –afirmó la señorita Goering–. Además soy rica, pero he reducido voluntariamente mi tren de vida. He abandonado mi hermosa residencia para trasladarme a una casita en la isla. Está en condiciones deplorables y no me cuesta prácticamente nada. ¿Qué le parece?

–Creo que está usted como una cabra –dijo Andy con tono poco amistoso, frunciendo el ceño–. A las personas como usted no se les debería permitir que tuvieran dinero.

La señorita Goering quedó sorprendida ante tan virtuosa indignación.

–Por favor, ¿no podríamos abrir la ventana? –suplicó.

–Si la abro, entrará un viento helado –replicó Andy.

–Sin embargo, creo que lo preferiría –insistió la señorita Goering.

–Le diré una cosa –dijo Andy removiéndose en la silla–. Acabo de pasar una gripe terrible y no quisiera tener una recaída. –Se mordió el labio y parecía muy preocupado–. Si quiere, puedo irme a la otra habitación, mientras usted toma un poco de aire fresco –añadió, algo más tranquilo.

–Es una excelente idea.

Salió de la habitación y cerró la puerta suavemente. La señorita Goering estaba encantada de poder respirar un poco de aire puro. Abrió la ventana, apoyó las manos sobre el alféizar a un lado y otro y se asomó al exterior. Habría disfrutado mucho con ello, de no tener la certeza de que Andy la esperaba en la otra habitación, consumido de aburrimiento e impaciencia. La asustaba un poco aún, a la vez que le parecía tremendamente fastidioso. Frente al edificio había una gasolinera. Pese a hallarse desierta, la oficina estaba muy iluminada y sobre la mesa una radio emitía una canción. Era una canción popular. Tal como ella esperaba, no tardó en sonar un golpe en la puerta del dormitorio. Cerró la ventana con disgusto antes de que la canción hubiera terminado.

–Adelante, adelante –dijo la señorita Goering.

Cuando se abrió la puerta, se quedó consternada al ver que Andy se había quitado toda la ropa a excepción de los calcetines y los calzoncillos. No parecía incómodo en absoluto, y se comportaba como si hubiesen acordado tácitamente que él aparecería de semejante guisa.

La llevó al diván y se sentó a su lado. Luego le pasó un brazo en torno a la cintura, mientras cruzaba las piernas. Tenía unas piernas muy delgadas y sin ropa su aspecto era insignificante. Apretó su mejilla contra la de la señorita Goering.

–¿No cree que podría darme usted un poco de felicidad? –preguntó.

–¡Por el amor del cielo! –exclamó la señorita Goering, muy tiesa en el diván–. Yo le creía por encima de ese tipo de cosas.

–Bueno, nadie es capaz de adivinar el futuro, ¿sabe?

Entornó los ojos e intentó besarla.

–¿Y si hablásemos de esa mujer, Belle, la que no tiene ni brazos ni piernas? –sugirió ella.

–Se lo ruego, querida, ahora no es el momento. ¿Quiere hacerme un favor? –Su tono era ligeramente sarcástico, pero había una oculta excitación en su voz. Prosiguió–: Ahora dígame qué es lo que le gusta. No he perdido por completo el tiempo en estos dos años, ¿sabe? Hay algunas cositas de las que me enorgullezco.

La señorita Goering asumió una muy solemne actitud. Estaba pensando en la situación con toda seriedad, porque sospechaba que, de aceptar la proposición de Andy, le sería muy difícil poner fin a sus excursiones, aun cuando así lo deseara. Hasta entonces, nunca había dejado que se desviara hasta extremos peligrosos el rumbo que tomaba su vida, una vez decidido que era el moralmente correcto. Se afeaba sus propias flaquezas, pero era lo bastante sencilla y lo bastante feliz como para protegerse automáticamente a sí misma. Con todo, se sentía un poco embriagada y la proposición de Andy más bien la atraía. «Admitamos que cierta negligencia en la propia naturaleza logra muchas veces lo que la voluntad es incapaz de hacer», se dijo.

Andy miraba hacia la puerta del dormitorio. Su estado de ánimo parecía haber cambiado de repente y su desconcierto era obvio.

«Pero eso no significa que no sea lascivo», pensó la señorita Goering.

Andy se levantó y se puso a caminar por la habitación. Finalmente sacó un viejo gramófono de detrás del diván. Estuvo mucho tiempo desempolvándolo, absorto en la recuperación de unas agujas esparcidas alrededor y debajo del plato giratorio. Arrodillado junto al aparato, se concentró por completo en lo que hacía y su rostro adoptó un aspecto casi simpático.

–Es un aparato muy viejo –murmuró–. Hace mucho, mucho tiempo que lo tengo.

La máquina era muy pequeña y terriblemente anticuada, y de ser sentimental, la señorita Goering habría sentido cierta tristeza al observar a Andy; en cambio, su impaciencia aumentaba.

–¡No oigo ni una palabra de lo que dice! –gritó en un tono de voz innecesariamente alto.

Andy se levantó sin responder y entró en su dormitorio. Al volver llevaba puesta otra vez la bata y traía un disco en la mano.

–Va a pensar que soy bobo por manipular tanto este aparato cuando solo tengo un disco que poner –explicó–. Es una marcha. Tome.

Le ofreció el disco para que viese el título de la pieza y el nombre de la banda que la interpretaba.

–Tal vez prefiera no escucharlo –añadió Andy–. A mucha gente no le gusta la música militar.

–No, póngalo. Me encantará, de veras –rogó la señorita Goering.

Puso el disco y se instaló en el borde de una silla muy incómoda a cierta distancia de la señorita Goering. El sonido estaba demasiado alto y la marcha era *Washington Post*. La señorita Goering se sentía intranquila, cosa natural cuando se escucha música militar en una casa silenciosa. A Andy parecía gustarle mucho y llevó el compás con el pie mientras estuvo sonando el disco. Pero al concluir la pieza, su confusión parecía mayor que antes.

–¿Le gustaría ver el apartamento? –propuso.

La señorita Goering se levantó del diván con presteza, temiendo que cambiara de idea.

–Antes de ocupar yo el piso, vivía aquí una mujer que confeccionaba vestidos, así que mi habitación es un poco afeminada para un hombre.

Lo siguió hasta el dormitorio. Sobre la cama medio deshecha había dos almohadas con fundas grisáceas y llenas de arrugas. Sobre el tocador se veían varias fotografías de mujeres, todas ellas horriblemente vulgares y poco atractivas. A la señorita Goering le parecieron más unas mojigatas que las amantes de un soltero.

–Son bonitas esas chicas, ¿no le parece? –preguntó Andy.

–Sí, muy bonitas –asintió la señorita Goering–. Preciosas.

–Ninguna de ellas vive aquí, en esta ciudad. Son de diferentes pueblos de la región. Las chicas de por aquí son desconfiadas y los solteros de mi edad no les gustan. No se lo reprocho. Algunas veces, cuando me apetece, las llevo al cine. O voy a visitarlas y paso la tarde con ellas en el salón, aunque sus padres estén en casa. Pero la verdad es que no las veo muy a menudo, se lo aseguro.

La señorita Goering estaba cada vez más perpleja, pero no le hizo ninguna pregunta más porque de pronto se sintió muy fatigada.

–Creo que debo irme ahora –declaró, tambaleándose ligeramente.

242

Comprendió enseguida que se estaba comportando de un modo descortés, casi cruel, cuando vio que Andy se ponía muy rígido y hundía los puños en sus bolsillos.

–Pero no puede irse ahora –protestó él–. Quédese un poco más y le prepararé café.

–No, no quiero café. Además en casa estarán preocupados por mí.

–¿Quiénes? –preguntó Andy.

–Arnold, el padre de Arnold y la señorita Gamelon.

–Eso parece un regimiento. Yo no podría vivir jamás en medio de tanta gente.

–A mí me gusta –declaró la señorita Goering.

Andy la rodeó con sus brazos y quiso besarla, pero ella logró zafarse.

–No, de veras..., estoy demasiado cansada.

–De acuerdo –dijo–, de acuerdo.

Tenía el ceño fruncido y parecía muy triste. Tras quitarse la bata, se metió en la cama. Permaneció echado, con las sábanas hasta el cuello y mirando al techo como si le abrasara la fiebre. Junto a la cama, la luz de la lámpara sobre la mesilla caía de lleno sobre su rostro, y la señorita Goering le vio muchas arrugas que antes no había advertido. Acercándose a la cama, se inclinó sobre él.

–¿Qué le sucede? –preguntó–. Hemos pasado una agradable velada, y ahora los dos necesitamos dormir.

Él se le rió en su cara.

–Es usted una lunática –afirmó–, y no comprende en

absoluto a las personas. Yo estoy muy bien, sin embargo. —Estiró aún más las sábanas y se quedó quieto, respirando pesadamente—. Hay un ferry que sale a las cinco, dentro de media hora. ¿Volverá mañana por la noche? Yo estaré en el bar igual que hoy.

Ella le prometió que volvería la noche siguiente y en cuanto él le hubo indicado el camino que debía tomar para llegar al embarcadero, le abrió la ventana y se fue.

La señorita Goering, tontamente, había olvidado llevarse las llaves y tuvo que llamar a la puerta para entrar en su casa. Llamó dos veces, y casi al punto oyó a alguien que bajaba corriendo las escaleras. Adivinó que era Arnold antes de que este abriese la puerta. Llevaba una chaqueta de pijama de color de rosa y unos pantalones. Los tirantes le colgaban de las caderas. La barba le había crecido mucho en tan poco tiempo y su apariencia era más desaliñada que nunca.

—¿Qué le pasa, Arnold? —preguntó la señorita Goering—. Tiene un aspecto deplorable.

—He pasado una mala noche, Christina. Acabo de acostar a Burbujitas hace solo un momento. Estaba terriblemente preocupada por usted. Y a decir verdad creo que nos tiene en muy poca consideración.

—¿Quién es Burbujitas?

—Es un nombre cariñoso que le he puesto a la señorita Gamelon.

—Ya... —dijo la señorita Goering entrando en la casa, y fue a sentarse ante la chimenea—. He tomado el ferry para

244

ir a la ciudad y ciertos incidentes me han retrasado. He de volver mañana –añadió–, aunque realmente no me apetece mucho.

–No comprendo por qué le parece tan interesante e intelectual explorar una nueva ciudad –se quejó Arnold, apoyando la barbilla en una mano y mirándola fijamente.

–Porque creo que, en parte, lo más duro para mí es cambiar de un lugar a otro.

–Espiritualmente –empezó Arnold, esforzándose por hablar en tono más sociable–, sí, espiritualmente, no paro de hacer pequeños viajes y cambio totalmente de carácter cada seis meses.

–No lo creo en absoluto –declaró la señorita Goering.

–Pues es cierto. Y puedo decirle también que para mí no tiene ningún sentido trasladarse físicamente de un sitio a otro. Todos los sitios son más o menos iguales.

La señorita Goering no respondió. Se arrebujó en el chal y de pronto parecía envejecida y muy triste.

Arnold empezó a dudar de la validez de sus objeciones e inmediatamente decidió que la noche siguiente haría la misma excursión de la que la señorita Goering acababa de regresar. Apretando la mandíbula, sacó un bloc de notas del bolsillo.

–¿Puede darme detalles de cómo se va a la ciudad? –preguntó–. El horario de los trenes y demás.

–¿Por qué lo pregunta? –quiso saber la señorita Goering.

–Porque mañana por la noche voy a ir yo. Creí que ya lo habría adivinado.

–No, a juzgar por lo que acaba de decirme, jamás hubiera podido adivinarlo.

–Bueno, yo hablo a mi manera –admitió Arnold–, pero en realidad soy tan maníaco como usted.

–Me gustaría ver a su padre –le dijo la señorita Goering.

–Me parece que duerme. Espero que entre en razón y vuelva pronto a su casa.

–Pues yo espero lo contrario. Me siento muy unida a él. Vayamos a su habitación.

Subían juntos la escalera cuando la señorita Gamelon apareció en el rellano. Tenía los ojos enrojecidos y estaba envuelta en una gruesa bata de lana.

Se dirigió a la señorita Goering con voz enronquecida por el sueño.

–Otra como esta y será la última vez que vea a Lucy Gamelon.

–Vamos, Burbujitas –terció Arnold–. Recuerda que no estás en una casa corriente y que debes esperar ciertas excentricidades por parte de los residentes. Ya lo veis, he decidido calificarnos a todos de residentes.

–Arnold, ¡no empecemos! –cortó la señorita Gamelon–. Recuerda lo que te advertí esta tarde sobre tu costumbre de decir tonterías.

–¡Por favor, Lucy! –protestó Arnold.

–Vengan, veamos cómo está el padre de Arnold –suspiró la señorita Goering.

La señorita Gamelon los siguió con el único propósito de continuar amonestando a Arnold, lo cual hizo en voz baja. La señorita Goering abrió la puerta. En la habitación hacía mucho frío, y fue entonces cuando se dio cuenta de que ya era de día. Había amanecido durante su charla con Arnold en la sala, pero la habitación continuaba en la penumbra por lo espeso de los arbustos que cubrían las ventanas.

El padre de Arnold dormía tendido de espaldas. Su rostro estaba inmóvil y respiraba regularmente sin ronquidos. La señorita Goering lo sacudió por los hombros varias veces.

–En esta casa acabaremos comportándonos como criminales –criticó la señorita Gamelon–. ¿Cómo se les ocurre despertar al alba a un hombre viejo que necesita reposo? Me da escalofríos ver cómo se ha vuelto usted, Christina.

El padre de Arnold se despertó por fin. Le hizo falta un poco de tiempo para comprender lo que pasaba, pero enseguida, apoyándose en un codo, saludó a la señorita Goering con gran jovialidad.

–¡Buenos días, señora Marco Polo! ¿Qué espléndidos tesoros nos ha traído de Oriente? Me alegro mucho de verla, y si quiere llevarme a alguna parte, estoy dispuesto.

Se dejó caer entonces sobre la almohada con un ruido sordo.

La señorita Goering le dijo que lo vería más tarde porque estaba muerta de sueño. Salieron todos de la habitación y antes de cerrar la puerta, el padre de Arnold estaba ya dormido. En el rellano la señorita Gamelon se echó a llorar unos instantes sobre el hombro de la señorita Goering. Esta la abrazó con fuerza suplicándole que no llorase. Luego les dio a Arnold y a la señorita Gamelon las buenas noches con un beso. Al llegar a su habitación, se sintió un momento invadida por el terror, pero enseguida se quedó profundamente dormida.

A la tarde siguiente, sobre las cinco y media, la señorita Goering anunció su intención de volver a la ciudad aquella noche. La señorita Gamelon estaba de pie zurciéndole un calcetín a Arnold. Iba vestida con más coquetería que de costumbre, con un volante que adornaba el cuello de su vestido, y una generosa capa de colorete cubría sus mejillas. El padre de Arnold, en un rincón, sentado en una butaca, leía poemas de Longfellow, a veces en voz alta, a veces para sí. Arnold llevaba la misma ropa que la noche anterior, con la única novedad de un jersey puesto sobre la chaqueta del pijama. Lo adornaban una enorme mancha de café y ceniza de cigarrillo en el pecho. Estaba tumbado en el diván, medio dormido.

–Si pretende volver allí, será pasando por encima de mi cadáver –dijo la señorita Gamelon–. Vamos, Christina, por favor..., sea juiciosa y pasemos todos juntos una agradable velada.

La señorita Goering suspiró.

–Bueno, Arnold y usted pueden pasar una velada perfectamente agradable sin mí. Lo siento. Me gustaría quedarme, pero realmente tengo que ir.

–¡Me vuelve loca con tanto misterio! –exclamó la señorita Gamelon–. ¡Si estuviera aquí alguien de su familia! ¿Por qué no llamamos un taxi y vamos a la ciudad? –añadió esperanzada–. Podríamos comer en un restaurante chino y luego ir al teatro, o al cine si está todavía en plan de economías.

–¿Por qué no van Arnold y usted a la ciudad, comen en un restaurante chino y van luego al teatro? Con mucho gusto los invito, pero me temo que no podré acompañarlos.

Arnold estaba molesto por la desenvoltura con que la señorita Goering disponía de su persona. Sus maneras, por otra parte, le producían un sentimiento de inferioridad francamente desagradable.

–Lo siento, Christina –hizo saber desde el diván–, pero no tengo intención de probar la cocina china. He decidido también hacer una pequeña excursión a la ciudad y nada me lo impedirá. Querría que me acompañases, Lucy, aunque no veo por qué no podemos ir todos juntos. Carece completamente de sentido que Christina convierta en un asunto tan morboso su pequeño paseo por la ciudad. La verdad es que es muy normal.

—¡Arnold! —gritó la señorita Gamelon—. Tú también estás perdiendo la cabeza, y si crees que yo voy a hacer ese disparatado viaje en tren y en ferry solo para acabar en una ratonera, estás loco de remate. Además, he oído decir que es una pequeña ciudad de muy mala reputación, y por añadidura tristona y sin ningún interés.

—Sea como fuere —exclamó Arnold, levantándose y plantando los pies en el suelo con firmeza—, yo voy a ir esta misma noche.

—En tal caso, yo también iré —añadió el padre de Arnold.

En el fondo, la señorita Goering estaba encantada de que la acompañasen y no tenía valor para disuadirlos, si bien pensaba que hubiera tenido que hacerlo. Sus excursiones carecerían más o menos para ella de valor moral si la acompañaban, pero se sentía tan contenta que se autoconvenció de que podía permitírselo solo por esta vez.

—Será mejor que vengas tú también, Lucy —dijo Arnold—. De lo contrario te vas a quedar aquí sola.

—No te preocupes por mí, querido —respondió Lucy—. Seré la única que saldrá ilesa de esta aventura, y quizá resulte agradable quedarme aquí sin ninguno de vosotros.

El padre de Arnold emitió un ofensivo ruido con la boca y la señorita Gamelon abandonó la sala.

El tren iba abarrotado esta vez, y varios chicos recorrían los pasillos vendiendo dulces y frutas. Había sido un día curiosamente caluroso y había caído un breve chaparrón, de esos tan frecuentes en verano, pero tan raros en otoño.

El sol se ocultaba y la lluvia había dejado tras su paso un hermoso arcoíris, visible únicamente para los pasajeros sentados en el lado izquierdo del tren. Pero muchos de los instalados en la parte derecha se inclinaban sobre los más afortunados y podían admirar también el arcoíris.

Muchas de lasmujeres enumeraban en voz alta a sus amigas los colores que podían distinguir. Todos los viajeros del tren parecían disfrutar con el espectáculo, menos Arnold, que, tras haberse hecho valer, estaba terriblemente deprimido, en parte por tener que abandonar su diván en beneficio de una velada que presentía aburrida, y en parte también porque abrigaba serias dudas sobre su eventual reconciliación con Lucy Gamelon. Estaba convencido de que era de esas personas a las que un enfado puede durarles varias semanas.

–¡Oh, todo esto es tan tan alegre! –exclamó la señorita Goering–. El arcoíris, la puesta del sol y toda esta gente charlando como cotorras. ¿No le parece alegre? –le preguntó al padre de Arnold.

–Oh, sí –asintió él–. Es una verdadera alfombra mágica.

La señorita Goering escudriñó su rostro, porque su voz le parecía algo triste. El padre de Arnold, en efecto, parecía un tanto intranquilo. No cesaba de mirar a los pasajeros a su alrededor y tirarse de la corbata.

Se apearon por fin del tren para subir a bordo del ferry. Se pusieron los tres en la cubierta de proa, como había hecho la señorita Goering la noche anterior. Pero cuando al atracar el ferry la señorita Goering miró a lo alto, no vio a nadie bajando la cuesta.

–Normalmente –explicó a sus compañeros, olvidando que solo había hecho el viaje una vez–, hay mucha gente en esa cuesta. No comprendo qué habrá pasado esta noche.

–Es una cuesta muy empinada –observó el padre de Arnold–. ¿No hay otra entrada en la ciudad que no sea por ahí?

–No lo sé –confesó la señorita Goering.

Al mirarlo, descubrió que sus mangas eran demasiado largas. El abrigo que llevaba era por lo menos media talla mayor de lo debido.

Pese a no haber nadie en el trayecto del embarcadero, la calle principal se veía atestada. El cine estaba iluminado y frente a la taquilla se había formado una larga cola. Evidentemente se había producido un incendio, porque tres coches rojos de bomberos estaban aparcados a un lado de la calle, a pocas manzanas de distancia del cine. La señorita Goering dedujo que carecía de importancia, porque no pudo ver ni trazas de humo ni edificios chamuscados. Los coches de bomberos acentuaban, no obstante, la animación de la calle, ya que había mucha gente joven agrupada a su alrededor, bromeando con los hombres a cargo de los vehículos. Arnold caminaba con paso ligero, examinando detenidamente toda la calle y fingiendo gran interés en recoger impresiones de la ciudad.

–Ahora comprendo lo que quería decir –comentó a la señorita Goering–. ¡Es espléndido!

–¿Qué es espléndido? –preguntó la señorita Goering.

–Todo esto. –De pronto Arnold se detuvo en seco–. ¡Oh, Christina, mire qué hermoso!

Les hizo detenerse ante un solar vacío entre dos edificios. El solar había sido convertido en un flamante campo de baloncesto. La pista estaba elegantemente pavimentada de asfalto gris y cuatro proyectores gigantescos iluminaban a los jugadores. A un lado del campo había una taquilla, donde los aficionados podían comprar pases para jugar durante una hora. La mayoría de los jugadores eran chiquillos. También había varios hombres uniformados y Arnold pensó que eran empleados del campo y suplían la falta de jugadores cuando no había clientes para formar dos equipos completos. Arnold enrojeció de placer.

–Escúcheme, Christina. Continúen ustedes mientras yo me meto aquí; me reuniré después con papá y con usted.

Ella le explicó dónde estaba el bar, no sin pensar que Arnold no prestaba gran atención a lo que le estaba diciendo. El padre de Arnold y ella observaron por un momento cómo se precipitaba hacia la taquilla para pagar. Segundos después, apareció corriendo en el campo, todavía con el abrigo puesto, dando saltos en el aire con los brazos extendidos. Uno de los hombres uniformados abandonó enseguida el partido para cederle el puesto a Arnold. Pero ahora se afanaba en llamarlo, porque Arnold había abandonado la taquilla con tantas prisas que el empleado no había tenido tiempo de entregarle el brazal de color que permitía a los jugadores identificar a sus compañeros de equipo.

–Creo que será mejor que nos vayamos –dijo la señorita Goering–. Me imagino que Arnold se reunirá con nosotros dentro de un rato.

Caminaron calle abajo. El padre de Arnold dudó un momento ante la puerta del bar.

–¿Qué clase de hombres vienen aquí? –preguntó.

–Oh, de todas clases, supongo –contestó la señorita Goering–. Ricos, pobres, trabajadores y banqueros, criminales y enanos.

–Enanos... –repitió el padre de Arnold con inquietud.

En cuanto franquearon la puerta, la señorita Goering vio a Andy. Estaba sentado en el extremo más alejado de la barra, con el sombrero ladeado sobre un ojo. A toda prisa la señorita Goering instaló al padre de Arnold en una de las mesas.

–Quítese el abrigo –le dijo–, y pídale algo de beber a ese hombre que está detrás de la barra.

Se acercó a Andy, tendiéndole la mano. Había en el rostro del hombre una expresión mezquina y altiva.

–Hola –la saludó–. ¿Así que ha decidido volver a la ciudad?

—Pues claro, ya le dije que vendría.

—Bueno, con el paso de los años he aprendido que las palabras no significan nada —replicó Andy.

La señorita Goering se sintió algo avergonzada. Permanecieron un momento el uno al lado del otro sin pronunciar palabra.

—Lo siento —se disculpó Andy—, pero no tengo nada que proponerle para pasar la velada. Solo hay un cine en la ciudad y esta noche dan una película muy mala.

Pidió otra copa y se la bebió de un trago. Luego giró lentamente el mando de la radio hasta sintonizar un tango.

—Y bien. ¿Me concede este baile? —exclamó, en apariencia algo más animado. La señorita Goering asintió con la cabeza.

La sostuvo muy tiesa y la estrechó con tal fuerza que la señorita Goering se encontró en una postura tan embarazosa como incómoda. Fueron bailando hasta un rincón alejado de la sala.

—Bueno, ¿intentará usted hacerme feliz? —inquirió Andy—. Porque no tengo tiempo que perder.

La apartó de sí y permaneció inmóvil, ante ella, con los brazos colgando.

—Aléjese un poco más, por favor —le indicó—. Mire con detenimiento a su hombre y dígale si lo quiere o no.

La señorita Goering no sabía cómo contestar si no era afirmativamente. El hombre permaneció con la cabeza inclinada a un lado, sin parpadear, como quien intenta enfocar una máquina fotográfica.

–Muy bien, quiero que sea mi hombre –anunció la señorita Goering.

Le sonrió con dulzura, pero no estaba muy convencida de sus palabras.

El hombre le tendió los brazos y continuaron bailando. Andy miraba con orgullo por encima de la cabeza de ella y sonreía levemente. Al terminar el baile, la señorita Goering se acordó, con una punzada de dolor, de que el padre de Arnold se había quedado solo todo aquel tiempo. Lo sentía doblemente, porque desde que habían subido al tren, parecía más triste y envejecido, y apenas podía reconocer al hombre jovial y excéntrico que fue durante los pocos días que había estado en su casa, ni tampoco al fanático caballero que le pareció aquella noche que se conocieron.

–¡Dios mío! –le dijo a Andy–. Debo presentarte al padre de Arnold. Ven por aquí.

Sus remordimientos aumentaron al llegar a la mesa, porque el padre de Arnold había estado sentado allí todo el tiempo sin pedir nada para beber.

–¿Qué ocurre? –preguntó la señorita Goering, y su voz era como la de una madre nerviosa–. ¿Por qué no ha pedido algo de beber?

El padre de Arnold miró a su alrededor furtivamente.

–No lo sé. No tengo ganas de pedir nada.

La señorita Goering los presentó y se sentaron los tres. El padre de Arnold preguntó a Andy, con toda cortesía, si vivía en la ciudad y en qué trabajaba. Durante la conversación descubrieron que no solo habían nacido en la misma ciudad, sino que, pese a su diferencia de edad, también habían vivido allí durante la misma época sin haberse encontrado jamás. Andy, en contra de lo habitual, no pareció animado cuando ambos descubrieron tal coincidencia.

–Sí –respondió con aburrimiento a las preguntas del padre de Arnold–. Viví allí en 1920.

–Entonces tuvo que conocer a la familia McLean –exclamó el padre de Arnold irguiéndose en su asiento–. Vivían en la colina. Tenían siete hijos, cinco chicas y dos chicos. Como seguramente recordará, todos ellos lucían una impresionante mata de pelo rojo llameante.

–No los conocí –dijo Andy tranquilamente, empezando a sonrojarse.

–Sí que es raro... Debió de conocer entonces a Vincent Connelly, a Peter Jacketson y a Robert Bull.

–No, tampoco los conocí.

Su buen humor parecía haberse desvanecido por completo.

–Controlaban los principales negocios de la ciudad –añadió el padre de Arnold, estudiando con atención el rostro de Andy.

Andy sacudió la cabeza una vez más y sus ojos se perdieron en el vacío.

—¿Riddleton? —preguntó bruscamente el padre de Arnold.

—¿Cómo? —dijo Andy.

—Riddleton, el presidente del banco.

—Hum..., no exactamente.

El padre de Arnold se recostó en su asiento con un suspiro.

—¿Dónde vivía usted? —preguntó a Andy por fin.

—Al final de Parliament Street y Byrd Avenue.

—Era un barrio horrible antes de que lo derribaran —aseguró el padre de Arnold con los ojos llenos de recuerdos.

Andy echó la mesa a un lado con rudeza y se fue presuroso a la barra.

—No ha conocido ni una sola persona decente en toda aquella condenada ciudad —se lamentó el padre de Arnold—. Parliament y Byrd era el barrio donde...

—¡Por favor! —exclamó la señorita Goering—. Escúcheme, ahora le ha insultado y es ridículo porque todo eso ya no les interesa a ninguno de los dos. ¿Qué clase de diablillo se les ha metido en el cuerpo?

—No creo que tenga muy buenos modales, y desde luego, no es la clase de hombre con quien hubiera esperado verla relacionada.

La señorita Goering se sintió un poco molesta con el padre de Arnold, pero en lugar de decir algo prefirió reunirse con Andy e intentar consolarlo.

—Vamos, no le hagas caso, por favor —le pidió—. En realidad es un viejo encantador y un verdadero poeta. Lo que ocurre es que está atravesando por algunos cambios radicales en su vida estos últimos días y creo que ahora acusa la tensión.

–Conque un poeta, ¿eh? –replicó Andy con brusquedad–. Es un viejo mono presumido. Eso es lo que es.

Andy estaba realmente furioso.

–No –negó la señorita Goering–. No es un viejo mono presumido.

Andy terminó su bebida y se fue hacia el padre de Arnold, desafiante y con las manos en los bolsillos.

–¡Es usted un viejo mono presumido! –proclamó–. Un viejo mono presumido e inútil.

El padre de Arnold se deslizó de su asiento con los ojos bajos y se dirigió a la puerta.

La señorita Goering, que había oído el comentario de Andy, corrió tras él, no sin susurrarle a Andy al pasar que volvería enseguida.

Ya en la calle, se apoyaron los dos en una farola. La señorita Goering pudo ver cómo el padre de Arnold temblaba.

–Nunca en mi vida me había tropezado con una persona tan grosera. Ese individuo es peor que un perro callejero.

–Yo no me preocuparía tanto... –dijo la señorita Goering–. Estaba de mal humor, eso es todo.

–¿De mal humor? –saltó el padre de Arnold–. Digamos mejor que es uno de esos palurdos mal vestidos que hoy están invadiendo el mundo.

—¡Oh, vamos! Si no tiene importancia —insistió la señorita Goering.

El padre de Arnold observó detenidamente a la señorita Goering. Estaba muy atractiva aquella noche y suspiró con tristeza.

—Supongo que, a su manera, está muy decepcionada conmigo, y siente dentro de su corazón un respeto por él que no es capaz de sentir, en ese mismo corazón, por mí. La naturaleza humana es misteriosa y muy bella, pero recuerde que hay señales infalibles que, como persona de edad que soy, he aprendido a reconocer. Yo no me fiaría demasiado de ese hombre. La amo con todo mi corazón, querida mía, ya lo sabe.

La señorita Goering permaneció silenciosa.

—La siento muy cerca de mí —añadió al cabo de un momento, apretándole la mano.

—Bien. ¿Quiere volver al bar o cree que ya ha tenido bastante? —preguntó ella.

—Me resultaría literalmente imposible volver a ese bar aunque quisiera. Creo que mejor será que me vaya. ¿No me acompaña, querida?

—Lo siento mucho, pero por desgracia tengo otro compromiso. ¿Quiere que vaya con usted hasta la cancha de baloncesto? Es posible que Arnold se haya cansado ya de jugar. Y si no, puede sentarse y mirar los partidos un rato.

—Sí, es muy amable de su parte —murmuró el padre de

Arnold con una voz tan triste que a la señorita Goering casi se le rompió el corazón.

Poco después llegaron a la cancha de baloncesto. El panorama era un poco distinto. La mayor parte de los niños se habían marchado y muchos hombres y mujeres jóvenes ocupaban el puesto tanto de los pequeños como de los empleados. Las chicas se reían a mandíbula batiente y numerosos espectadores se habían agolpado para contemplar el juego. Al cabo de un minuto, la señorita Goering y el padre de Arnold comprendieron que la causa de casi todo aquel jolgorio era Arnold. Se había quitado el abrigo y el jersey, y vieron con gran sorpresa que aún llevaba puesta la chaqueta del pijama. Los faldones flotaban por encima de los pantalones y le hacían parecer todavía más ridículo. Estuvieron observándolo correr por la pista con la pelota entre los brazos y rugiendo como un león. Pero al llegar a alguna posición estratégica, en vez de pasarle la pelota a otro miembro del equipo, se limitaba a dejarla caer a sus pies y embestía a algún adversario, en el estómago, igual que una cabra. La gente lloraba de risa. Los empleados de uniforme parecían particularmente encantados con esta agradable e inesperada alteración en la rutina de cada noche. Puestos en fila, lucían sonrisas de oreja a oreja.

—Voy a ver si le encuentro una silla —dijo la señorita Goering.

Pronto volvió para conducir al padre de Arnold hasta una silla plegable que uno de los empleados había colocado amablemente junto a la taquilla. El padre de Arnold se sentó con un bostezo.

—Adiós, querido —se despidió la señorita Goering—. Espere aquí hasta que Arnold se canse de jugar.

—¡Ah, un momento! ¿Cuándo volverá a la isla?

—A lo mejor no vuelvo —anunció ella—, puede que no regrese inmediatamente, pero ya me ocuparé de que la señorita Gamelon reciba el dinero suficiente para la comida y el mantenimiento de la casa.

—Pero... yo necesito verla otra vez. No es una forma muy humana de despedirse.

—Bueno, venga conmigo un momento —suspiró la señorita Goering, tomándolo de la mano para llevarlo con dificultad a la acera entre la multitud que atestaba la calle.

El padre de Arnold repitió que no pondría los pies en el bar ni por un millón de dólares.

—No sea tonto, no lo llevo al bar. ¿Ve esa heladería al otro lado de la calle? —Señalaba hacia un pequeño local blanco casi delante de ellos—. Si no vuelvo, que es lo más probable, ¿quiere que nos veamos allí el domingo por la mañana? De hoy en ocho, a las once de la mañana.

—Dentro de ocho días estaré allí —prometió el padre de Arnold.

Cuando aquella noche llegó con Andy al apartamento, vio que había tres rosas de tallo largo en la mesita junto al diván.

–¡Oh, qué flores tan hermosas! –exclamó–. Esto me recuerda que mi madre tuvo en sus tiempos el jardín más hermoso que había en kilómetros a la redonda. Ganó varios concursos de rosas.

–Bueno –comentó Andy–. En mi familia, nadie ganó jamás ningún concurso de rosas, pero yo compré estas para ti, por si venías.

–Me siento profundamente emocionada –afirmó la señorita Goering.

La señorita Goering había estado viviendo con Andy durante ocho días. Él seguía aún muy nervioso y tenso, pero, en conjunto, su apariencia era mucho más optimista. Ante la sorpresa de la señorita Goering, el segundo día empezó a hablar de la posibilidad de montar algún negocio en la ciudad. Fue para ella también una gran sorpresa que él conociera los nombres de las familias más importantes de la comunidad, y, más aún, que estuviese al tanto de ciertos detalles relativos a sus vidas privadas. El sábado por la noche anunció a la señorita Goering su propósito de sostener, a la mañana siguiente, una conversación de negocios con el señor Bellamy, el señor Schlaegel y el señor Dockerty. Estos hombres controlaban la mayoría de las propiedades no ya de la ciudad, sino de otras poblaciones vecinas. Eran dueños además de un gran número de fincas de labranza en los alrededores. Andy estaba muy entusiasmado con sus proyectos, que consistían principalmente en vender los inmuebles que poseía en la ciudad, por los que le habían ofrecido ya una pequeña suma y comprar una participación en el negocio de dichos caballeros.

–Son los tres hombres más astutos de la ciudad, pero no son gángsteres en absoluto –explicó–. Proceden de las mejores familias de la región, y creo que entrar en esta sociedad sería agradable para ti también.

–Esos no me interesan lo más mínimo –repuso la señorita Goering.

–Bueno, como es natural, no esperaba que te interesaran, como tampoco me interesan a mí. Pero me reconocerás que para algo estamos en el mundo, a menos que queramos actuar como unos chiflados, o lunáticos salidos del manicomio, o algo por el estilo.

La señorita Goering había comprendido desde hacía ya días que Andy no se consideraba a sí mismo un vago. Esto la hubiera complacido grandemente de haber estado interesada en reformar a sus amigos, pero, por desgracia, tan solo lo estaba en el curso que debía seguir para lograr su propia salvación. Le tenía afecto a Andy, pero las dos últimas noches había sentido un vivo deseo de abandonarlo. Tal impulso se debía en buena parte al hecho de que un desconocido había empezado a frecuentar el bar.

El recién llegado era de proporciones casi monumentales y en las dos ocasiones que lo había visto llevaba un imponente abrigo negro, muy bien cortado y a todas luces hecho de un género muy caro. Le había visto la cara solo fugazmente una o dos veces, pero lo que pudo distinguir la asustó tanto que llevaba dos días sin poder apenas pensar en otra cosa.

El hombre llegaba al bar, habían observado ambos, en un automóvil espectacular que más parecía un coche fúnebre que un vehículo privado. La señorita Goering lo examinó un día mientras el hombre tomaba una copa en el bar. Parecía casi nuevo. Andy y ella curioseaban por las ventanillas y se quedaron algo sorprendidos al ver un montón de ropa sucia en el suelo del coche. La señorita Goering estaba ahora obsesionada pensando en la actitud que debería adoptar si el recién llegado deseaba tomarla como amante durante algún tiempo. Estaba casi convencida de que lo haría, porque lo sorprendió varias veces mirándola con una expresión cuyo significado ya había aprendido a reconocer. Su única esperanza era que el hombre desapareciese antes de que ella tuviera ocasión de abordarlo. En tal caso, ya no tendría que resolver ese problema y podría disipar algún tiempo más con Andy, cuyo comportamiento era ahora tan poco inquietante que comenzaba a discutir con él sobre cosas sin importancia, como si fuera un hermano menor.

El domingo por la mañana, la señorita Goering se encontró al despertarse con Andy en mangas de camisa, quitando el polvo de la sala de estar.

–¿Qué te pasa? ¿A qué viene este trajín? –preguntó–. Pareces una recién casada.

–¿Es que no te acuerdas? –exclamó él con expresión ofen-

265

dida–. Hoy es el gran día, el día de la entrevista. Van a llegar temprano y con sol, nuestros tres amigos. Madrugan como pájaros, esos hombres de negocios. ¿No podrías hacer algo para que esta habitación pareciera más agradable? Mira, todos están casados y aunque es probable que no tengan ni idea de lo que tienen en casa, les dan muchísimo dinero a sus mujeres para que compren pequeños detalles y es probable que estén habituados a un ambiente un poco recargado.

–Bueno, esta habitación es tan horrible, Andy, que no veo forma de arreglarla.

–Sí, supongo que tienes razón, es un horror. Hasta ahora no me había dado cuenta.

Andy se puso un traje azul marino y se peinó primorosamente no sin antes ponerse en el pelo un poco de brillantina. Estuvo luego paseándose por la sala, de un lado para otro, con las manos en los bolsillos. El sol entraba por la ventana y el radiador, con un silbido molesto, caldeaba excesivamente la habitación, tal como venía ocurriendo desde la llegada de la señorita Goering.

El señor Bellamy, el señor Schlaegel y el señor Dockerty, tras recibir la nota de Andy, subían ya las escaleras, habiendo aceptado la invitación más por curiosidad y por un principio de no dejar escapar nunca una ocasión, que por considerar provechosa su visita. Al oler el espantoso hedor a comida barata que flotaba en el rellano, se taparon la boca con la mano para ahogar la risa con una pantomima burlesca, fingiendo una retirada estratégica escaleras abajo. No les importaba mucho, sin embargo, porque era domingo y preferían estar juntos que con sus familias, así que procedieron a dar unos golpecitos en la puerta. Andy se secó rápidamente las manos cubiertas de sudor y corrió a abrir. En el umbral les estrechó la mano con vigor, antes de invitarles a pasar.

–Soy Andrew McLane –informó–. Y lamento que no nos hayamos conocido antes.

Los acompañó hasta la sala y los tres visitantes advirtieron enseguida que iban a padecer un calor agobiante. El señor Dockerty, el más agresivo de los tres, se encaró con Andy:

–¿Le importaría abrir la ventana, muchacho? –preguntó con voz estentórea–. Aquí dentro se asa uno.

–Oh. ¡Tenía que haberlo pensado! –se excusó Andy, enrojeciendo.

Se acercó a la ventana para abrirla.

–¿Cómo puede soportarlo, muchacho? –insistió el señor Dockerty–. ¿Es que pretende incubar algo?

Los tres hombres se agruparon junto al diván para sacar unos puros, que examinaron y discutieron durante unos segundos.

–Dos de nosotros nos sentaremos en este diván, muchacho –dictaminó el señor Dockerty–. El señor Schlaegel puede sentarse en ese silloncito. ¿Dónde se va a sentar usted?

El señor Dockerty había decidido, casi de inmediato,

que Andy era un bobo rematado y tomaba así las riendas de la situación. Esta actitud desconcertó de tal modo a Andy que se quedó plantado, contemplando a los tres hombres sin pronunciar palabra.

–Venga –ordenó el señor Dockerty, tomando una silla de un rincón para colocarla junto al diván–. ¡Venga, siéntese aquí!

–Dígame una cosa –terció el señor Bellamy un poco más afable y mejor educado que los otros dos–. ¿Cuánto tiempo lleva viviendo aquí?

–Dos años –explicó Andy con tono apático.

Los tres hombres reflexionaron un instante.

–Bien –dijo el señor Bellamy–, cuéntenos qué ha estado haciendo durante estos tres años.

–Dos años –corrigió Andy.

Andy había preparado una historia bastante larga, sospechando que le interrogarían sobre su vida privada, para poner en claro con qué clase de hombre iban a tratar, y decidió que no era prudente confesar que no había hecho absolutamente nada en ese tiempo. Pero también había imaginado que la reunión se desarrollaría en términos mucho más amistosos, y había supuesto que a aquellos hombres les complacería que alguien pretendiera invertir una pequeña suma en sus negocios, y estarían más que dispuestos a considerarlo un ciudadano íntegro y trabajador. Pero ahora se sentía sometido a un interrogatorio que lo ridiculizaba. Apenas podía dominar su impulso de salir corriendo de la habitación.

—Nada... —declaró rehuyendo sus miradas—. No he hecho nada.

—Siempre me asombra la cantidad de gente que dispone de tiempo libre —comentó el señor Bellamy—. Mejor dicho, que dispone de más tiempo del que necesita. Con esto quiero decir que nuestro negocio lleva funcionando treinta y dos años. Y no ha habido un solo día en que no haya tenido por lo menos trece o catorce asuntos que atender. Esto podrá parecerle algo exagerado o quizá muy exagerado, pero no es ninguna exageración, es la verdad. En primer lugar, me ocupo personalmente de todas las casas que figuran en nuestra cartera. Compruebo las cañerías, los desagües, y qué sé yo. Estoy al tanto de si las casas se mantienen en las condiciones adecuadas y las visito haga el tiempo que haga, para ver qué tal resisten durante una tormenta o una nevada. Sé exactamente la cantidad de carbón que se requiere para calentar cada casa de nuestra cartera. Hablo personalmente con nuestros clientes y trato de influir en el precio que piden por su casa tanto si quieren alquilarla como venderla. Por ejemplo, si piden un precio que yo sé que es excesivo, porque puedo compararlo con los demás precios del mercado, procuro persuadirlos de que lo rebajen un poco para que se ajuste más a la media. Si por el contrario, se engañan, y yo lo sé...

Los otros dos visitantes empezaban a aburrirse. Era evidente que el señor Bellamy era el menos importante de los tres, si bien podía ser verdad que fuera el que cargaba con el trabajo más pesado. El señor Schlaegel lo interrumpió:

–Bueno, amigo mío –se dirigió a Andy–. Hablemos de su proposición. En su carta declara tener algunas sugerencias que pueden ser provechosas para nosotros, lo mismo que para usted, naturalmente.

Andy se levantó. Su tremenda tensión era evidente para los tres hombres, que se pusieron doblemente en guardia.

–¿Por qué no vuelven otro día? –propuso precipitadamente–. Veré entonces las cosas con mayor claridad.

–Tómese el tiempo que quiera, muchacho, tómese el tiempo que quiera –le recomendó el señor Dockerty–. Estamos todos aquí y no hay razón para que no hablemos del asunto ahora mismo. La verdad es que no vivimos en la ciudad, ¿sabe? Vivimos en Fairview, a veinte minutos de aquí. Nosotros urbanizamos Fairview, dicho sea de paso.

–Bueno... –murmuró Andy sentándose otra vez en la punta de la silla–. Soy dueño de una pequeña propiedad.

–¿Dónde? –preguntó el señor Dockerty.

–Un edificio, en la ciudad, en la zona baja, junto a los muelles.

Le dijo al señor Dockerty el nombre de la calle y luego permaneció donde estaba, mordiéndose los labios. El señor Dockerty guardó silencio.

–Verán, pensé que podía ceder mis derechos sobre este edificio a su sociedad, a cambio de una participación en su negocio, o cuando menos a cambio de trabajar para la sociedad con un porcentaje sobre las ventas que yo haga. Como es lógico, yo no tendría iguales derechos que ustedes inmediatamente, pero pensé que podríamos discutir estos detalles más adelante, en el caso de que les interesara.

El señor Dockerty cerró los ojos y tras una pausa se dirigió al señor Schlaegel.

—Conozco la calle de la que habla —informó.

El señor Schlaegel sacudió la cabeza e hizo una mueca. Andy se miró la punta de los zapatos.

El señor Dockerty siguió hablando al señor Schlaegel:

—Desde hace largo tiempo, los edificios de ese barrio han sido un desastre para el mercado. Aun considerado como barrio pobre es deleznable y el beneficio que se puede obtener de los inmuebles apenas basta para no morirse de hambre. El motivo es que, como sin duda recordarás, Schlaegel, no hay ningún medio de transporte a una distancia conveniente, y en la zona no hay más que mercados de pescadores.

El señor Dockerty se volvió hacia Andy.

—En nuestros estatutos, por otra parte, hay una cláusula que nos impide aceptar otros asociados, solo podemos tomar empleados y, amigo mío, tenemos una lista tan larga como mi brazo de personas en espera de un empleo en nuestras oficinas, en el caso de que hubiera una vacante. Están al acecho de cualquier empleo que les podamos ofrecer. Jóvenes estupendos, la mayoría recién salidos de la universidad, ansiosos por trabajar y poner en práctica todos los modernos ardides de venta que han aprendido. Conozco personalmente a algunas de sus familias y lamento no poder ayudar más a esos chicos.

En aquel preciso instante la señorita Goering cruzó presurosa la salita.

—¡Llego una hora o dos tarde a mi cita con el padre de Arnold! —gritó por encima del hombro, mientras se dirigía a la puerta—. Te veré más tarde.

Andy se había levantado y se acercó a la ventana, de espaldas a los tres hombres. Los hombros le temblaban.

—¿Su esposa? —quiso saber el señor Dockerty.

Andy no contestó, pero unos segundos después el señor Dockerty repitió su pregunta, pues sospechaba que no era la mujer de Andy y ardía en deseos de comprobar si su suposición era acertada o no. Tocó con el pie al señor Schlaegel y se hicieron un guiño.

—No —masculló Andy, volviéndose con el rostro encendido—. No es mi esposa. Es mi amiga. Lleva casi una semana viviendo conmigo. ¿Hay algo más que quiera saber?

—¡Vamos, muchacho! —dijo conciliador el señor Dockerty—. No tiene por qué ponerse nervioso. Es una mujer bonita, muy bonita, y si le ha disgustado nuestra pequeña charla de negocios, le diré que no veo razón para ello. Le hemos explicado la situación con toda claridad, como tres amigos.

Andy volvió a mirar por la ventana.

—¿Sabe? Hay otros empleos, mucho más adecuados a su personalidad y antecedentes y que le darán, finalmente, mucha mayor satisfacción. Pregúntele a su amiga si no es así —continuó el señor Dockerty.

Andy siguió sin responder.

–Hay otros empleos... –se aventuró a repetir el señor Dockerty.

Como no recibió respuesta por parte de Andy, se encogió de hombros, se levantó del diván con dificultad y se ajustó el chaleco y la americana. Los otros dos hicieron lo mismo. Tras despedirse cortésmente de la espalda de Andy, se fueron.

Cuando la señorita Goering llegó corriendo por fin a la heladería, el padre de Arnold llevaba ya hora y media sentado. Su desolación parecía completa. No se le había ocurrido comprar una revista para leer y no había nadie en el local a quien observar, porque aún no era mediodía y la gente raramente aparecía antes de la tarde.

–¡Oh, querido, no sabe cuánto lo siento! –dijo la señorita Goering, tomando las manos del viejo, enfundadas en guantes de lana, entre las suyas y apretándolas en sus labios–. ¡Si supiera hasta qué punto estos guantes me recuerdan mi niñez!

–He pasado frío los últimos días –explicó el padre de Arnold–, de modo que la señorita Gamelon fue a la ciudad y me los compró.

–Y bien, ¿cómo anda todo?

–Se lo contaré dentro de un momento –prometió el padre de Arnold–, pero antes quisiera saber si está usted bien, mi querida muchacha, y si piensa regresar a la isla o no.

–No..., no lo creo –contestó la señorita Goering–. No hasta dentro de bastante tiempo.

–Bueno, entonces debo explicarle los numerosos cambios que se han producido en nuestras vidas y espero que no los considere demasiado drásticos, repentinos, revolucionarios o como quiera llamarlos.

La señorita Goering sonrió levemente.

–Verá, los últimos días la casa se ha vuelto cada vez más fría –prosiguió él–. He de decirle que la señorita Gamelon pilló un terrible resfriado. Además, como ya sabe usted, los arcaicos sistemas para guisar han sido una terrible prueba para ella desde el principio. A Arnold no le importa nada, en realidad, mientras tenga bastante para comer, pero últimamente la señorita Gamelon se ha negado a poner los pies en la cocina.

–¿Y en qué ha derivado todo esto? Deprisa, cuéntemelo –le urgió la señorita Goering.

–No puedo ir más deprisa de lo que voy. Verá, el otro día Arnold se encontró en la ciudad con Adele Wyman, una antigua compañera del colegio, y tomaron juntos una taza de café. Durante la conversación, Adele mencionó que vivían en la isla, en una casa para dos familias y que le gustaba mucho, pero que estaba muy preocupada preguntándose quién se instalaría en la otra mitad de la casa.

–Bien, ¿debo deducir que se han trasladado ustedes a esa casa y que están viviendo allí?

–Se han trasladado hasta que vuelva usted –especificó

el padre de Arnold–. Por suerte, parece que no tenía usted arrendada la primera casita. Por consiguiente, al terminar el mes, se consideraron libres para irse. La señorita Gamelon espera que envíe usted los cheques para el alquiler a la nueva dirección. Arnold se ha ofrecido a pagar la diferencia, que es muy pequeña.

–No, no, eso no es necesario. ¿Hay alguna otra novedad?

–Bueno, quizá le interese saber que he decidido volver con mi mujer, a mi antiguo hogar –informó el padre de Arnold.

–¿Por qué?

–Un cúmulo de circunstancias, incluyendo el hecho de que soy viejo y siento deseos de volver a casa.

–¡Dios mío! –exclamó la señorita Goering–. Es una lástima ver cómo se desbaratan las cosas de esta manera. ¿No le parece?

–Sí, querida mía. Es una lástima. Pero he venido aquí para pedirle un favor, aparte de porque la quiero y deseaba despedirme de usted.

–Haría lo que fuera por usted –aseguró la señorita Goering–. Cualquier cosa que esté en mi mano.

–Bien, me gustaría que leyese esta nota que he escrito a mi mujer. Quiero mandársela y volver a casa al día siguiente.

–Desde luego –aceptó la señorita Goering.

Se fijó entonces en que sobre la mesa, ante el padre de Arnold, había un sobre. Lo abrió y leyó:

Querida Ethel:

Espero que leas esta carta con toda la indulgencia y comprensión que tu corazón alberga.

Solo puedo decir que en la vida de todo hombre se da un fuerte impulso de abandonar su existencia anterior por algún tiempo, para buscar otra nueva. Si el hombre vive junto al mar, su deseo más ardiente será tomar el primer barco y partir, por más feliz que se sienta en su casa o quiera a su esposa o a su madre. También puede darse que si el hombre vive cerca de una carretera quiera echarse la mochila a la espalda y apretar el paso, dejando atrás un hogar dichoso. Muy pocas personas obedecen a este impulso, si han resistido a él en su juventud. Pero creo que, a veces, la vejez nos influye tanto como la juventud, como un champán fuerte que se nos subiera a la cabeza, y nos atrevemos a lo que nunca nos atrevimos antes. Quizá también comprendemos que es nuestra última oportunidad. Sin embargo, mientras se es joven cabe proseguir la aventura, pero a mi edad muy pronto se descubre que solo se trata de una quimera y que falta la fortaleza necesaria. ¿Me aceptarás otra vez?

Tu amante esposo,

EDGAR

—Es sencilla, pero expresa lo que sentía —observó el padre de Arnold.

—¿Eso es de veras lo que sentía?

—Creo que sí. Debía de serlo. Por supuesto no le menciono nada acerca de mis sentimientos hacia usted, pero ella los habrá adivinado, y esas cosas mejor callárselas.

Miró sus guantes de lana y guardó silencio durante un rato. De pronto, se llevó la mano al bolsillo para sacar otra carta.

–Lo siento, casi se me olvidaba –se disculpó–. Aquí tiene una carta de Arnold.

–¡Vaya! –exclamó la señorita Goering, abriendo la carta–. ¿Qué querrá decirme?

–Seguramente nada de particular, y algo sobre la pécora con la que vive, o sea menos que nada.

La señorita Goering abrió la carta y leyó en voz alta:

Querida Christina:

Le he pedido a mi padre que le explique las razones de nuestro reciente cambio de domicilio. Espero que lo haya hecho así, para que quede usted convencida de que no hemos actuado con precipitación ni de forma que pueda tachar de desconsiderada. Lucy desea que le envíe su cheque a la dirección adjunta. Mi padre debe comunicárselo, pero no me sorprendería que lo olvide. Me temo que Lucy se ha disgustado con su reciente escapada. Su estado de ánimo es constantemente hosco o melancólico. Contaba con que mejorase con nuestro traslado, pero aún se encierra en largos silencios y suele llorar por las noches, por no mencionar el hecho de que se ha vuelto sumamente maniática y ha tenido ya dos enfrentamientos con Adele, aunque solo llevamos aquí dos días. Veo, por todo esto, que la naturaleza de Lucy es en verdad extremadamente delicada y melancólica, y me fascina permanecer a su lado. Adele, por su parte, tiene un carácter muy ecuánime, pero es una verdadera intelectual y le interesan muchísimo todas las ramas del arte. Estamos pensando en publicar juntos una revista, cuando estemos más o menos instalados. Es una chica rubia y bonita.

La echo mucho de menos, querida Christina, y le aseguro, créame por favor, que si pudiera de algún modo alcanzar lo que hay dentro de mí, saldría de esta terrible crisálida en la que estoy preso. Espero conseguirlo algún día. Siempre recordaré la historia que me contó la primera vez que nos vimos, en la que siempre me ha parecido que se oculta algún significado misterioso, si bien he de confesarle que no sabría explicar de qué se trata. Debo ir concluyendo. Burbujitas me ha pedido que le suba una taza de té caliente a la habitación. *Por favor, por favor,* crea en mí.

Con besos y todo mi cariño,

ARNOLD

—Es un hombre muy agradable —comentó la señorita Goering.

Por alguna razón, la carta de Arnold la entristeció, mientras que la del padre la había dejado preocupada y perpleja.

—Bien, he de irme ya si quiero tomar el próximo ferry —anunció el padre de Arnold.

—Espere, le acompañaré hasta el muelle.

Se quitó con premura una rosa que llevaba prendida en el cuello del abrigo y se la puso al viejo en la solapa.

Cuando llegaron al muelle, sonaba el gong y el ferry se disponía a partir hacia la isla. La señorita Goering se sintió aliviada, por cuanto temía una larga despedida sentimental.

—Bueno, llegamos justo a tiempo —comentó el padre de Arnold, tratando de adoptar una actitud despreocupada.

Pero la señorita Goering notó que sus ojos azules estaban empañados de lágrimas... También ella estaba a punto de llorar y apartó la mirada del ferry, fijándola en lo alto de la cuesta.

—Por cierto, ¿podría prestarme cincuenta centavos? —preguntó el padre de Arnold—. Le mandé a mi mujer todo mi dinero y esta mañana no se me ocurrió pedirle a Arnold lo que necesitaba.

Ella le entregó un dólar inmediatamente y se despidieron con un beso. Mientras el ferry se alejaba, la señorita Goering permaneció en el muelle, agitando la mano; le había pedido él, como un favor, que así lo hiciera.

De vuelta al apartamento, lo halló vacío, por lo que decidió irse al bar a tomar una copa, segura de que Andy, si no estaba ya allí, aparecería tarde o temprano.

Estuvo bebiendo durante unas cuantas horas y ya había empezado a oscurecer. Andy no había llegado aún, lo que produjo en la señorita Goering cierto alivio. Al mirar por encima del hombro, vio que el hombre corpulento del automóvil que parecía un coche fúnebre acababa de entrar en el local. No pudo contener un estremecimiento y sonrió con dulzura a Frank, el barman.

–Frank, ¿nunca se toma un día libre? –preguntó.

–No me interesa.

–¿Y por qué no?

–Porque quiero batir el yunque ahora para hacer luego algo que valga la pena. No me divierto con nada, como no sea pensar en mis cosas.

–Pues yo detesto pensar en las mías, Frank...

–Eso es una tontería –replicó Frank.

El hombretón del abrigo se encaramó a un taburete en aquel preciso momento y echó sobre el mostrador una moneda de cincuenta centavos. Frank le sirvió una copa. Al terminar, el hombre se volvió hacia la señorita Goering.

–¿Puedo invitarla a tomar algo? –propuso.

Pese al miedo que le inspiraba, la señorita Goering sintió una extraña emoción ante el hecho de que finalmente la abordase. Llevaba días esperándolo y pensó que no podría contenerse y se lo confesaría.

–Muchísimas gracias –aceptó con un tono tan zalamero que Frank, poco amigo de las damas que le dirigían la palabra a los desconocidos, frunció el ceño hoscamente y se fue al otro extremo de la barra, donde se puso a leer una revista–. Muchísimas gracias, encantada. Quizá le interese saber que ya me imaginaba hace tiempo que los dos tomaríamos una copa juntos, y no me sorprende que me lo haya propuesto. Me imaginaba también que sería más o menos a estas horas, cuando no hubiera nadie más por aquí.

El hombre asintió con la cabeza una o dos veces.

—Bien, ¿qué desea tomar?

La señorita Goering se sintió muy decepcionada de que su observación no mereciese una respuesta directa.

En cuanto Frank hubo servido la copa, el hombre se la quitó a ella de delante.

—Venga, sentémonos en un reservado —propuso.

La señorita Goering bajó del taburete y lo siguió hasta la mesa más alejada de la puerta.

—Bien, ¿trabaja usted aquí? —preguntó, cuando ya llevaban un rato sentados.

—¿Dónde? —repuso la señorita Goering.

—Aquí, en esta ciudad.

—No.

—¿Trabaja entonces en otra ciudad?

—No, no trabajo.

—¡Ya lo creo que sí! No intente tomarme el pelo, porque nadie lo ha conseguido todavía.

—No le comprendo.

—En cierto modo trabaja de prostituta, ¿no es así?

La señorita Goering soltó una carcajada.

—¡Cielos! Nunca pensé que por ser pelirroja tuviera aspecto de prostituta. De mujer abandonada o de lunática fugitiva tal vez, pero de prostituta jamás.

–No tiene aspecto de mujer abandonada, ni de lunática fugitiva. Tiene usted el aspecto de una prostituta, y eso es lo que es. No quiero decir una prostituta de poca monta. Quiero decir una de mediano calibre.

–Bueno, no tengo nada en contra de las prostitutas, pero de veras le aseguro que no soy tal cosa.

–No la creo.

–¿Cómo vamos entonces a hacer amistad, si no cree nada de cuanto le digo?

El hombre sacudió la cabeza una vez más.

–No la creo cuando me dice que no es una prostituta, porque sé muy bien que es usted una prostituta.

–Muy bien. Estoy harta de discutir –declaró la señorita Goering.

Acababa de observar que la cara del hombre, a diferencia de otras caras, solo parecía cobrar cierta vida al entablar una conversación y decidió que todos sus presentimientos acerca de él estaban justificados.

El hombre le acariciaba la pierna con un pie. La señorita Goering trató de sonreír, pero fue incapaz.

–Ya está bien –le reconvino–. Frank se va a dar cuenta desde la barra de lo que está haciendo y me voy a sentir muy avergonzada.

El hombre pareció ignorar por completo la observación y continuó acariciándole la pierna con más vigor.

–¿Le gustaría venir conmigo a mi casa y comerse un bistec para cenar? –propuso él–. Tengo bistec con cebollas y café. Si todo va bien, puede quedarse unos días, o más tiempo. Esa otra chica, Dorothy, se largó hace una semana.

–Creo que sería agradable –confesó la señorita Goering.

–Bien, mi casa está casi a una hora en coche. He de ver a alguien aquí en la ciudad, pero volveré dentro de media hora; si le apetece el bistec, será mejor que esté aquí cuando yo vuelva.

–Muy bien, aquí estaré –aseguró la señorita Goering.

Apenas unos minutos después de que saliera, apareció Andy.

Llevaba las manos en los bolsillos y las solapas de la chaqueta levantadas. Parecía absorto mirándose los pies.

«¡Dios todopoderoso! –se dijo la señorita Goering–. Tengo que darle inmediatamente la noticia y no le había visto tan alicaído en una semana.»

–¿Qué demonios ha pasado? –inquirió ella.

–He estado en el cine, dándome una pequeña lección de autodominio.

–¿Qué quieres decir con esto?

–Quiero decir que estaba trastornado; mi vida se ha derrumbado esta mañana y solo tenía dos opciones, beber y beber, o irme al cine. He elegido esta última.

–Pero pareces terriblemente triste.

–Me siento menos triste que antes. Son los efectos externos de la tremenda lucha que he sostenido conmigo mismo, y ya sabes que el rostro de la victoria se parece muchas veces al de la derrota.

—La victoria se desvanece tan deprisa que resulta apenas visible, y el rostro de la derrota es siempre el que acabamos viendo —filosofó la señorita Goering.

No quería decirle delante de Frank que iba a dejarlo, porque el barman sabía muy bien adónde pensaba ir.

—Andy, ¿no te importa acompañarme ahí enfrente, a la heladería? —preguntó—. Tengo que decirte algo.

—Muy bien —dijo Andy, más despreocupado de lo que la señorita Goering esperaba—. Pero quiero volver enseguida a beber algo.

Cruzaron la calzada para entrar en la heladería. Se sentaron a una de las mesas, el uno frente al otro. No había nadie, a excepción de ellos y del muchacho que servía a los clientes. Los saludó con un movimiento de cabeza cuando hicieron su entrada.

—¿Ya de vuelta? —preguntó a la señorita Goering—. El viejo la estuvo esperando mucho rato esta mañana.

—Sí, ha sido muy penoso —asintió la señorita Goering.

—Bueno, le dio usted una flor antes de irse. Debió de quedar contento.

La señorita Goering no se dignó contestarle, pues tenía poco tiempo que perder.

—Andy, dentro de unos minutos me voy a ir a un lugar que está a una hora de aquí y es probable que no vuelva en bastante tiempo.

Andy, en apariencia, asimiló la situación inmediatamente. La señorita Goering, recostándose en su asiento, aguardó, mientras él apretaba fuertemente las palmas de sus manos contra las sienes. Finalmente levantó la vista.

—Si eres una persona decente, no puedes hacerme esto —afirmó.

—Me temo que sí, Andy. Tengo que seguir mi propia estrella, tú lo sabes.

—¿No sabes lo hermoso y delicado que es el corazón de un hombre cuando se siente feliz por primera vez? —preguntó Andy—. Es como la delgada placa de hielo que aprisiona en su interior esas preciosas plantas primerizas que quedan libres al fundirse la nieve.

—Esto lo has leído en algún poema —observó la señorita Goering.

—¿Es menos hermoso por ello?

—No. Confieso que es un pensamiento bellísimo.

—No puedes arrancar la planta, ahora que has logrado derretir el hielo.

—¡Oh, Andy, haces que me sienta tan infame! Solo estoy intentando ser yo misma.

—No tienes derecho —replicó Andy—. No estás sola en el mundo. ¡Estás conmigo!

Parecía cada vez más nervioso, al comprender quizá que sus palabras caerían en saco roto..

—¡Me pondré de rodillas! —exclamó Andy, agitando el puño ante ella.

Uniendo la acción a la palabra, se arrodilló a sus pies. El camarero, absolutamente escandalizado, consideró oportuno intervenir.

–Escucha, Andy, ¿por qué no te levantas y piensas un poco con la cabeza? –aconsejó con voz muy queda.

–Porque ella no se atreverá a rechazar a un hombre que se pone de rodillas. ¡No se atreverá! Sería un sacrilegio.

–No veo el porqué –comentó la señorita Goering.

–Si me rechazas, te humillaré. Saldré a gatas por la calle. Te avergonzaré –amenazó Andy.

–Ya no tengo sentido de la vergüenza. Y creo que tu concepto de lo vergonzoso es francamente exagerado, por no decir un tremendo desperdicio de energías. Ahora he de irme, Andy. Haz el favor de levantarte.

–¡Estás loca! Estás loca y eres un monstruo..., un *monstruo*. Estás cometiendo un acto monstruoso.

–Bueno, quizá mi proceder resulte un poco extraño, pero hace mucho que pienso que, a menudo, demasiado a menudo, aquellos héroes que se creen monstruos por estar tan lejos de los demás hombres cambian de idea mucho después y ven cuántos actos verdaderamente monstruosos se cometen en nombre de la mediocridad –sentenció la señorita Goering.

–¡Lunática! –le gritó Andy, todavía de rodillas–. ¡Ni siquiera eres cristiana!

La señorita Goering salió a toda prisa de la heladería, tras depositar un beso suave en la cabeza de Andy, al comprender que si no lo dejaba cuanto antes llegaría tarde a su cita. La verdad es que no se equivocaba, pues cuando llegó al bar su amigo salía ya.

–¿Se viene conmigo? –preguntó él–. He terminado un poco antes de lo previsto, y había decidido no esperarla, porque no creía que viniese.

–Pero si he aceptado su invitación. ¿Por qué creía que no vendría?

–No se ponga nerviosa –replicó el hombre–. ¡Vamos! Subamos al coche.

Al pasar frente a la heladería en su ruta hacia la salida de la ciudad, la señorita Goering se asomó a la ventanilla, por si veía a Andy. Para su sorpresa, el local estaba lleno de gente que hacía cola ante la entrada llenando por completo la calzada y no pudo ver nada.

El hombre iba sentado delante, junto al chófer, que no iba de uniforme, y ella ocupaba, sola, el asiento de atrás. Esta distribución la había sorprendido al principio, pero ahora se sentía más a gusto. Poco después comprendió por qué había decidido él que se acomodaran de aquella manera. En cuanto dejaron atrás la ciudad, se volvió hacia ella y le dijo:

–Ahora voy a dormir un poco. Aquí delante estoy más cómodo porque no se salta tanto. Si quiere, puede hablar con el chófer.

–Creo que no me apetece hablar con nadie –declaró la señorita Goering.

–Bueno, pues haga lo que le dé la gana –gruñó él–. No quiero que nadie me despierte hasta que los bistecs estén en la parrilla.

Inmediatamente se encasquetó el sombrero hasta las cejas y se quedó dormido.

Durante el trayecto, la señorita Goering se sintió más triste y solitaria que nunca. Echaba de menos con todo su corazón a Andy y a Arnold, a la señorita Gamelon y al viejo, y no tardó en echarse a llorar en silencio. Le hizo falta una voluntad casi sobrehumana para no abrir la puerta y arrojarse a la carretera.

Atravesaron varias poblaciones pequeñas y por fin, cuando la señorita Goering empezaba a adormilarse, llegaron a una ciudad de mediana importancia.

–Hemos llegado a nuestro destino –anunció el chófer, dando por supuesto que la señorita Goering había esperado con impaciencia el final del trayecto.

Era una ciudad ruidosa por la que circulaban varios tranvías en todas direcciones. La señorita Goering se extrañó de que el ruido no despertara a su amigo. Pronto dejaron atrás el centro, si bien se hallaban aún en el casco urbano cuando el automóvil se detuvo ante un edificio de apartamentos. El chófer se las deseó para despertar a su jefe, pero lo consiguió por el procedimiento de gritarle la dirección en el mismo oído.

La señorita Goering aguardaba en la calzada e iba cambiando el peso de pie. Vio un pequeño jardín que se extendía a un lado del edificio. Crecían en él coníferas y arbustos, todos ellos de pequeño tamaño, pues resultaba obvio que tanto la casa como el jardín eran de construcción reciente. Una cerca de alambre de espino rodeaba el jardín, por debajo de la cual un perro pretendía colarse.

—Iré a guardar el coche, Ben —dijo el chófer.

Ben se apeó del vehículo, empujando a la señorita Goering hacia el vestíbulo del apartamento.

—Español de imitación —dictaminó la señorita Goering, hablando menos con Ben que consigo misma.

—No es español de imitación —masculló sombríamente—. Es español auténtico.

La señorita Goering sonrió.

—No estoy de acuerdo. Yo he estado en España —aseguró.

—No la creo. De todas formas, es español auténtico. Hasta el último centímetro.

La señorita Goering estudió las paredes, cubiertas con estuco de color amarillo y adornadas con hornacinas y grupos de pequeñas columnas.

Entraron juntos en un diminuto ascensor y a la señorita Goering le dio un vuelco el corazón. Su amigo apretó el botón, pero el ascensor no se movió.

—Haría pedazos al cretino que construyó este trasto —refunfuñó, dando una patada en el suelo.

—¡Oh, por favor! —suplicó la señorita Goering—. ¡Por favor, déjeme salir!

Sin prestarle atención, el hombre siguió dando patadas

en el suelo con mayor fuerza aún que antes, y apretaba el botón una y otra vez, como si el miedo que descubría en la voz de ella le excitase. Por fin, el ascensor empezó a subir. La señorita Goering ocultó el rostro entre las manos. El ascensor se detuvo en el segundo piso y salieron.

Esperaron los dos frente a una de las tres puertas de un estrecho rellano.

—Jim tiene las llaves —explicó Ben—. Subirá dentro de un momento. Espero que comprenda usted que no vamos a ir a bailar ni ninguna de esas tonterías. No puedo soportar eso que la gente llama divertirse.

—¡Oh, a mí me gusta tanto! —exclamó la señorita Goering—. Soy una persona fundamentalmente alegre. Es decir, disfruto con todas las cosas que disfruta la gente alegre.

Ben soltó un bostezo.

«Jamás me hará caso», se dijo la señorita Goering.

Al fin llegó el chófer con las llaves, y les franqueó la entrada al apartamento. El salón era pequeño y falto de gusto. Alguien había dejado un enorme bulto en el suelo. A través de los agujeros del papel, la señorita Goering pudo ver que contenía un bonito edredón de color rosa. Se sintió más animada con la vista del edredón y preguntó a Ben si lo había elegido él. Sin responder a su pregunta, llamó al chófer que se había metido en la cocina contigua. La puerta que separaba ambas habitaciones estaba abierta y la señorita Goering pudo ver al chófer de pie junto al fregadero, con el sombrero y el abrigo aún puestos, desenvolviendo lentamente el paquete con los bistecs.

–Te dije que te ocuparas de que vinieran a recoger esa maldita manta –gritó Ben.

–Se me olvidó.

–Pues lo anotas en una agenda de esas y te la miras de vez en cuando. Puedes comprarte una en la esquina.

Ben se sentó en el diván junto a la señorita Goering y le puso una mano en la rodilla.

–¿Por qué? –preguntó la señorita Goering–. ¿Ya no quiere el edredón después de haberlo comprado?

–Yo no lo compré. Esa chica que estuvo aquí conmigo la semana pasada lo compró, para que nos tapásemos en la cama.

–¿Y no le gusta el color?

–No me gustan un montón de cosas que están de sobra.

Caviló durante unos minutos, mientras la señorita Goering, cuyo corazón latía con excesiva precipitación cada vez que él callaba, pensaba qué otra cosa podría preguntar.

–¿No es aficionado a las conversaciones? –preguntó ella por fin.

–¿Quiere decir charlar?

–Sí.

–No, no me gusta.

–¿Por qué?

–Cuando uno habla, dice más de la cuenta –contestó con aire ausente.

–Ya, ¿no le interesa averiguar cómo es la gente?

Ben meneó la cabeza.

–No necesito averiguar nada sobre la gente y, lo que es más importante, la gente tampoco necesita averiguar nada sobre mí.

La miró con el rabillo del ojo.

–Bueno... –dijo ella, casi sin aliento–. Algo habrá que le guste.

–Las mujeres me gustan muchísimo y también hacer dinero, si puedo ganarlo deprisa.

Sin previo aviso, se puso en pie de un salto y arrastró a la señorita Goering rudamente de la muñeca.

–Mientras se hacen los bistecs, vamos adentro un minuto...

–¡Oh, por favor! –suplicó la señorita Goering–. Estoy tan cansada. Quedémonos aquí un poco hasta la hora de cenar.

–Está bien –gruñó Ben–. Me iré a mi habitación y me tumbaré un rato hasta que los bistecs estén listos. Me gustan muy hechos.

Cuando se fue, la señorita Goering siguió sentada en el diván, tirando de sus dedos sudorosos. Vacilaba entre un deseo casi irresistible de salir corriendo y un impulso enfermizo de permanecer donde estaba.

«Espero que los bistecs estén listos antes de que tenga ocasión de decidirme», se dijo.

Sin embargo, cuando el chófer despertó a Ben para anunciar que los bistecs estaban en la mesa, la señorita Goering había decidido ya que era absolutamente necesario que se quedara.

Se sentaron ante una mesita plegable y comieron en silencio. Apenas habían terminado cuando sonó el teléfono. Ben se puso y, concluida la conversación, comunicó a la señorita Goering y a Jim que debían regresar los tres a la ciudad. El chófer lo miró con malicia.

–No está muy lejos –comentó Ben, poniéndose el abrigo. Luego se volvió hacia la señorita Goering–. Vamos a un restaurante. Usted se sentará tranquilamente en una mesa aparte, mientras yo hablo de negocios con unos amigos. Si se hace muy tarde, usted y yo pasaremos la noche en la ciudad, en un hotel del centro al que suelo ir. Jim volverá con el coche y dormirá aquí. ¿Ha quedado bien claro?

–Perfectamente –aseguró la señorita Goering, encantada de que se fueran del apartamento.

El restaurante no era muy alegre. Ocupaba un extenso recinto cuadrado en la planta baja de un viejo edificio. Ben la condujo a una mesa cercana a la pared y le indicó que se sentara.

–De vez en cuando puede pedir algo –le dijo.

Después se reunió con tres hombres instalados junto a una barra que alguien había improvisado con unos delgados listones de madera y cartón piedra.

La mayoría de los clientes del restaurante eran hombres y la señorita Goering observó que entre ellos no había ningún rostro distinguido, si bien nadie iba mal trajeado. Los tres hombres con los que Ben hablaba eran feos e incluso de expresión brutal. Vio que Ben hacía una seña a una mujer, que estaba sentada a una mesa no lejos de la suya. La mujer se acercó a Ben y habló con él, luego se acercó rápidamente a la mesa de la señorita Goering.

–Quiere que sepa que se quedarán aquí bastante rato, tal vez más de dos horas. Yo he de traerle lo que quiera. ¿Le apetecen unos espaguetis o un emparedado? Le traeré lo que quiera.

–No, muchas gracias –agradeció la señorita Goering–. ¿No le apetecería sentarse y beber algo conmigo?

–Si he de serle franca, no –replicó la mujer–, pero se lo agradezco mucho –titubeó un momento antes de despedirse–. Por supuesto, me gustaría que viniera usted a nuestra mesa con nosotros, pero la situación resulta difícil de explicar. La mayoría de los que estamos aquí somos amigos íntimos y cuando nos vemos, nos lo contamos todo.

–Comprendo –asintió la señorita Goering.

Sintió más bien tristeza al verla alejarse, ya que no le agradaba la idea de quedarse sola durante dos o tres horas. Aunque no ansiaba la compañía de Ben, la tensión de esperar todo aquel tiempo con tan poco que la distrajera le resultaba casi insoportable. Se le ocurrió que quizá podría llamar a alguna amiga y pedirle que fuera al restaurante para tomarse una copa con ella. «Seguramente Ben no se opondrá a que charle un rato con otra mujer», pensó. Anna y la señora Copperfield eran las dos únicas personas que conocía lo bastante para invitarlas con tan poca antelación. De las dos prefería a la señora Copperfield, y pensó que sería ella probablemente quien aceptaría. Pero no estaba segura de que la señora Copperfield hubiese regresado de su viaje por Centroamérica. Llamó al camarero para pedirle que la acompañara al teléfono. Después de algunas preguntas, el hombre la condujo a un desvencijado vestíbulo y le marcó el número. Tuvo suerte y encontró en casa a su amiga, muy excitada al oír la voz de la señorita Goering.

–Voy volando. No sabe cómo me alegra oírla. No hace mucho que he vuelto, ¿sabe?, y tampoco creo que vaya a quedarme.

Mientras la señora Copperfield decía esto, Ben entró en el vestíbulo y le arrancó el auricular de las manos a la señorita Goering.

–¿Con quién habla, por el amor de Dios? –preguntó.

La señorita Goering pidió a la señora Copperfield que esperase un momento.

–Estoy hablando con una amiga, a la que no he visto desde hace bastante tiempo –explicó a Ben–. Es una persona muy animada y pensé que le gustaría venir a tomar una copa conmigo. Me sentía muy sola allá en mi mesa.

–¡Oiga! –gritó Ben al teléfono–. ¿Va a venir aquí?

–No faltaba más, *tout de suite* –contestó la señora Copperfield–. Adoro a mi amiga.

Ben pareció satisfecho y sin decir una palabra le devolvió el auricular a la señorita Goering.

Sin embargo, antes de abandonar el vestíbulo le hizo saber que no entraba en sus propósitos hacerse cargo de dos mujeres. Ella asintió para reanudar su conversación con la señora Copperfield. Le dio la dirección del restaurante, que el camarero le había escrito, y le dijo hasta luego.

Media hora más tarde llegó la señora Copperfield, acompañada de una mujer que la señorita Goering no había visto nunca hasta entonces. El aspecto de su antigua amiga la llenó de consternación. Estaba delgadísima y parecía víctima de una erupción cutánea. La amiga de la señora Copperfield era bastante atractiva, pensó la señorita Goering, pero demasiado nervuda para su gusto. Las dos mujeres vestían de negro, muy elegantes.

–¡Allí está! –gritó la señora Copperfield, agarrando a Pacífica de la mano, para correr hacia la mesa de la señorita Goering–. No puede imaginarse lo contenta que me puse al recibir su llamada. Es usted la única persona a la que deseaba ver. Le presento a Pacífica. Vive conmigo en mi apartamento.

La señorita Goering les rogó que se sentaran.

–Escuche. Tengo una cita con un chico en la parte alta

de la ciudad, muy lejos de aquí –informó Pacífica a la señorita Goering–. Ha sido maravilloso conocerla, pero él estará
nervioso y muy solo. Hablen ustedes dos y, mientras, yo iré
a verlo. Ya me ha dicho ella que son grandes amigas.

La señora Copperfield se puso en pie.

–Pacífica, debes quedarte y tomar algo antes de irte
–exigió–. Esto es un milagro y tú debes formar parte de él.

–Se ha hecho tan tarde que me veré en un lío si no me
voy ahora mismo –dijo Pacífica a la señorita Goering–. Ella
no ha querido venir sola.

–Recuérdalo, prometiste acompañarme y luego venir a
recogerme –dijo la señora Copperfield–. Te telefonearé en
cuanto Christina vaya a irse.

Pacífica, tras despedirse, se fue corriendo del restaurante.

–¿Qué opina de ella? –preguntó la señora Copperfield a
la señorita Goering. Sin esperar respuesta llamó al camarero
y pidió dos whiskies dobles–. ¿Qué opina de ella? –repitió.

–¿De dónde es?

–Es una muchacha panameña y la persona más maravillosa que ha existido nunca. No damos ni un solo paso la una
sin la otra. Estoy completamente satisfecha y complacida.

–Sin embargo, yo la veo a usted algo agotada –observó
la señorita Goering, francamente inquieta por su amiga.

–Se lo contaré todo –dijo la señora Copperfield, inclinándose hacia delante y muy tensa de pronto–. Estoy algo preocupada, no muy preocupada porque no permitiré que ocurra
nada que yo no desee, pero sí un poco preocupada, porque

Pacífica ha conocido a un chico rubio que vive en la parte alta de la ciudad y que le ha pedido que se case con él. El chico tiene un carácter muy débil y es de esos que nunca dicen nada. Pero yo creo que la ha cautivado haciéndole cumplidos sin parar. He ido con Pacífica al apartamento de ese muchacho, porque no voy a consentir que estén a solas, y ella ya le ha preparado la cena un par de veces. Le vuelve loco la cocina panameña y devora cualquier plato que ella le ponga delante.

La señora Copperfield se reclinó en su asiento mirando a la señorita Goering fijamente.

–En cuanto consiga los pasajes, me llevaré a Pacífica otra vez a Panamá. –Pidió otro whisky doble, y preguntó ansiosamente–: En fin, ¿qué opina usted de todo el asunto?

–Quizá sería mejor esperar y ver si ella quiere realmente casarse con él o no.

–¡No diga tonterías! –exclamó la señora Copperfield–. No puedo vivir sin ella ni un momento. ¡Eso me destrozaría por completo!

–¡Pero si ya está destrozada! ¿O acaso me equivoco?

–Tiene razón –exclamó la señora Copperfield dando un puñetazo sobre la mesa con expresión malévola–. ¡Estoy destrozada, cosa que llevaba años deseando! Sé que la culpa es exclusivamente mía, pero tengo mi felicidad y la defiendo como una loba, y ahora poseo autoridad y cierta audacia, cualidades de las que, como usted recordará, jamás he disfrutado antes.

La señora Copperfield se estaba emborrachando y su apariencia era cada vez más desagradable.

—Recuerdo que era usted algo tímida, pero me atrevería a decir también que era muy valiente —quiso apaciguarla la señorita Goering—. Vivir con un hombre como el señor Copperfield, con quien deduzco que ya no vive, debía exigir una fuerte dosis de valor. Yo la admiraba muchísimo. Ahora ya no estoy segura de seguir admirándola.

—Eso me tiene sin cuidado —replicó la señora Copperfield—. En cualquier caso, tengo la impresión de que también usted ha cambiado, que ha perdido su encanto. La veo como envarada y menos reconfortante que antes. Era usted tan amable y comprensiva; todos la creían con la cabeza a pájaros, pero yo opinaba que era extremadamente intuitiva y que poseía poderes mágicos.

Pidió otra copa y se quedó ensimismada unos instantes. Luego, con voz muy clara, prosiguió:

—Puede usted objetar que todas las personas son de igual importancia, pero por mucho que yo quiera a Pacífica, me parece obvio que soy más importante que ella.

La señorita Goering consideró que no tenía el menor derecho a discutir este punto con la señora Copperfield.

—Comprendo lo que siente, y tal vez tenga usted razón —admitió.

—¡Gracias a Dios! —exclamó la señora Copperfield, tomando una mano de la señorita Goering entre las suyas, suplicante—. ¡Christina! Por favor, no me contraríe de nuevo, no puedo soportarlo.

La señorita Goering esperaba que entonces la señora

Copperfield le preguntara por su vida. Tenía grandes deseos de contarle a alguien todo cuanto le había sucedido durante el último año. Pero la señora Copperfield continuó bebiendo su copa, derramando el líquido de vez en cuando sobre su barbilla. No miraba siquiera a la señorita Goering y las dos se pasaron diez minutos sentadas en silencio. La señora Copperfield habló por fin:

–Creo que voy a telefonear a Pacífica para que venga a buscarme dentro de tres cuartos de hora.

La señorita Goering la acompañó al teléfono y luego volvió a la mesa. Un momento después, al levantar la cabeza, vio que otro hombre se había reunido con Ben y sus amigos. Cuando la señora Copperfield volvió de telefonear, la señorita Goering comprendió inmediatamente que algo muy importante había ocurrido. La señora Copperfield se dejó caer en su silla.

–Me ha dicho que no sabe cuándo vendrá y que si no ha llegado aún cuando quiera usted irse, que me vaya a casa con usted o sola. Así que todo ha acabado, ¿no lo cree así? Pero lo estupendo de mí es que me hallo constantemente a un solo paso de la desesperación, y soy una de las pocas personas que conozco capaz de ejecutar un acto de violencia con la mayor desenvoltura.

Agitó la mano por encima de su cabeza.

–Los actos de violencia, por lo general, se ejecutan con desenvoltura –aseveró la señorita Goering.

En aquel momento sentía una completa repugnancia

por la señora Copperfield, que tras levantarse iba hacia el bar haciendo eses. Allí se quedó, apurando copa tras copa, sin volver siquiera la cabeza, casi oculta por el enorme cuello de piel de su abrigo.

La señorita Goering se acercó a ella una vez, creyendo que quizá lograría persuadir a su amiga de que volviera a la mesa. Pero la señora Copperfield, furiosa y con el rostro bañado en lágrimas, se puso a bracear y golpeó a la señorita Goering en la nariz. La señorita Goering volvió a la mesa y se sentó, frotándose la nariz.

Ante su gran sorpresa, unos veinte minutos más tarde Pacífica hizo su aparición en el restaurante acompañada de su joven amigo. Se lo presentó a la señorita Goering y fue luego presurosa a la barra. El joven permaneció de pie con las manos en los bolsillos, mirando a su alrededor con una expresión de total incomodidad.

–Siéntese –le dijo la señorita Goering–. Creí que Pacífica no vendría.

–No iba a venir –replicó el joven muy despacio–. Pero luego decidió que vendría, porque le preocupaba disgustar a su amiga.

–Me temo que la señora Copperfield es una mujer muy nerviosa –añadió la señorita Goering.

–Yo no la conozco bien –contestó él discretamente.

Pacífica volvió del bar con la señora Copperfield, ahora desaforadamente alegre y con deseos de invitar a beber a todo el mundo. Pero ni el muchacho ni Pacífica aceptaron su ofrecimiento. El joven parecía muy triste y no tardó en disculparse, explicando que solo había venido para acompañar a Pacífica al restaurante y que se volvía a su casa. La señora Copperfield decidió ir con él hasta la puerta, acariciándole la mano durante todo el trayecto y dando tales traspiés que el joven se vio obligado a rodearle la cintura con un brazo para impedir que cayera. Pacífica, mientras tanto, se inclinó hacia la señorita Goering.

–Es terrible –gimió–. ¡Qué chiquilla es su amiga! No puedo dejarla sola más de diez minutos, porque se le parte el corazón, y es una mujer tan amable y generosa, con un apartamento tan elegante y unos vestidos tan bonitos. ¿Qué puedo hacer por ella? Se comporta como una chiquilla. He intentado explicárselo a mi amigo, pero nadie lo puede entender.

Ya de vuelta, la señora Copperfield sugirió que se fueran las tres a otra parte para comer algo.

–No puedo –se excusó la señorita Goering, bajando la vista–. Tengo una cita con un caballero.

Le hubiera gustado hablar un poco más con Pacífica. En cierto modo, le recordaba a la señorita Gamelon, aunque Pacífica era ciertamente más simpática y con mayor atractivo físico. En aquel momento, se dio cuenta de que Ben y sus amigos estaban poniéndose los abrigos, dispuestos a marcharse. Solo vaciló un segundo, y apresuradamente se despidió de Pacífica y de la señora Copperfield. Se estaba cubriendo los hombros con el chal cuando, para su sorpresa, los cuatro hombres pasaron de largo, dirigiéndose con paso rápido hacia la puerta. Ben no le hizo seña alguna.

«Ya volverá», pensó. Pero decidió ir entonces al vestíbulo. No había nadie. Abrió la puerta y se asomó al exterior. Desde allí pudo ver cómo todos se metían en el automóvil negro de Ben. Este fue el último en entrar y en el momento de poner el pie en el estribo, se dio la vuelta y vio a la señorita Goering.

–¡Eh! –llamó–. Me había olvidado de usted. Me voy bastante lejos para resolver un negocio importante. No sé cuándo volveré.

Cerró la portezuela y el coche arrancó. La señorita Goering empezó a bajar los peldaños de piedra. La larga escalinata le pareció corta, como un sueño que se recuerda después de mucho tiempo.

Permaneció inmóvil en la calle, esperando verse invadida por una sensación de alegría y alivio. Pero muy pronto fue consciente de que una nueva tristeza se había apoderado de ella. Su esperanza, pensó, había perdido para siempre su forma infantil.

«Ciertamente, estoy más cerca de la santidad –reflexionó la señorita Goering–, ¿pero es posible que alguna parte de mí misma, oculta a mis sentidos, esté acumulando pecado tras pecado tan deprisa como la señora Copperfield?»

Esta última posibilidad le pareció de un interés considerable a la señorita Goering, pero no de gran importancia.

EPÍLOGO: EL PRIMER LIBRO AMARILLO*

En mayo de 1981, Anagrama inauguró la colección «Panorama de narrativas», dedicada a la literatura extranjera, con su característico color amarillo en la cubierta. La escritora elegida para el primer número fue Jane Bowles (1917-1973), autora de *Dos damas muy serias,* en una traducción de Lali Gubern. El libro incluyó un prólogo de su amigo Truman Capote, con quien compartió hotel en París durante el invierno de 1951. Por una casualidad, como ocurre tantas veces, hace dos semanas acabó en mis manos un ejemplar original del libro que abría la colección amarilla. Lo compré por un euro en un Todo a Cien. Me sentí el tipo

---

* Texto publicado en *El Progreso,* 8 de enero de 2019, y reproducido también en *Un día en la vida de un editor,* de Jorge Herralde (Anagrama, Barcelona, 2019). *(N. del E.)*

más afortunado del mundo. Incluso me consideré, por un momento, un as de las finanzas.

Abrí la novela al azar y caí, como se cae por unas escaleras, en un párrafo en el que la señorita Goering, una de las protagonistas, abandonaba una fiesta con un tal Arnold, al que acababa de conocer. El joven le proponía pasar la noche en su casa. «Probablemente así lo haré, por mucho que vaya en contra de mi código personal, pero, después de todo, jamás he tenido ocasión de seguirlo, aunque lo juzgue todo a través de él», replicó ella. Me resultó simpática al instante.

Días después, cuando empecé a leer el libro desde el principio, no dejé de encontrarme diálogos así. Capote, en el prólogo, ya advierte sobre ellos, y Francine du Plessix Gray, en la introducción, destacaba que el diálogo ágil y febril de Bowles posee una mezcla de «integridad infantil, candor surrealista y ágil precisión». Años atrás, Jorge Herralde manifestó, a preguntas de Paula Corroto, que también él se quedó «deslumbrado por la riqueza de los diálogos» cuando leyó a Bowles por primera vez. «Me gustó mucho el humor extravagante y chiflado que tiene», y no dudó en abrir la nueva colección con ella. «Creo que es un clásico perenne que casa muy bien con las chicas malas del catálogo.»

Jane Bowles tenía solo veintiún años cuando empezó a escribir *Dos damas muy serias*. En su vida todo ocurrió pronto. A los catorce se rompió una pierna al caerse de un caballo. Para acabar con los fuertes dolores, le cortaron un tendón, lo que la obligó a andar con una pierna rígida toda su vida. No mucho después, en un viaje en barco de Europa a América, mientras leía *Viaje al fin de la noche,* se le acercó un desconocido. «Veo que lee a Céline», le dijo. «Es uno de los mejores escritores del mundo», dijo ella. «Céline soy yo», le confesó el desconocido. Cuando desembarcó en Nueva York, ya había decidido ser escritora. En los años treinta conoció a Paul Bowles en un club de marihuana. Por entonces a él solo le interesaba la música. Se casaron en 1938. En 1940 discutieron agriamente y él la golpeó. A partir de entonces se acabaron lasrelaciones sexuales entre ellos. No importó demasiado, porque a ella le atraían las mujeres y a Paul los hombres.A partir de 1947 residieron en el extranjero, sobre todo en Tánger.

En 1957, Jane sufrió un derrame cerebral que le impidió leer y escribir más. *Dos damas muy serias* fue su única novela. Intentó escribir otras. Su obra, adelantada a su tiempo, ahondaba en la libertad de la mujer y se completó con una obra de teatro y unos cuantos relatos. En 1964, el editor Peter Owen, que al año siguiente publicaría la novela en Inglaterra, le pidió un comentario crítico a Truman Capote sobre el libro. «Mi única queja contra la señora Bowles es que publique con tan poca frecuencia. Preferiría muchas más cantidades de su extraño ingenio, de su espinosa perspicacia», le hizo saber por carta Capote. Paul Bowles, cuando hacía ya algunos años que Jane había muerto, lamentaba también que escribiese muy lentamente. «A veces le tomaba una semana escribir una página. Esta exagerada lentitud me pareció una terrible pérdida de tiempo, pero mencionárselo podía hacer que dejara de escribir por completo durante semanas.» La vida se toma siempre extraños plazos, aunque lo importante es que aquella única novela, amarilla por fuera y por dentro, es mía para siempre.

JUAN TALLÓN,
enero de 2019

ÍNDICE